Carta aos Astros

Carta aos Astros

Ray Tavares

mapa.lab

PRODUÇÃO EDITORIAL
mapa lab

CAPA
Paula Cruz

PROJETO GRÁFICO E DIAGRAMAÇÃO
Adriana Cataldo | Cataldo Design

IMPRESSÃO E ACABAMENTO
Rotaplan Gráfica

Dados internacionais de catalogação na publicação (CIP)

T231c Tavares, Ray, 1993-
Carta aos astros / Ray Tavares. – Rio de Janeiro : Mapa Lab, 2023.
288 p. ; 23 cm.
ISBN 978-65-86367-04-1
1. Ficção brasileira I. Título.

CDD B869.3
CDU 821.134.3(81)-3

Bibliotecária: Ana Paula Oliveira Jacques / CRB-7 6963

mapa.lab
contato@mapalab.com.br | www.mapalab.com.br
/amapalab @amapalab

Dedico este livro a todos os que contribuíram para o projeto *Carta aos Astros*:

Porque vocês existem, a arte resiste.

"Tente mover o mundo — o primeiro passo
será mover a si mesmo."

Platão

PRIMEIRA CARTA, OU O MISTÉRIO DE COMO EU RESOLVI COMEÇAR UMA PORRA DE UM DIÁRIO

Isso não é um diário.

Isso não é um diário.

Isso não é um diário.

Pode até parecer um diário, ter cara de diário, soar como um diário, cheirar como diário, mas não é um diário.

Na realidade, é apenas um compilado de cartas aleatórias que escrevi aos 21 anos e que, se tudo der certo, pode até se tornar uma autobiografia póstuma, relatando toda a minha "genialidade" e talento bruto para uma legião de fãs obcecados pela vida e morte do maior compositor brasileiro do século XXI.

Ou...

Se tudo der errado, um compilado de cartas que algum dos meus tataranetos encontrará, lerá e pensará: *Meu Deus, o meu tataravô era um perdedor mesmo, por isso que nós estamos nessa situação de merda...*

Mas isso não é a porra de um diário.

Eu honestamente não sei como — nem por onde — começar.

Passei a última meia hora olhando para as primeiras frases que escrevi e me sentindo um idiota. *"Isso não é a porra de um diário, porque a minha masculinidade é muito frágil para que eu admita que, no fundo, possa ser um diário".*

A quem estou querendo enganar? Então talvez deva iniciar tudo com... Querido diário? Me parece infantil demais. Caro amigo imaginário? Acho que não, já que o meu deu no pé assim que percebeu o adolescente babaca no qual eu estava me transformando. Filho da puta que pegou isso para ler e agora deve estar arrependido, mas é a única coisa que tem para se distrair enquanto caga? Não, muito extenso.

A verdade é que eu nem gosto de escrever. Larissa costuma dizer que os médicos devem ter inveja da minha caligrafia horrorosa; João riu tanto quando ela fez essa piada que emendou a gargalhada em um acesso de tosse e Pietra teve que distribuir socos pelas suas costas até que melhorasse. Não posso negar que fiquei observando seus dedos compridos de pianista acariciarem a camiseta do meu melhor amigo, desejando ser o alvo daqueles carinhos, e não da piada.

Se eu fosse metade do homem que digo ser, teria dito aquilo em voz alta. *Eu amo o jeito como a sua mão esmurra as costas do João, Pietra. Amo como o seu cabelo fica cor de terra molhada quando saímos ao sol. Amo a maneira como os cantos da sua boca se curvam para baixo quando você está irritada. Amo a sua pele cor de café. Amo a sua inteligência emocional, e como você sempre tem um bom conselho para dar. Amo quando as suas mãos encontram as minhas e tudo parece fazer sentido. Eu amo você.*

Mas eu apenas ri. E mandei Larissa ir se foder.

Acho que eu estou fugindo um pouco do meu ponto inicial aqui.

Minha mãe acha que eu estou deprimido; na realidade, ela acredita piamente na minha depressão desde o acidente, mas tudo piorou muito quando entrei na adolescência. *Você precisa se consultar com um psicólogo*, ela berra aos quatro cantos da casa toda vez que me vê, *não é normal um garoto de 21 anos passar o dia inteiro enfurnado dentro do quarto! Olha só a sua cor, você está abatido! Com olheiras!* O meu pai finge que nada está acontecendo, *Georgia, meu amor, o menino* só gosta de ficar sozinho, eu o ouço sussurrar na cozinha, os olhos grudados no celular, pensando em trabalho, trabalho, *trabalho*.

Quando Andrei e Tatiana ainda moravam com a gente, as coisas costumavam ser mais fáceis, mas a minha irmã, tal qual Eva, resolveu tentar repovoar o planeta Terra — está atualmente na terceira gravidez — e o meu irmão decidiu ficar rico e morar com a namorada celebridade, Isadora Mônaco, a youtuber e guru astrológica do mundo moderno; favor não confundir com Olavo de Carvalho.

Foi Isadora quem me sugeriu esse "diário". Eu disse a ela que não sou uma garota de 13 anos vivendo a primeira paixão, mas sim um cara fodido da cabeça, que não consegue tomar qualquer decisão sobre o rumo da sua vida e tem problemas de relacionamento. *Você precisa colocar para fora*, argumentou, em uma das muitas noites que passei no apartamento moderninho que eles dividem em Pinheiros, enquanto Andrei cozinhava para nós três, *por que não escreve um blog?*

Porque eu não quero que ninguém saiba o que eu estou pensando, rebati. *Porque eu não sou a Valentina!*

Mas a ideia não saiu da minha cabeça desde então — é bem típico de Isadora sugerir algo que você odeia a princípio, mas que depois faz todo o sentido —, acompanhando-me como uma sombra. Mas eu não quero começar um blog... O que eu realmente quero é dar um jeito de vomitar tudo o que estou pensando, para que o meu cérebro não precise mais trabalhar e eu pare de sentir. Para que talvez consiga me livrar da sensação de que estou adoecendo, de que tem algo dentro de mim intoxicando o meu corpo e a minha mente, um pouquinho de cada vez. Para que eu possa, enfim, me livrar da sensação de que estou perdendo a cabeça.

Então eu resolvi escrever cartas. Para quem? Bom, eu ainda não sei. Talvez eu perceba que é uma ideia imbecil e desista nessa primeira carta mesmo. Talvez na próxima eu decida um destinatário. Talvez sejam cartas apenas para mim. Talvez eu nem esteja vivo amanhã.

Talvez isso esteja niilista demais.

Eu gosto de padrões.

Números, fórmulas, agrupamentos, tabelas de Excel, formulários quantitativos, estatística, probabilidade: *padrões*. As minhas roupas estão organizadas no armário por cor e idade. Os meus livros ficam em ordem alfabética na estante. As minhas *playlists* do Spotify são tão belamente classificadas que sinto como se tivesse criado uma obra de arte. Então talvez esteja resistindo a ideia de continuar com as cartas porque não tenho um padrão definido.

João não consegue entender como eu posso ser artístico e metódico ao mesmo tempo, mas ele também não compreende a ciência exata da música — não é *feeling*, não é *insight*, não é sexto sentido; a arte de compor uma boa canção nada mais é do que agrupar acordes que matematicamente fazem sentido e sensorialmente agradam. O problema é que as pessoas criaram uma aura de mistério e esoterismo ao redor da figura do artista, e os componentes exatos e matemáticos se perderam.

Eu não contei para João sobre a minha intenção de escrever cartas, e nem pretendo. Ele não entenderia... A real é que o meu melhor amigo não é um grande pensador do século XXI, ele apenas existe. E gosta de apenas existir.

Não me leve a mal, não sou o tipo de cara que se acha intelectualmente superior por passar o final de semana lendo Dostoievski (um porre, para ser bem honesto), eu só gosto de analisar as pessoas e colocá-las em grupos distintos. "Esses gostam de pensar em soluções para o aquecimento global" e "esses gostam de pensar em soluções para qual bar irão no final de semana". Os primeiros não são melhores do que os segundos, apenas possuem visões e objetivos de vida diferentes, e João era o Yin do meu Yang; às vezes, era um pouco cansativo tentar explicar as minhas crenças pedantes, então eu apenas... Deixava para lá.

Como essas cartas, que eu talvez nem termine de escrever.

Conheci João no oitavo ano; ele veio transferido do Rio Grande do Norte para a nossa escola de burgueses safados e as outras crianças já endinheiradas e já preconceituosas gostavam de zoar com o seu sotaque e costumes. Eu estava na fase inicial da rebeldia pré-adolescente, lendo livros além da minha capacidade e participando sorrateiramente das reuniões políticas dos amigos dos meus pais que aconteciam no nosso porão, então foi um alívio romper com os velhos hábitos e agarrar-me a primeira possibilidade que tive de ser um burguês com consciência social. Não que João fosse pobre, aliás, ele tinha muito mais dinheiro do que eu, mas era o elo mais fraco da nossa pequena sociedade estudantil, e eu queria colocar em prática toda a minha teoria igualitária.

Não tínhamos absolutamente nada em comum. Eu ouvia bandas de rock que não tinham mais nenhum integrante vivo, ele gostava de música eletrônica que fazia o chão tremer; eu passava as tardes aperfeiçoando a minha técnica no violão, ele perdia horas jogando videogame; eu odiava falar sobre sentimentos, ele se apaixonava por uma garota a cada semana. Apesar disso, um sentimento maior nos uniu: o ódio em comum pelos alunos do colégio. Dessa forma, o laço invisível da amizade nos prendeu um ao outro e somos amigos há quase 10 anos. Apesar das nossas diferenças, aprendi muito com a maneira simples como ele leva a vida, e de tempos em tempos me pego desejando ser um pouco mais como João.

Mas como eu ainda não transcendi como ser humano, o jeito é continuar escrevendo essas cartas.

Sempre fui horrível em tentar expressar o que sinto.

Posso passar horas explicando o que Renato Russo quis dizer com a música "Vento no Litoral", mas travo quando penso nas palavras "eu te amo"; deve ser por isso que eu nunca disse essas três palavras nessa ordem em particular em toda a minha vida.

Pelo menos não em voz alta.

Na formatura do ensino médio, meu pai, emocionado pela minha conquista — ninguém acreditava que eu conseguiria me formar —, abraçou-me e disse, com a voz embargada: *Parabéns, filho, estamos muito orgulhosos de você e te amamos muito.*

Eu também amo vocês, deveria ter dito, mas apenas sorri e respondi *eu pensei que essa porra dessa cerimônia não fosse acabar nunca!*.

Vamos a um treinamento básico de como ser uma boa pessoa:

Eu amo você, pai, obrigado por ser meu herói. Eu amo você, mãe, obrigado por matar um leão por dia para que eu pudesse ter as melhores oportunidades. Eu amo você, Tatiana, obrigado por me proporcionar a alegria de ser tio. Eu amo você, Andrei, e a história de como você entrou em nossas vidas sempre me inspirou.

Viu? Não é tão difícil assim.

É uma pena que eu nunca tenha conseguido.

Falar de sexo sempre foi mais fácil.

Mais fácil para mim, claro, que nasci homem. Somos condicionados a falar abertamente sobre buceta, sexo anal, *fisting* e dupla penetração desde pré-adolescentes, mesmo que alguns de nós não queiram, mesmo que alguns de nós não se sintam confortáveis. Temos que ver uma bunda na rua e nos reafirmar para os amigos, gritar como animais *"olha lá aquela gostosa!"*, porque, se não falarmos, não somos homens o suficiente. Nossos pais nos levam a puteiros quando completamos 18 anos e nos ensinam a banalizar o sexo e a tratar mulheres como pedaços de carne e, quando nossas mães ficam horrorizadas com as palavras que saem das nossas bocas, eles apenas dão de ombros e murmuram *"não sei onde* você *errou na criação dele..."* Claro que sempre foi mais fácil falar sobre sexo, porque o sexo não nos expõe. O sexo não nos despe. O sexo não nos incomoda. O que nos incomoda é que alguém saiba que temos sentimentos.

Descobri muito mais tarde que mulheres também curtem falar sobre pinto, masturbação, sexo oral e *threesome*, mas precisam conversar escondidas, aos sussurros, em quartos fechados, porque se falam abertamente, são putas, vagabundas, vacas.

Nunca vou entender essa dinâmica heterossexual... Os caras querem transar o tempo todo, mas julgam e expõem a mulher bem resolvida que diz sim quando está com vontade; as mulheres, por outro lado, também querem transar o tempo todo, mas se resguardam e negam as próprias vontades, com medo do "julgamento superior" da sociedade.

Aí ninguém transa. Aí ninguém é feliz!

Não deveria ser tão difícil assim, tão tabu. Sexo de verdade — não aquele que a gente consome no xvideos — é do caralho. Pele com pele, respiração no ouvido, olho no olho... Uma das muitas experiências que nos define como seres humanos, mas com certeza a melhor delas!

Agora, difícil mesmo é ter de lidar com as implicações emocionais que vêm depois do ato, e eu posso dizer, porque estive dos dois lados: já recebi tapas na cara, cartas de cinco páginas, mentiras espalhadas e lágrimas na camiseta, mas também já ganhei indiferença, mensagens não respondidas, despertares solitários e questionamentos do que fiz de errado.

Homem é um bicho escroto. Se a garota curte, dá carinho, atenção, ele se fecha, sai correndo, o famoso "medo do compromisso"; se ela é indiferente, vira uma pedra de gelo, pisa e cospe no seu coração, é amor verdadeiro. Nem toda mina quer compromisso se dorme de conchinha depois do sexo, e nem toda mina está apenas "fazendo jogo duro" se te deixa sozinho na cama no meio da noite — e a gente precisa desesperadamente desenvolver alguma inteligência emocional e perceber que nem tudo é um jogo, mas, para isso, precisaremos admitir que estamos errados.

Como disse, falar de sexo sempre foi mais fácil.

Acho que já cansei dessa primeira carta.

Não tem padrão, não tem um assunto definido, não tem porra nenhuma, apenas a minha verborragia e o meu choro magoado de homem branco. Homem? Não sei, moleque talvez.

Não sei se volto com uma segunda carta. Não estou me sentindo melhor, mais conectado com a minha psique, com as emoções humanas ou qualquer besteira que a Isadora disse que eu sentiria. Estou apenas sentado na frente do computador, de cueca, fumando um cigarro e profetizando ficar famoso; será que os meus fãs vão me achar um mimadinho de merda ou um gênio a partir desses pensamentos?

Eu aposto em "mimadinho de merda".

SEGUNDA CARTA, OU O MISTÉRIO DE COMO EU ME APAIXONEI PELA PIETRA

Não foi amor à primeira vista, mas foi amizade à primeira vista.

Quando a conheci, remelenta, 10 anos, cabelo sempre preso, a pele escura e os olhos amendoados, fiquei fascinado. Claro que achei, dava para contar nos dedos a quantidade de alunos negros no meu colégio elitista. Por sorte, os meus pais eram progressistas na década de 90, moderninhos, engajados, militantes de esquerda, e me ensinaram valores de igualdade, respeito e empatia, então eu abri os braços e recebi Pietra com o gesto de carinho máximo que uma criança pode demonstrar: oferecendo um pedaço do meu lanche.

As outras crianças, pelo contrário, partiram para o ataque — não necessariamente porque queriam partir para o ataque, mas porque os seus pais permitiram que partissem.

Brasileiro não é racista, né? A gente convive numa boa, até "temos amigos que são", mas bastou uma garota negra invadir o espaço dos burgueses que se iniciou a revolução; revolução que começou dentro de casa e se alastrou pelo colégio. O que mais irritou o sexto ano foi o fato de que Pietra tirava as melhores notas, destacava-se nos esportes e não dava nem uma foda para o que pensavam ou deixavam de pensar sobre ela; ou pelo menos era o que aparentava — mais tarde, descobri que Pietra chorou escondida no banheiro todos os dias durante um ano, e aquilo partiu o meu coração.

"Como é que uma garota da cor da minha empregada doméstica tira mais nota do que eu?", era o que cruzava o pensamento de todos sempre que ela era a primeira a ser chamada para receber as provas, sinal de que havia gabaritado. Pietra tinha dinheiro, uma família estruturada e acesso a boa educação desde bebê, mas, mesmo assim, os nossos "colegas" agiam como se ela não merecesse estar ali. Como se ela não pertencesse. Como se a inteligência dela fosse uma afronta pessoal. Como se a sua existência desestruturasse uma hierarquia de poder invisível.

Dizem que no capitalismo basta ter dinheiro para você "chegar lá", mas não contam que isso é reservado apenas para a parcela branca da população. Caso você fuja desse padrão, "chegar lá" vira um conceito abstrato — Pietra uma vez me disse que, às vezes, sentia como se estivesse correndo sem parar em uma esteira rumo a lugar nenhum, gastando toda a sua energia por um objetivo que nunca ficava mais fácil.

Nunca esqueci essas palavras.

Como a Larissa também se tornou amiga de Pietra logo de cara e era a minha melhor amiga desde o jardim de infância, nós nos tornamos um trio. Pietra era o cérebro, Larissa a cultura, eu o aluno que ia mal em tudo, mas que ficou estigmatizado como inteligente pelas minhas companhias.

Diga-me com quem andas, e te direi quem és.

Não éramos particularmente bonitos, Pietra com a testa projetada para frente, Larissa sempre brigando com a balança, eu com as cicatrizes no rosto de um acidente de carro sofrido aos oito anos. Mas tínhamos uma aura de mistério, aqueles que não se ajustavam, os *misftis*. Quando João entrou em nossas vidas, com o sotaque forte e o cabelo comprido, completamos o circo de aberrações, no meio de todos aqueles *playboys* e patricinhas cirurgicamente iguais.

Era gostoso ser diferente.

A sorte foi que primeiro a puberdade nos estragou, mas depois fez milagres! Eu cresci muitos centímetros, dediquei-me à natação e deixei o cabelo cor de milho crescer. João também cresceu (não tanto quanto eu), começou a surfar e ficou com um tom de dourado na pele que parecia ser ímã para as mulheres. Larissa, que ao meu ver sempre foi linda, parou de brigar com a balança e passou a gostar do próprio corpo, tornando-se incrivelmente bonita e interessante. E Pietra...

É um clichê sem tamanho dizer que foi do dia para a noite, mas é a mais pura verdade. Em uma tarde qualquer, estávamos deitados na minha cama, ouvindo Led Zeppelin, tomando vinho barato, fumando Marlboro Light e fantasiando sobre o futuro — eu contava a ela sobre as minhas últimas transas, ela confidenciava o seu amor por um garoto que eu não poderia saber o nome, e seguíamos assim, como sempre fomos. No final de semana seguinte, porém, os quatro mosqueteiros se encontraram, como era o costume, e eu senti o estômago afundar assim que Pietra passou pela porta; não conseguia conversar, desviava os olhos daquelas duas jabuticabas que ela tinha na cara e bebi tanto que acabei vomitando na planta favorita da minha mãe ao chegar em casa.

Nunca tinha me sentido daquela forma antes. Foram 21 anos em total ignorância daquele sentimento. Eu pensava que gostar, se apaixonar, *amar*, era apenas um estado passageiro da excitação sexual, um sorriso fácil que chegava ao rosto antes do orgasmo. Repentinamente, fui inundado pela necessidade de prometer a minha vida àquela mulher, entregar tudo o que era meu, para que ela me desse ao menos alguns segundos da sua atenção.

Pietra era linda de um jeito só dela. Elegante pelos anos no balé, moderna com o penteado afro e as muitas *mandalas* que carregava pelo corpo, seja em tatuagem, seja em bijuterias, inteligente e dedicada à faculdade de Odontologia, engajada em projetos sociais, sedutora com os olhos escuros e menina no jeito de se vestir. Antes, ela desfilava de calcinha e camiseta pelo meu quarto, recitando entusiasmada passagens dos novos livros que consumiam a sua vida, agora, eu não conseguia mais acompanhá-la com os olhos sem ser invadido por uma ânsia física de abraçá-la e exaltar o tipo de ser humano maravilhoso que ela havia se tornado.

Não respondi mais Pietra no WhatsApp, evitava sair quando ela estava junto, fingia estar dormindo quando o telefone tocava. "Você está muito esquisito, Dieguito", ela reclamou ao nos trombarmos na Avenida Paulista certo dia, "por que está me evitando?"

Porque eu te amo, puta que pariu. Porque eu sonho todos os dias em beijar a sua boca, falar dos nossos filhos imaginários, planejar as nossas viagens, arrancar a sua roupa. Porque eu não consigo ficar perto de você sem me dar conta do quão fodido eu estou e de como eu sei que você me vê apenas como um amigo, por mais que namorar você seja o que eu mais quero na vida. Porque eu te amo, puta que pariu.

— É, sabe como é, a faculdade tá foda.

“A faculdade tá foda”?

Eu nem gosto da faculdade. Eu nem gosto do meu curso. Eu passo horas imaginando as piores maneiras de incendiar o prédio de Administração de Empresas da UNIFESP, com todos os professores e alunos dentro, especialmente aqueles que não conseguem se comunicar sem jogar palavras em inglês no meio da frase e trabalham em startups.

Eu queria ter feito Ciências Sociais. Sociologia. História. Filosofia. Alguma porra muito de humanas, aplaudir o pôr do sol, tocar violão no DCE, assumir a presidência do Conselho Estudantil, começar uma greve. Acho que eu li *Feliz Ano Velho* demais, mas acabei com ilusões de uma vida que não podia ser minha. “*Filosofia*? Você está maluco? Vai trabalhar com o quê? Eu não vou te sustentar a vida inteira para ficar em casa *filosofando*”, o meu pai berrou a primeira vez que eu sugeri o curso, colocando fim àquela ideia que mal havia nascido — porque, na nossa casa, você podia ter ideologias progressistas e lutar por elas, mas só se em paralelo seguisse a vida padrão do brasileiro médio e se afundasse num emprego mediano, morrendo no anonimato e na tristeza. Então bora para Administração! O curso mais nada a ver comigo, frequentado por jovens ricos, perdidos e potencialmente herdeiros das empresas dos pais, que falavam constantemente coisas como “tenho que fazer um *call* para falarmos sobre o *budget*”, “você precisa vestir a camisa da empresa!” e “vamos abrir uma *fintech*!”

“Você gosta de organizar as coisas, vai se dar bem”, era o consolo que eu recebia de Tatiana. “Se tudo der errado, você assume o estúdio, pelo menos vai saber como administrá-lo”, Andrei acenava, cada vez mais engajado com a carreira no audiovisual, deixando de lado o sonho de moleque de viver de música (ou nas mãos de Alex, que não era uma pessoa muito... responsável).

Mas sabe como é... a faculdade tá foda...

Depois de alguns dias evitando o quarteto fantástico, João acabou me convencendo a voltar a sair com eles. Com uma longa conversa sobre como amigos são importantes e não devemos negligenciá-los? Não. Revelando que o próximo encontro seria *open bar*.

João não sabia da minha paixão pela Pietra, porque eu não tive coragem de contar, mas no fundo ele desconfiava; sempre que ela começava a contar sobre as noites com outros garotos ou garotas, eu ficava vermelho e ele dava um jeito de mudar de assunto. Pietra não entendia nada e Larissa ficava inexplicavelmente constrangida toda vez que isso acontecia, e nós nos tornamos um grupo de amigos cheio de olhadelas significativas e verdades nunca ditas. Sempre fomos muito sinceros uns com os outros, desde o ensino fundamental, mas aquela névoa de educação exagerada e segredos guardados a sete chaves rompeu um pouco com a nossa sinergia.

Puta que pariu, eu estou aqui falando de *sinergia* para alguém que nunca vai ler essas cartas... Acho que a minha mãe está certa, eu realmente preciso de um psicólogo.

De qualquer forma, é assim que estamos hoje. João vem aqui depois da faculdade quase todos os dias — ele está no último ano de Economia no Mackenzie e eu já zoei tanto o fato dele ter se tornado um "mackenzista" de corpo e alma (entrou até para o time de rúgbi, esporte mais coxinha da história) que até perdeu um pouco a graça —, a gente fuma, toca violão, joga videogame e não consegue falar a verdade.

Larissa geralmente vem às quartas-feiras depois do curso de francês, única noite que tem livre, já que em todas as outras ela geralmente está estudando para as matérias de Medicina ou chorando porque escolheu Medicina; ela sempre me faz alguma massagem esquisita, utilizando-me de cobaia para os seus cursos feng shui ou qualquer merda do tipo, dizendo que as minhas energias estão todas "embaralhadas" e que eu estou "*somatizando* sentimentos"; já ensaiei contar a verdade para ela depois de uma massagem particularmente *intensa*, porque Larissa me conhece melhor do que os meus pais e saberia o que dizer, mas, na hora H, não consigo.

E Pietra costuma vir terça-feira antes de seguir para o consultório gratuito da USP e, sempre que vem, o meu quarto está impecável e eu tomo banho — certa vez, antes mesmo da minha paixão platônica, ela comentou que gostava quando o meu cabelo estava molhado, então molhado ele ficaria quando ela estivesse por perto. Pelo resto da vida.

E nós quatro? Bom... Continuamos saindo juntos, mas não é mais como era antigamente. Está diferente. Mudado. Constrangedor.

Semana passada, João comentou que Larissa havia ficado muito linda de uns tempos para cá. Eu concordei, mesmo sempre tendo achado isso. Antes de ontem, peguei ele fuçando o Instagram dela, olhando as fotos de nós quatro com uma expressão esquisita no rosto.

Talvez o constrangimento não seja só por minha causa.

Talvez eu e João estejamos no mesmo barco.

Talvez essa história ainda tenha que se complicar muito antes de encontrar um desfecho.

Eu ainda não encontrei um padrão.

Já estou no segundo dia dessa empreitada e só despejei de maneira desorganizada os meus pensamentos aqui. E é difícil para o meu orgulho admitir, mas já me sinto um pouco melhor. Ou, pelo menos, *menos ansioso*. Odeio assumir publicamente que Isadora estava certa, mas ela sempre está. É um hábito irritante que Andrei parece adorar.

Hoje é terça-feira e eu estou deitado na cama com o cabelo molhado, esperando Pietra chegar. Eu preciso terminar um trabalho de contabilidade para sexta-feira e estudar para a prova de microeconomia de amanhã, mas prefiro mastigar vidro a terminar qualquer uma dessas tarefas — uma DP a mais, uma DP a menos, não é problema, eu não sou apegado a essas convenções sociais.

Eu estou nervoso. Toda terça-feira, perto das 14h15, eu fico nervoso.

Não sou um cara inseguro, nunca fui. As garotas com quem me envolvi ao longo da vida sempre me disseram que foi a minha confiança que as ganhou. A minha lábia. A minha honestidade brutal. Além disso, sou um cara bonito, sei disso... Mas, toda vez que Pietra se aproxima, dou-me conta da extensão da cicatriz no meu rosto, que vai da testa até metade da bochecha, passando pelo olho esquerdo; do amarelo sem graça do meu cabelo, que precisa ser cortado há meses; das veias nos meus braços, esverdeadas, cortando a pele como afluentes de um rio; dos meus pés desproporcionais ao resto do corpo, sempre sujos pela minha preferência em andar descalço.

Será que Pietra vê a versão galã de Diego Neves ou a versão acuada, incerta e instável? Porque eu me olho deitado na cama, violão ao lado, alguns rabiscos de novas melodias em pedaços de papel, e não sei exatamente o que ela vê.

Antes, as minhas composições eram políticas, firmes, irreverentes.

Ideologia, eu quero uma pra viver!

Agora, porém, só consigo escrever poemas fracos, fragmentos de pensamentos, choro de quem não sabe perder.

Eu amo mais você do que eu...

Não que eu já tenha perdido, a real é que eu nem... Tentei.

Pietra provavelmente não sabe de nada, nem desconfia — ela segue tentando me empurrar para as amigas, que, aparentemente, são loucas por mim e pela minha aura de jovem adulto incompreendido —, e eu prefiro que ela continue sem saber.

Por que? Eu estou com medo de ser rejeitado?

Acho que não. Não quero soar piegas, ou mais sensível do que eu realmente sou, porque, vejam só, eu sou um merda sem coração que já brincou muito com o sentimento alheio e finge que se arrepende disso, mas prefiro viver em um mundo onde tenho o prazer de ser amigo da Pietra do que correr o risco de perder tudo, tanto a amizade quanto a mulher que eu sonho um dia ter ao meu lado.

— DIEGO, A PI ESTÁ AQUI! — ouço minha mãe berrar do andar debaixo.

Ela está sempre aqui, mãe, eu penso em dizer de maneira trágica e exagerada, mas não digo nada. Em vez disso, apenas me levanto, arrumo o cabelo úmido na frente do espelho e abro a porta do quarto, sorrindo para Pietra como se o simples ato de sorrir não estivesse acabando comigo.

TERCEIRA CARTA, OU O MISTÉRIO DO PADRÃO SUGERIDO PELA MINHA CUNHADA

Signos do zodíaco.

Que grande besteira cósmica, não é mesmo? Se eu nasci no dia em que a Lua estava posicionada um pouquinho à esquerda na porra do espaço, tenho tendências tirânicas ditatoriais; agora, se a Lua flutuou um pouquinho mais para a direita, bom para mim, as marés vão funcionar direito e eu serei um ótimo pai para os meus filhos!

A astrologia está para a ciência como o *fast food* está para a comida de verdade: todo mundo sabe que é porcaria, mas consome mesmo assim. Horóscopo do dia, mapa astral, ascendente, previsões... Quando foi que voltamos para a Idade Média e baseamos as nossas atitudes em crenças populares? O que difere amantes da astrologia de terraplanistas?

— Você só diz isso porque é um aquariano cético e metido a sabichão! — Isadora comentou ontem à noite, ajeitando o foco da câmera posicionada no centro do estúdio; eu gostava muito de criticar astrologia e tirar a minha cunhada do sério.

Eu estava tentando não pensar muito no encontro de mais cedo com Pietra. Na risada expansiva dela toda vez que eu contava alguma piada. No jeito como ela cruzou as pernas em cima da cama e me contou sobre o seu dia. Como bagunçou o meu cabelo, sorriu, e disse que eu deveria me dedicar mais à faculdade. Na maneira como ela se frustrava por não conseguir tirar do papel seu projeto social.

— ...e sabe quem mais acredita em astrologia? A Pietra.

Eu levantei os olhos, dando-me conta de que estava viajando enquanto a minha cunhada falava.

Isadora sabe da minha paixão. Ela, dentre todas as pessoas do mundo, parece me entender. E, melhor ainda, prometeu não contar nada a Andrei.

Não me levem a mal, Andrei é um ótimo irmão; passei anos tendo-o como um herói, admirando todo e qualquer passo que ele deu em direção aos seus objetivos, desejando ter metade do seu talento e positividade, apaixonando-me pela música por causa dele. Mas ele costuma ser muito melodramático e sensível, e com toda a certeza do mundo tentaria dar um jeito na minha vida contando a verdade à Pietra, tudo "em prol do amor" — ou qualquer outra merda que lê constantemente nos seus romances históricos de cabeceira.

Isadora, por outro lado, é mais bruta. Sincera. Não tem drama, não tem floreios, não tem choro, não tem poemas perfumados em pergaminhos. Além disso, ela acredita que, às vezes, os sentimentos precisam ser escondidos e repensados até que a nossa cabeça esteja em ordem.

E também é engraçada pra caralho, então é sempre bom conversar com ela.

— Como caralhos você sabe disso? — perguntei, abrindo a porta-balcão e acendendo um cigarro.

Ela fez uma careta, mas não disse nada; sei que ela está há anos tentando fazer Andrei parar de fumar, sem sucesso, e ver o irmãozinho dele indo pelo mesmo caminho não deve ser bom. Toda vez que acendo um cigarro, a sua esperança de que Andrei pare de fumar morre um pouquinho mais.

— Conversamos sobre isso no seu último aniversário — Isadora ligou a câmera, mexeu a cabeça de um lado para o outro, passou a mão na frente da lente, e voltou a desligá-la. — Ela é Escorpião com ascendente em Virgem, você é...

— Cético. Eu sou cético.

Isadora suspirou e sentou-se no sofá vermelho que fazia parte do cenário. Olhou pela janela distraída, um hábito que adquiriu depois que Andrei começou a passar doze horas diárias no trabalho — às vezes, quero chacoalhar o meu irmão até ele perceber a mulher maravilhosa que está negligenciando por pura vaidade.

— Ele já deve estar chegando — comentei, sentado na sacada, olhando para baixo e acompanhando com os olhos o movimento dos carros; não havia nem sinal do sedã prateado de Andrei.

— Você acha que ele seria capaz de me trair? — Isadora soltou de repente, depois que passamos alguns minutos em silêncio.

— O Andrei? Não — disse com firmeza. — Nem fodendo. Ele é louco por você.

— Ele anda muito distante, faz semanas que a gente não...

— *Oversharing*, Isadora.

— ...conversa direito. — Ela me lançou um olhar desafiador.

Eu não digo nada para não a preocupar, mas Andrei anda mesmo muito esquisito. Sempre que vai nos visitar, deixa Isadora comigo e fica de segredos com os meus pais pelos cantos. Toda vez que vou até o apartamento deles, ele nunca está presente. A minha cunhada anda levando uma vida muito solitária, e acredito que conversar sobre os meus problemas do coração possa ser uma distração para ela.

Ou talvez eu seja apenas um imbecil sem empatia pelos sentimentos dos outros e me utilize de desculpas para continuar despejando as minhas merdas em quem já tem o suficiente para lidar.

— Esquece isso, ele só deve estar estressado com o trabalho.

Ela concordou com a cabeça lentamente, ainda distraída.

Então, de repente, voltou-se para mim com os olhos faiscando.

— Se você parar para pensar, a astrologia poderia ser um bom padrão para você! Um diário de signos!

— Cartas — resmunguei.

— Uma carta para cada signo. — Ela se corrigiu, ajeitando-se no sofá e sentando em cima da perna, animada. — É perfeito! Você pode revisitar a sua vida através de um padrão, continuar usando as cartas para desabafar, tirar esses sentimentos tóxicos do peito e ainda por cima perceber o que fez de errado até agora para fazer certo com a Pietra! Não é você que vive dizendo que tem uma carga de carma grande demais para carregar, por todas as mancadas que já deu?

— É, mas...

— Pronto! Revivendo os seus relacionamentos você vai saber onde errou e como não fazer merda de novo! Carma a gente só quebra com atitudes positivas, sabia?

— Isa, eu não...

— Vamos repensar todos os seus relacionamentos falidos? — Ela puxou um caderno de cima da escrivaninha, ignorando-me completamente; quando Isadora tinha um projeto, era difícil fazê-la pensar em qualquer outra coisa.

— Obrigado pela parte que me toca.

— Teve aquela loirinha que te enviou uma carta quilométrica quando vocês terminaram... Juliana?

— Ahã.

— Ela era canceriana. — Isadora rabiscou "Juliana Câncer" na folha de papel. — E aquela morena bonita do resort da Bahia?

— Helena.

— Helena era sagitariana!

— Isa, eu não vou escrever cartas para as minhas ex-namoradas, isso é...

— Genial — complementou, levantando os olhos do papel para mim, o fogo da teimosia queimando nas pupilas. — Porque, convenhamos, você foi *mesmo* um belíssimo de um escroto com todas elas. Quem sabe se redimindo você consiga colocar os próprios sentimentos em ordem?

— Como escrever cartas que nunca serão lidas se enquadra em "me redimir"?

— Para que as pessoas te perdoem, Diego, você precisa se perdoar primeiro — respondeu. Ela sorriu e voltou a escrever, juntando em uma lista caprichada as minhas ex-namoradas com os seus respectivos signos.

Eu pensei em dizer que aquilo estava me parecendo mais um desabafo pessoal dos problemas que ela estava tendo com o meu irmão ou uma nostalgia dos seus tempos áureos de astróloga do que uma solução para os meus problemas, mas, evitando deixá-la mais chateada do que já estava, continuei apenas fumando e contribuindo para a lista como se concordasse com ela.

Ao final, encontramos dez garotas para dez signos diferentes.

— Dez garotas, doze signos, não é um padrão — disse, apagando o cigarro, satisfeito em estragar aquela missão.

— "Pietra Escorpião" — Isadora anotou e, antes de continuar, lançou-me uma olhadela com mil intenções —, "Larissa Leão".

— Espera aí! — Eu arranquei a caneta da sua mão. — A Pietra eu até entendo, não é ex-namorada, mas é a minha atual paixão. Mas a Larissa? Não! Nós somos amigos há quinze anos!

— Você e a Pietra também eram "apenas amigos" até algumas semanas — comentou Isadora. — Além disso, acho que vai ser bom revisitar o relacionamento que você tem com ela. Com certeza você deu um jeito de ser babaca ao longo desses quinze anos! Não me leve a mal, Diego, mas é sua especialidade.

Depois que acabamos a lista, guardei a folha de papel na mochila e fizemos um macarrão que ficou com gosto de terra molhada — nem eu nem Isadora éramos bons cozinheiros. Em seguida, ajudei-a com algumas ideias de roteiros para os próximos vídeos e esperei Andrei o máximo que consegui para não a deixar sozinha por muito tempo, mas tive que ir embora antes do metrô fechar.

O meu irmão ainda não havia chegado.

Eu não consigo dormir.

Passei horas rolando na cama, analisando a lista que Isadora criou e relembrando cada uma das garotas que passou pela minha vida, os bons momentos, os términos, a frustração do "não foi dessa vez"; não consigo parar de me questionar se a merda de situação que estou vivendo hoje — a paixão não correspondida, o curso que odeio, nenhuma perspectiva de futuro — tem alguma coisa a ver com tudo o que já fiz para elas, que *gostaram* de mim, *acreditaram* em mim, e perderam seu tempo com um grandessíssimo babaca. A maioria dos relacionamentos durou pouco, com apenas uma ou duas mais duradouras ao longo do caminho, mas algo dentro de mim diz que todas elas, sem exceção, sabiam como seria o final antes mesmo do início.

Caralho, eu sou muito profundo às vezes. Acho que eu deveria insistir nessa coisa da escrita; talvez eu não seja tão ruim quanto os meus amigos pensam.

A sugestão de Isadora não me parece mais tão ruim assim. Não que tenha resolvido me transformar no João Bidu da noite para o dia, eu sigo não acreditando em astrologia, mas preciso admitir que é um padrão.

Um bom padrão. Um padrão consistente. Um padrão que vai me permitir revisitar o passado e entender o cerne das minhas questões. E ainda posso remexer em sentimentos e memórias que julguei mortas e enterradas; afinal, quem não quer sofrer e sentir vergonha alheia tudo de novo?

Brincadeiras à parte, talvez seja bom entender porque não deu certo. Eu fui o problema? Elas foram o problema? A vida foi o problema?

Acho que não preciso pesquisar muito para saber que fui eu o problema.

É, definitivamente, fui eu o problema.

Bom, foda-se, é um padrão.

Agora eu só preciso entender como esse folclore funciona. Eu sei que são doze signos, e que nos dividimos nesses doze signos conforme vamos nascendo; basicamente, o ser humano é agrupado em doze personalidades diferentes e nada mais. Algumas dessas personalidades combinam, outras não. É também olhando a posição dos planetas e das estrelas que podemos prever o futuro — se Mercúrio acordar mal-humorado, receberemos um golpe de Estado.

Que bela babaquice.

Mas deu certo para Isadora. Acho que talvez possa dar certo comigo.

Por hora, me despeço novamente, leitor imaginário.

Pietra acabou de me ligar.

“Você acha que devo confessar o que estou sentindo para aquele cara que te contei? Eu não aguento mais! Meu Deus, por que eu não me apaixonei por uma mulher dessa vez...”

Não. Não acho. Não acho mesmo. *Só de imaginar outra cara recebendo seu amor, meu corpo inteiro parece entrar em combustão e tenho desejos muito reais de querer dormir e nunca mais acordar.*

“Se vai te fazer bem, Pietra, por que não?”

Eu sou um imbecil.

Puta que pariu.

QUARTA CARTA, OU O MISTÉRIO DO MEU PRIMEIRO BEIJO

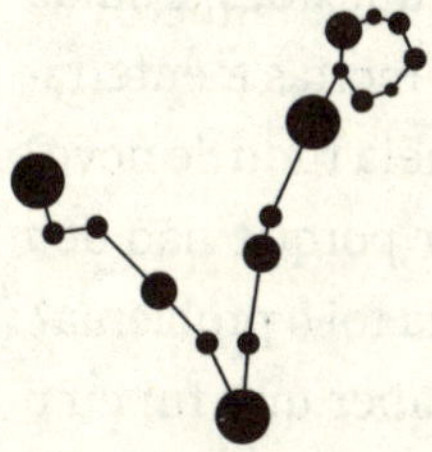

PEIXES

O INÍCIO

Querida América,

Resolvi iniciar por você a minha saga pela redenção.

Caralho. Comecei profundo.

Não que você seja mais importante do que as outras onze garotas que passaram pela minha vida, mas, por questões de ordem cronológica e porque eu tenho sérios problemas com organização ("você é meio maluco, sabia disso?", disse meu irmão ao ver meu armário categorizado por cor e idade das roupas), achei interessante iniciar essa jornada pelo meu primeiro beijo, pelo florescer dos meus desejos sexuais, pelo início dessa longa jornada rumo ao fundo do poço de um amor não correspondido.

Eu não acredito muito em "primeiro amor" — estudei Freud o suficiente para saber que a gente se apaixona pelos nossos pais na primeira infância e não posso nunca mais desaprender isso —, então o que nós tivemos, querida América, eu gosto de chamar de "primeira atração". Ou "primeira vez que ignorei o fato de que garotas são cheias de germes de acordo com o meu amigo Caio".

Eu tinha 12 anos, você, 11.

Os alunos não gostavam muito de você, porque você era bastante tímida e introvertida e tinha gostos peculiares, como aquele sanduíche sem casca e recheado apenas com cheddar fosforescente que levava na lancheira — claro que a gente não entendia na época que não tínhamos gostos próprios, éramos todos extensões dos nossos pais, alguns mais conformados com as regras sociais, outros mais... *originais*. Então os filhos dos conformados, que andavam em bando, como bons conformados que eram, tiravam sarro dos filhos dos originais; eles te chamavam de Estados Unidos, Pedro Álvares Cabral, Cristóvão Colombo, dentre outros apelidos (aqui eu preciso fazer um parênteses e aplaudir a criatividade maldosa do pré-adolescente), mas eu te chamava simplesmente de "América", porque curtia o seu nome incomum e porque você costumava fazer as minhas lições de biologia em troca de passarmos o intervalo batendo bafo — afinal, você queria trocar as suas figurinhas, mas nenhum dos meninos te incluía na rodinha e nenhuma das meninas queria ficar batendo a mão naquele chão imundo do pátio.

Foi brincando com você quando ninguém mais queria brincar que aprendi uma valiosa lição de empatia: quando a gente cria certa familiaridade e intimidade com alguém, não consegue mais tirar sarro. Eu tinha certeza absoluta que ninguém te zoaria se soubesse o quão legal você era, e tentava explicar isso aos outros alunos, mas uma vez criada a ordem social, era difícil rompê-la. Olha só o comunismo, tentando há anos destruir os lares cristãos da família tradicional brasileira com os seus valores imorais e suas ameaças de comer criancinha no café da manhã?

Você era meio avoada, América. Vivia com os cadarços desamarrados e sempre tinha folhas no cabelo volumoso da cor do trigo, além de passar horas com o nariz enfiado em livros amarelados fedendo a mofo, livros que não conseguíamos pronunciar nem mesmo o título. Para piorar, você usava um óculos redondo e vermelho, grande demais para o seu rosto fino e delicado, o que potencializava as lendas criadas ao redor da sua imagem. "A América foi criada por bruxas", diziam as meninas. "Vocês sabiam que a América toma chá de barata junto com o sanduíche de cheddar?", os meninos espalhavam. O senso comum era de que você vivia no mundo da lua, mas eu achava toda a aura mística muito fascinante.

Segundo as minhas pesquisas recentes, feitas de maneira muito séria e metodológica clicando no primeiro site que o Google sugeriu, piscianos vivem mesmo em outro mundo, mas não vejo nada de mal nisso.

E você parecia ser feliz daquele jeito, então quem era eu para te convencer a ser outra pessoa?

Curiosamente, Larissa fazia parte do coro das pessoas que não gostavam de você, e ela não costumava ser maldosa... Eu não conseguia entender o porquê (não entendi até hoje), era quase impossível desgostar de você. Você era quieta e inofensiva, mas eu respeitava a opinião da minha melhor amiga; quando ela estava por perto, eu fingia que não te conhecia.

Olha só como sou escroto desde criança.

A real é que eu gostava de você, mas sempre tive a tendência a ser superprotetor com as minhas amizades, e a Larissa estava ao meu lado desde os 6 anos de idade, então se tivesse que escolher, escolheria ela, sempre.

Mas não era como se você se importasse — arrisco a dizer que nem percebia! Só de estarmos alguns recreios juntos, trocando figurinha, era o suficiente para manter a nossa amizade viva! Segundo as mesmas pesquisas que revelaram que piscianos vivem em outro mundo, feitas enquanto eu cagava e mexia no celular, piscianos também são meio trouxas — não no sentido Harry Potter da coisa — e se doam demais. E eu gostava da sua dedicação. Gostava mesmo.

Gostava tanto que, quando você me avisou que iria mudar de país e resolveu declarar a sua paixão adolescente e ingênua por mim, decidi que você merecia a honra de ganhar o meu primeiro beijo — e também porque todos os meus amigos já tinham beijado (descobri mais tarde se tratar de uma mentira deslavada, e que fui de fato o primeiro a conhecer os prazeres e segredos da vida adulta) e não queria ficar para trás.

Nós nos beijamos atrás do ginásio, a minha mão suada na sua cintura, os seus dedos gelados nos meus ombros. Foi horrível, molhado e nem um pouco agradável. Eu estava com gosto de Fandangos na boca e o meu novo All Star (porque eu já era subversivo e só usava marcas rebeldes) machucava os meus pés. As suas mãos estavam geladas e acho que você odiou tudo aquilo tanto quanto eu.

Acho que o primeiro beijo de uma pisciana deveria ter sido mais romântico, com pétalas de rosas pelo chão e velas espalhadas pelo recinto. Mas eu tinha 12 anos e a minha ideia de romantismo era dividir uma coxinha no intervalo entre as aulas.

“A gente se vê então” eu disse, depois que aqueles cinco minutos intermináveis de contato linguístico acabaram.

“É, a gente se vê”.

O MEIO

Querida América,

Nós duramos uma semana.

Em minha defesa, talvez tivéssemos durado mais, quem sabe não teríamos descoberto o amor um com o outro e namorado até o final do ensino médio, quando o FoMO (*fear of missing out*, em tradução livre, medo de perder “as coisas boas da vida”, e com coisas boas quero dizer situações e experiências que todos dizem ser legais e que você precisa experimentar, mas aí quando finalmente experimenta, por pura pressão social, acha uma bosta: eu estou falando de você, cervejada da faculdade) bateria forte e nós terminaríamos de maneira emocional e com direito a muitas indiretas no Facebook?

Mas éramos pré-adolescentes e você estava se mudando para Portugal porque o seu pai conseguiu um emprego por lá (rolavam boatos pela escola de que o seu progenitor era um espião russo, mas descobri mais tarde que ele era apenas professor universitário), então a minha incapacidade de pensar além desses dois pontos me impediu de insistir em nós dois.

Após aquele tenebroso primeiro beijo, tentamos de novo no dia seguinte, depois que eu joguei um pedaço de papel na sua mesa onde abri o meu coração e escrevi “oi, quer beijar de novo?”.

Romântico pra caralho.

Mesmo assim, você foi. Porque, bom, acho que de todas as opções de primeiro amor, eu era a “menos pior”. E também porque você é pisciana e parecia ter algum tipo de fixação pela minha indiferença —

de alguma forma, América, você gostava de mim; e isso nem é uma paranoia da minha cabeça, você me disse com todas as letras. "É, então, eu vou me mudar para Portugal no final dessa semana e eu... Eu gosto de você".

Na época achei esquisito, mas hoje vejo quão corajosa você foi, com apenas 11 anos e uma inteligência emocional muito além da sua idade. Estou tentando arranjar um jeito de dizer a mesma coisa para a garota por quem estou apaixonado, mas são 21 anos na cara, nenhuma coragem e um medo irracional de ser rejeitado. Medo que você não teve, porque, na sua cabeça, não falar a verdade era pior do que ser rejeitada.

Para os que dizem que piscianos são tímidos e retraídos, digo que eles não conheceram a sua coragem objetiva (ou pelo menos é isso que o Personare diz).

De qualquer modo, o segundo beijo não foi tão ruim assim. No terceiro, eu puxei você para mais perto e comecei a pegar o jeito da coisa, passando até a gostar daquele encontro molhado de línguas. No quarto, você começou a chorar.

"O quê? *O quê*? Eu te machuquei?"

Gostaria de adicionar aqui um pequeno detalhe da minha personalidade de merda: depois desse dia, nunca mais consegui lidar com uma garota chorando e sempre dou um jeito de sair correndo. Traumas da pré-adolescência que te tornam um cuzão na vida adulta: *check*.

"Não", você soluçava, a cabeça apoiada na estrutura enferrujada da arquibancada. "Eu não quero ir embora. Não quero deixar os meus amigos".

"Pensa assim: talvez os seus novos amigos portugueses não te chamem de Estados Unidos", eu disse, a honestidade sempre tomando o melhor de mim.

Você não se importou, acho que já estava acostumada com a minha sinceridade bruta, ou talvez não tenha ouvido direito o meu comentário; os seus soluços eram altos e estavam me assustando.

"Eu não quero perder você!"

Vou te contar uma coisa sobre a criação e socialização de garotos, que se tornarão homens machistas no futuro, América: quando você externalizou aquelas palavras, todos os sentimentos bons dentro de mim se apagaram no mesmo instante.

Não me leve a mal, você não errou em expor os seus sentimentos, quem errou fui eu. Eu me diverti muito vivendo todas aquelas primeiras experiências com você, mas a real é que nós, como sociedade, erramos na criação dos nossos garotos e garotas; no momento em que percebi que você sentia que éramos um casal, fiquei com medo de ser verdade.

"Esse vai ser um garanhão!", os meus tios berravam pela casa, bêbados, quando eu era apenas uma criança. "Loirinho desse jeito? Vai beijar todas as menininhas", as minhas tias diziam e riam conforme eu crescia. "Não deixe nenhuma delas te laçar, Diego", os amigos dos meus pais comentavam. "Que nojo, vocês estão *namorando*!", os garotos diziam no intervalo, a qualquer sinal de contato entre um garoto e uma garota.

O que eles iriam pensar? Diego e América, a pisciana lunática com folhas no cabelo.

"Senta como mocinha, América", você deve ter ouvido muitas vezes. "Se ele te trata mal, é porque gosta!", as tias podem ter comentado. "Não seja fácil, se o menino gosta de você, você precisa dar trabalho!", as amiguinhas comentavam no início da puberdade, repetindo tudo aquilo que ouviram dentro de casa.

"Nunca diga a verdade, menina!"

"Trate elas mal, garoto!"

"Nunca diga que gosta dele, garota boba!"

"Se ela se mostrar muito interessada, deve ser uma puta fácil, cara."

"Mulher nenhuma pode se mostrar disponível, se não vira mulher fácil..."

"Quanto mais difícil for a conquista, mais gostosa será a recompensa!"

"Esconda todos os seus sentimentos, moça."

"Faça jogos."

"Faça jogos."

Mas você rompeu com tudo o que lhe foi dito durante a infância e abriu o seu coração de menina, esperando pelo melhor, esperando que nada daquilo fosse verdade, acreditando na bondade do ser humano e na pureza do que estávamos sentindo um pelo outro. Acreditando em mim.

Mas eu não rompi com porra nenhuma e mantive os meus doutrinamentos, com medo do julgamento social, medo de não conseguir me encaixar (que grande idiotice, agora eu vejo, como se algum dia tivesse me encaixado).

"Ah, bom, a gente nunca teve nada sério", eu disparei, sem graça.

Confesso que não me lembro o que você disse depois. Mas a mágoa nos seus olhos foi tão real e sincera que *isso* eu nunca vou esquecer.

O FIM

Querida América,

Eu prometi que escreveria.

Mas eu sou um lixo, e não escrevi. Nem na sua despedida eu fui, e fiquei sabendo por terceiros que foi bem divertida e que todo mundo experimentou cerveja pela primeira vez.

Eu estou escrevendo agora, mas isso não apaga o que causei. Ou pelo menos o que *acho* que causei, já que você pode ter cagado para a minha repentina frieza e curtido o fato de que, pela primeira vez, você era o centro das atenções. Mas dizem por aí que os piscianos se magoam com facilidade, e não me assustaria se você tivesse um boneco de vodu com os meus fios de cabelo grudados nele até hoje. Quero dizer, eu bem que mereço, e às vezes sinto dores de cabeça aleatórias.

Não tenho a menor ideia de como você está hoje em dia, porque, obviamente, você não tem redes sociais. Na minha mente fértil, o seu rosto continua pequeno e os seus óculos imensos, e eu te vejo em um chalé no meio do nada, com os pés no colo do seu novo namorado artista e francês, tomando vinho caro, lendo algum livro filosófico pedante e ouvindo música clássica. Ou você está apenas em casa, estudando para alguma prova da faculdade de psicologia, o meu nome e a minha existência no vácuo do esquecimento.

Alguns anos depois, fiquei sabendo que sua mãe faleceu e que você e seu pai voltaram para o Brasil para enterrá-la na cidade natal. Eu pensei em te ligar, já que alguns dos meus amigos do colégio ainda conversavam com você (pessoas com caráter, diferentemente de mim), mas amarelei no último instante — nunca pude te dizer que sabia como você se sentia e que a dor da perda era imensa, mas que o tempo diminuiria um pouco a angústia; eu nunca pude admitir que era um adolescente fechado e traumatizado por ter passado pelo o que você estava passando; eu nunca consegui demonstrar empatia pela sua dor.

Uns anos mais tarde, me contaram que você havia prestado vestibular no Brasil e estava se mudando de vez para cá. Pedi seu telefone brasileiro para um amigo em comum e ainda o tenho na agenda do celular. Nunca consegui ligar, porque nunca seria capaz de te olhar nos olhos depois do que fiz com você.

Espero que você esteja bem, seja uma mulher amada e feliz, e que nunca tenha perdido o amor pelos livros. Também espero que as minhas atitudes não tenham blindado o seu coração de amar genuinamente e ingenuamente de novo, e que outro cara (ou mulher, talvez) possa ter apreciado a sua honestidade e carinho tão... Piscianos?

Eu não sei. Não entendo de astrologia, só estou enfiando essas coisas aqui para seguir um padrão. Mas se ser pisciana te torna uma pessoa especial, sensível e empática, eu rogo por mais piscianos no mundo. E talvez precise de um pouco de Peixes em mim também.

QUINTA CARTA, OU O MISTÉRIO DE COMO O MEU PAI RESOLVEU INVESTIR NA CARREIRA POLÍTICA

Hoje eu descobri que o meu pai vai sair como vereador da cidade de São Paulo.

"Vai sair como vereador" é a expressão que usamos. Sair de onde? Eu não sei. Sair do casulo? Sair da zona de conforto? Sair do mundo dos mortais e se tornar um, *oh*, político? Sair da moralidade e se tornar corrupto? Sair do sério com toda a patifaria que será obrigado a lidar? Sair da zona da classe média alta e se tornar rico?

Sempre apoiei o meu pai nas suas decisões políticas, porque admiro imensamente a sua inteligência e dedicação às causas que acredita, mas não sei ao certo se me sinto confortável com a candidatura; sou da opinião que política se faz pelos bastidores, e as figuras a frente de um cargo público perdem autonomia e, ironicamente, poder. Sinto vergonha do nosso Congresso Nacional, todos aqueles palhaços e palhaças de terno, achando que possuem alguma escolha, bem presos pelas cordas de interesses maiores que os manipulam. Eles acreditam piamente que possuem alguma influência, mas a única vantagem que levam em relação ao resto de nós é o dinheiro que recebem ao beneficiar quem dá mais.

São "os que dão mais" que têm o comando, aqueles que não aparecem na mídia, mas que curtem a vida do banco de couro dos seus jatinhos. Os grandes empresários, os países imperialistas (alô, Tio Sam!), os banqueiros, a mídia, a Igreja... O pacotão de homens brancos de meia-idade que herdaram grandes fortunas de seus avós escravagistas e enriquecem ainda mais com o suor do proletariado, passando a riqueza e o *know-how* para a sua prole branca e plástica, que explica em entrevistas para a revista Forbes que chegou a CEO de startup através de meritocracia, perpetuando um ciclo sem fim.

Talvez eu esteja sendo pessimista demais, e um tanto quanto hipócrita por fazer parte desse mundo e estar bastante confortável em uma posição privilegiada, mas acredito que o meu pai faria mais e melhor se continuasse articulando pelas beiradas.

Mas quem sou eu para aconselhar alguém? Não consigo nem dizer para a garota que eu gosto que ficaria imensamente feliz se, talvez, ela enfiasse a língua na minha boca — e, pior ainda, é só nisso que consigo pensar, quando existem problemas muito maiores no mundo.

Reli a carta que escrevi para América.

Acho que fez justiça ao nosso "lance". Não dava para ser nada muito melodramático, afinal, nós éramos pré-adolescentes conhecendo as primeiras amarguras dos relacionamentos humanos; mas, se algum dia as minhas palavras chegarem até ela, eu ficaria orgulhoso da minha desenvoltura emocional, quase sempre tão enferrujada.

Isadora diz que Andrei é um aquariano disfarçado de pisciano, e que ela não sabe o que é pior, mas eu consigo ver muitas semelhanças entre o meu irmão e América, principalmente porque os dois não parecem ser desse mundo.

Não sei que fim levou a garota do meu primeiro beijo, mas, no geral, acredito que ela possa ter se tornado a versão feminina do meu irmão mais velho. Se fosse um cara mais aberto a compreender o sentimento humano, talvez eu e América ainda pudéssemos ser bons amigos, mas os meus relacionamentos foram sempre muito mais antropológicos do que profundas conexões emocionais.

Andrei costumava chorar muito depois que descobriu ser adotado, e mais ainda quando começou a estreitar os laços com a mãe biológica. Tatiana chorou o rio Nilo quando o seu casamento entrou em crise, e mais ainda quando descobriu que ser mãe não tinha nada a ver com os filmes de comédia romântica que devorava e em como vivia o tempo todo exausta, à beira de um colapso. Os meus pais choraram como criancinhas tomando injeção quando descobriram que Andrei estava em contato com a mãe biológica, e mais ainda quando a minha avó materna faleceu. E todos eles choraram muito com a morte precoce e injusta do meu tio.

Eu fiquei no caminho, observando tudo de uma distância emocional imensa, um abismo formando-se entre minha família e eu.

Sem chorar. Sem derrubar uma só lágrima.

"Você não tem coração", perdi a conta de quantas vezes ouvi essa frase.

Talvez eu realmente não tenha. Ou talvez Pietra tenha resgatado esse importante órgão vital das profundezas do meu corpo.

— ...ela não tinha ritmo — desabafa João, enquanto escrevo no computador; digo que estou fazendo um trabalho para a faculdade, para que ele não desconfie da minha digitação frenética. O meu amigo está com a cara enfiada no celular, jogando um dos milhares de joguinhos que deixam o seu celular mais lento que as suas sinapses cerebrais. — Tem que ter ritmo pro boquete. Se você não tem ritmo, nem começa!

— Legal, vou absorver essa dica, João. Da próxima vez que eu for chupar um pau, penso no ritmo com carinho — comento vagamente.

João ri pelo nariz.

— Pior que não ter ritmo é raspar o dente — comenta João e nós dois fazemos uma careta involuntária.

— Pior que raspar o dente no pinto é homem que faz língua de periquito pra chupar. — A voz de Pietra atravessa a nossa bolha de comentários imbecis que só garotos de 20 e poucos anos são capazes de produzir, jogando a bolsa de qualquer jeito em cima da cadeira da escrivaninha.

Eu ajeito melhor o computador no colo e sento direito. O meu cabelo está seco; eu não sabia que ela passaria na minha casa, afinal, hoje é sexta-feira.

Porra.

— Porra, Pietra — resmunga João sem nem olhar para ela —, taí uma coisa que eu não queria imaginar.

— Ah, então eu posso ouvir vocês falarem de rola o dia inteiro, mas quando exponho as minhas experiências, compartilhei demais? — resmunga, olhando ressentida para ele.

O cabelo dela está preso de qualquer jeito e ela está com olheiras arroxeadas embaixo dos olhos. Parece cansada, mas muito decidida; sempre fiquei admirado com a sua energia.

Nós trocamos um olhar de cumprimento, ela sorri, o meu estômago embrulha. Eu abaixo a cabeça para o computador, os dedos trêmulos enquanto digito isso.

— Você não deveria estar no consultório? — João finalmente bloqueia o celular, olhando para a amiga pela primeira vez.

Pietra parece ficar sem graça com 100% da atenção de João nela.

— Troquei o turno de sábado com uma amiga que precisava do dia. — Ela dá de ombros.

"Você é uma pessoa sensacional", penso em dizer, mas me calo.

Caralho, qual é o meu problema? Pietra é minha amiga, eu ainda posso elogiá-la sem deixar escapar que estou perdidamente apaixonado por ela, não posso?

— A Larissa também está vindo, o professor dela tem uma conferência no Pará — avisa Pietra, sentando-se na ponta da cama e pegando o meu pé esquerdo entre as mãos, massageando-o distraidamente.

Sinto uma corrente elétrica percorrer todo o corpo. Ela precisava mesmo me *tocar*?

— Nós poderíamos sair hoje! — João quase berra, empolgado com a possibilidade.

— Eu prometi a Isadora que passaria lá na casa dela mais tarde — comento. — O Andrei vai fazer o jantar.

— Vamos todos, então — Pietra sugere. — Eu adoro o seu irmão!

O ciúme que sinto com o comentário de Pietra é completamente irracional e estúpido, eu sei, mas, involuntariamente, puxo o pé para mais perto do peito, desvencilhando-me das mãos habilidosas da minha amiga.

Ela nem parece notar.

— Onde nós vamos? — Larissa irrompe para dentro do quarto, incapaz de fazer qualquer coisa discretamente, a mochila cheia de livros caros e pesados batendo contra as suas costas. — Eu preciso me distrair, passei o dia todo preenchendo papéis infinitos para a bolsa que tenho certeza que não vou conseguir...

Ela me olha e sorri.

João pigarreia uma vez e responde, a voz mais grave do que o normal.

— Na casa do Andrei.

— Ah, que bom! Eu adoro o seu irmão! — comenta ela.

Dessa vez o comentário não me deixa nem um pouco enciumado.

— Você podia ter me avisado, seu cabaço! — Andrei caminha agitado pela cozinha e resmunga o percurso todo, jogando um quilo de macarrão na panela cheia de água fervendo e provando molhos e outras coisas que eu não sei dizer o que são. — Eu fiz comida para três pessoas, não para a torcida do Corinthians!

Estou sentado à mesa da cozinha, digitando no notebook que levo para todos os lugares agora; as pessoas já começaram a questionar o que tanto eu escrevo, mas a minha lista de desculpas esfarrapadas é vasta e criativa.

Andrei não pergunta nada, mas, de tempos em tempos, lança alguns olhares curiosos de soslaio.

Ouvimos então várias risadas irromperem da sala, a mais alta sendo de Isadora. Eu sorrio; ela deve estar dando um show, como sempre faz quando tem uma plateia.

— Você age como se estivesse no MasterChef — comento, acostumado a lidar com o drama do meu irmão. — É só fazer mais macarrão.

O jeito que ele me fuzila com os olhos significa que não devo mais falar sobre a comida. Ou a falta dela. Então decido mudar de assunto.

— E como estão as coisas com a Isa?

— Boas — ele responde vagamente.

Espero pela continuação, mas ele se cala. O que é estranho, porque nunca consigo fazer Andrei calar a boca quando o assunto é Isadora. Alguma coisa realmente deve estar acontecendo...

— Estou com fome! — João invade a cozinha segurando um pacote de Doritos, a mão alaranjada dentro do saco.

Larissa, Pietra e Isadora entram atrás dele. Eu viro a tela do computador para a parede, com medo de que alguém possa ler o que eu estou escrevendo. E com *alguém* eu quero dizer *Pietra*.

Ela está tão linda que fica difícil me concentrar em qualquer outra coisa.

— Culpe o seu amigo que não avisou que traria mais três bocas famintas para a minha residência — explica Andrei, os olhos presos no fogão.

Isadora se aproxima dele e o abraça por trás, beijando o seu ombro pela camiseta e sussurrando em seu ouvido algo inaudível para o restante de nós. O meu irmão se derrete, sorrindo como um imbecil e beijando os dedos da namorada com carinho.

Pela primeira vez, sinto certa inveja do relacionamento do meu irmão. Não o tipo de inveja que diz "eu não quero que ele seja feliz ao lado do amor da vida dele", mas o tipo de inveja que diz "eu quero ser feliz ao lado do amor da minha vida *também*".

Reparo que Larissa também está observando o casal; seus olhos estão escurecidos e parecem cansados, e as mãos estão entrelaçadas na frente do corpo. Pietra e João conversam no canto da cozinha, ela animada, ele procurando alguma besteira para forrar o estômago.

A mistura de vozes está um caos, e percebo, mesmo com o carinho da namorada, que Andrei está irritado — ele costuma ficar bem introspectivo quando está cozinhando, ou fazendo qualquer outra atividade que leva a sério.

— Quinze minutos, pessoal — aviso, prestes a me levantar. — Vamos esperar na sala?

De volta ao meu quarto, só de cueca e Marlboro Light entre os dedos, narro os fatos ocorridos na noite de sexta-feira. Começou com o Andrei falando:

— O objetivo dessa noite era criticar o nosso pai por ter cedido às pressões do partido e se candidatado a vereador de São Paulo. — Andrei apontou a sua taça em minha direção, depois que estávamos todos aconchegados na mesa e servidos de macarrão ao molho branco com bacon e vinho tinto. — O pai não é de vocês, mas convivemos há tanto tempo que acho que podemos seguir com o plano inicial.

— Um brinde ao bunda mole do sr. Neves. Que o *jingle* seja brega e os votos abundantes! — exclamei, e todos eles repetiram as minhas palavras.

"Que o jingle *seja brega e os votos abundantes!"*

Tocamos as nossas taças e tomei um gole generoso. Quando abaixei o copo, senti os olhos de Larissa em cima de mim; fingi não perceber, mas ficou um pouco difícil, já que, como mencionado no início dessa carta, minha melhor amiga é incapaz de fazer qualquer coisa discretamente.

Isadora também me olhava, uma das sobrancelhas levantadas e um sorrisinho de "eu te avisei" no rosto. Não sei exatamente o que ela "me avisou", mas balancei a cabeça em concordância.

Na verdade, para ser 100% honesto (acho que aqui é o lugar para tais loucuras e insanidades, como *honestidade*), eu sei muito bem, mas gosto de me enganar, ou de fingir que nada está acontecendo, ou de ignorar sistematicamente a maneira como Larissa me olha já há alguns meses.

A real é que nunca é fácil admitir algo que não queremos. É mais fácil encontrar desculpas, ludibriar os nossos cérebros a acreditar que a verdade não é bem essa, que talvez, por outro lado, quem sabe, a realidade condiz com as nossas expectativas.

Nunca condizem.

A vida é uma merda.

Vamos todos morrer.

Fim.

SEXTA CARTA, OU O MISTÉRIO DE COMO LARISSA SE TORNOU MINHA MELHOR AMIGA

"Minha lancheira é mais legal que a sua".

Beleza. Eu sei que nenhuma amizade se inicia assim aos 20 e poucos anos, principalmente porque a) ninguém mais usa lancheira, agora chamamos a nossa comida empacotada e gelada de "marmita" e b) nenhum ser humano capitalista gosta de ouvir que algum objeto de apreço é inferior a outro. Mas, quando somos crianças, temos a mente mais aberta, e bastou Larissa dizer aquelas palavras para que nós nos tornássemos amigos — eu tinha 6 anos, mas reconheci na hora que a lancheira dela, da Turma da Mônica, era, *de fato*, mais legal que a minha, toda preta e térmica (herdada do meu irmão).

Eu era realmente uma criancinha especial. Interprete essa frase como quiser.

E não gostava muito dos meninos da escola, eles eram muito... *Enérgicos* — reparem aqui na minha irritante predisposição de não gostar das coisas e das pessoas; sou chato pra caralho —, mas Larissa era divertida, trazia os melhores lanches e também gostava de passar os intervalos sentada embaixo da sombra das árvores do nosso colégio burguês, não fazendo nada. Éramos uma dupla e tanto! A minha mãe achava a nossa amizade fofa, mas meus tios alertavam ao meu pai que, se eu continuasse andando apenas com Larissa, me tornaria um adolescente "viado".

Por que a gente sempre tem um tio escroto? Um tio fascista, homofóbico, machista, racista, que faz comentários babacas e constrangedores sem medo de ser feliz (ou preso)? Eu tenho esse tio, você tem esse tio, todo mundo tem esse tio. E se os seus pais não têm irmãos, com certeza algum amigo deles da infância cumpre o papel de "tio". Esse tio é quase uma instituição brasileira, como o vira-lata caramelo.

Espero que eu não seja esse cara para os meus sobrinhos. Mas, se estiver sendo um babaca preconceituoso e estragando a personalidade alheia com frases prontas e moralistas como "há há há, cuidado com os menininhos afeminados no intervalo, Enzo!", como vou saber? Só quando ele tiver 21 anos, escrever cartas para ninguém e desabafar que o tio imbecil interferiu na sua criação?

Acho que me perdi aqui.

Voltando para a Larissa. Ela era gorducha, tinha as bochechas rosadas e a risada fácil; essas características a acompanharam durante todo o nosso crescimento, e é difícil imaginar a minha vida sem ela. Larissa sempre esteve lá, nos momentos ruins — dez dias na UTI, velórios, catapora, quase repetir o oitavo ano, corações partidos e sonhos frustrados — e nos bons também — formatura, passar na faculdade, ouvir as minhas melhores composições, viagens, festas, paixões, ser apenas jovem, despreocupado, um pouco inconsequente e feliz.

O mais irritante de uma amizade antiga entre homem e mulher é ter que ficar se desviando dos milhares de comentários maliciosos sobre o nosso suposto romance. É difícil agir com maturidade e negar o relacionamento amoroso entre sorrisos educados quando tudo o que passa pela nossa cabeça é "eu cuidei da Larissa quando ela teve rotavírus no Guarujá, como é que vai ter romance se eu a vi cagando e vomitando *ao mesmo tempo*?"

Homem e mulher, feitos para transar, foder, meter. Se não tem nada disso, que tenha pelo menos a intenção.

Que grande idiotice.

Larissa é minha amiga, minha irmã, a pessoa por quem eu já arranjei briga na balada e em quem chorei no ombro as dores de outro amor. Nunca chegamos nem perto um do outro, a não ser que estivéssemos brigando ou nos atacando com cócegas.

Não que ela não seja linda, porque ela é! E não posso negar que já me peguei imaginando como seria beijar aquela boca cheia e avermelhada, mas depois me lembro de todos os arrotos, rodízios de pizza, cervejas, palavrões e vômitos que permeiam a nossa história, e me lembro que fomos programados para sermos amigos.

Nada além disso.

Isadora e Andrei estão aqui.

Eu estou tentando decidir que roupa usar para a festa de mais tarde, algum evento chato do Diretório Acadêmico de Odontologia da USP. João vai sair com os amigos do Mackenzie, Larissa disse que precisa ficar de babá da irmã mais nova, então seremos apenas eu e Pietra.

Pietra e eu.

Eu estou nervoso. Desde que me dei conta de que estava apaixonado por ela, nunca mais ficamos totalmente sozinhos; eu sempre dou um jeito de enfiar alguém entre nós dois. Mas sinto que chegou a hora de parar de agir como um lunático e tentar pelo menos voltar a ser o que éramos antes dessa bomba de merda explodir na minha mão, já que admitir os meus sentimentos está fora de cogitação.

— *...lá embaixo, na churrasqueira!* — Andrei entra no meu quarto sem bater, berrando por cima do ombro. Depois, volta-se para mim e cruza os braços na frente do corpo; ele está magro e com o óculos pendurado de maneira torta na ponta do nariz. Meu irmão sempre foi muito esquisito. — Que merda você tanto faz nesse computador, Diego? Está no bate-papo da UOL?

— O que é isso? — pergunto.

Andrei revira os olhos.

— Eu esqueço que você não pegou o melhor da internet. — Ele se senta na beirada da cama e aponta com a cabeça para o violão que descansa ao meu lado. — Alguma nova composição?

Agora eu preciso tocar a minha nova música para ele, porque é isso que nós fazemos quando estamos sozinhos no mesmo quarto, essa é a nossa conexão como irmãos.

E se ela soubesse
Tudo o que eu sei

Ainda me olharia assim
Com os olhos carmesim?

E se ela soubesse
Tudo o que eu sinto
Ainda gargalharia assim
Quase em mandarim?

Acabo de voltar da festa.

Eu não sei nem por onde começar e já deletei a mesma frase 500 vezes. Então acho que vou apenas jogar a informação aqui. Assim que os meus dedos pararem de tremer.

Honestamente acho que eles nunca mais vão parar de tremer.

Sinto como se algo dentro de mim tivesse morrido e, a última vez que me senti assim, estava todo de preto, parado em frente ao túmulo de quem um dia chamei de melhor amigo. Não pensei que fosse me sentir assim novamente, mas esse dia enfim chegou, 13 anos depois.

Pietra está apaixonada pelo João.

E quer minha ajuda para conquistá-lo.

Pronto.

Taí.

Essa é a notícia de hoje.

Agora posso desenvolvê-la melhor.

Pietra, minha amiga, garota por quem estou perdidamente apaixonado, revelou hoje, depois de algumas cervejas, enquanto acariciava a minha nuca de maneira despretensiosa, que se apaixonou por João, meu amigo, único cara que conseguiu me tolerar por tempo o suficiente para criarmos laços de amizade. E, ainda por cima, ela pediu minha ajuda para ficar com ele.

Caralho, como isso é injusto. Na realidade, acho que é até *justo demais*, levando em consideração tudo o que já fiz para as mulheres que algum dia sentiram algo por mim... Sempre soube que o carma me atingiria em cheio no meio do cu, mas não pensei que fosse ser tão cruel. Porque agora acabou tudo! A ilusão, as expectativas, os sonhos de algum dia conseguir revelar tudo o que sinto por ela.

São diversos cenários e em nenhum deles eu termino feliz.

Cenário número um: não revelo a minha paixão, esqueço que algum dia senti algo por ela e deixo as coisas se desenvolverem naturalmente; ela pode ficar com João ou não, mas eu acabo sozinho, eu e os meus problemas de organização.

Cenário número dois: não revelo a minha paixão e ainda a ajudo a conquistar João; acho que aqui já está bem claro que vou acabar sozinho, triste e patético.

Cenário número três: revelo a minha paixão e deixo as coisas se desenvolverem naturalmente. Pietra agradece pela honestidade, mas diz que somos "apenas bons amigos" (já consigo ouvi-la dizer isso, segurando as minhas mãos entre as suas) e eu me queimo com ela, além de foder qualquer possibilidade dela e João ficarem juntos, porque ela é esse tipo de pessoa incrível que não ficaria com ele se soubesse que aquilo poderia me magoar.

Cenário número quatro: revelo a minha paixão e impeço que Pietra e João fiquem juntos. Estrago duas amizades em uma tacada só!

É só isso.

Não tem mais jeito.

Acabou.

Boa sorte.

— Você acredita que a minha irmã beijou na boca esse final de semana?

São essas as palavras que me recebem logo que atendo o celular; eu não estou com vontade de conversar, na realidade, só quero me jogar do Viaduto do Chá e partir para uma vida melhor nos braços da São

Paulo que eu sempre amei (e que sempre correspondeu aos meus sentimentos, mesmo quando fui assaltado no Vale do Anhangabaú, porque logo em seguida encontrei 50 reais na Liberdade), mas não posso negligenciar a minha amizade com Larissa só porque estou com o coração partido — ela sempre esteve lá por mim, mesmo quando também não estava passando por bons momentos.

— O último beijo que dei foi no Carnaval! A minha irmã de 13 anos tem uma vida amorosa melhor do que a minha!

— Acontece — resmungo.

Eu posso tentar não negligenciar a minha amizade, mas isso não significa que eu sei esconder quando estou na pior.

Larissa não demora nem cinco milésimos de segundo para perceber que algo está errado e dispara:

— Você tá legal?

Não, não estou. A garota que eu amo está apaixonada por outro cara que, coincidentemente, é meu melhor amigo, e desconfio que você tem sentimentos por mim, por isso nem posso te contar a verdade, porque ela só te magoaria.

— Tô com sono.

— Eu acho uma gracinha que você acredita mesmo que consegue mentir para mim — rebate ela.

— Ah, é o de sempre — minto, porque é isso o que sou, um mentiroso patológico que não merece o amor de ninguém. — Prefiro mastigar vidro a cursar Administração de Empresas.

— Então desiste, Diego! — exclama Larissa, sem paciência para os meus problemas de gente rica; se ela soubesse qual é o meu problema *de fato*, talvez me designasse delicadamente a tomar no cu. — Já te disse um milhão de vezes que você não é obrigado a continuar. Se quer seguir carreira na música, foca nisso. Você às vezes parece que não me escuta...

— Beleza, Lari, eu não estou com paciência para sermões hoje, muito menos sermões de quem está no primeiro ano da faculdade e acha que tem tudo sob controle. Você não entende o que está rolando, já que nasceu sabendo o que queria fazer da vida e está trilhando o caminho que sempre quis, então não aja como se um tapinha no ombro e um conselho genérico de coach como "siga os seus sonhos" seja o suficiente para mudar a minha vida.

Honestamente não sei por que estou sendo um completo otário com a Larissa.

Quero dizer, *eu sei*, mas não é algo que eu aprove, concorde ou me sinta bem em fazer... Mas acontece que quando estamos na pior, sempre tem alguém disposto a servir de saco de pancadas, mesmo sem saber, e Larissa está praticamente pedindo para que eu despeje nela todas as minhas frustrações.

Aqui está a real e irremediável verdade sobre a minha melhor amiga: ela é boazinha demais. E pessoas boazinhas demais são pisoteadas até aprenderem a lição.

Não estou dizendo que ser boa é uma característica ruim, muito pelo contrário, que bom seria se todas as pessoas fossem como Larissa, que bom seria se *eu* fosse mais como Larissa. Mas elas não são, eu não sou, e ou você aprende a jogar o jogo, ou o jogo aprende a jogar você.

— Você não precisa me atacar, Diego, só estou tentando te ajudar — o tom de voz do outro lado demonstra que ela se magoou com o que eu disse.

Um prato cheio para quem está na merda e quer deixar os outros na merda também.

— Você quer me ajudar? Então pare com esse papinho "*good vibes*", "futuro brilhante", "acredite nos seus sonhos" e, mais importante do que isso, pare de me tratar com condescendência — disparo, porque não sou capaz de manter as palavras dentro da boca.

Não, caralho, não mesmo! Vocês dois não têm nada a ver! É comigo que você deveria ficar, eu sou o cara certo, eu decorei a sua grade horária na faculdade para poder te mandar mensagens entre as aulas, eu entendo com uma só risada diferente que você não está legal. Ele não te entende, ele não te estuda, ele não passa todos os minutos despertos pensando em uma maneira de como dizer que te ama. Porque ele não te ama. Porque eu te amo.

Era o que gostaria de ter dito a Pietra quando ela fez a grande revelação. Essas palavras eu consegui manter bem trancadas dentro da boca, mas a avalanche de merda que estou despejando em Larissa escapa sem qualquer dificuldade por entre os meus dentes.

"É a Isa", respondi para Pietra em vez da verdade, apontando para o celular e afastando-me dela. *"Eu preciso atender essa."*

Sai correndo da festa e não olhei mais para trás.

— Não estou te tratando com condescendência, eu só quero te ajudar.

Eu sei que Larissa está segurando o choro, mas não sinto absolutamente nada além de um vazio imenso dentro do peito.

— É, olha, escuta, eu preciso ir — resmungo. — Não estou com paciência para uma DR entre amigos, tenho meus próprios problemas para resolver.

Desligo o celular sem me despedir.

No exato momento em que faço isso, arrependo-me imensamente do que fiz.

SÉTIMA CARTA, OU O MISTÉRIO DA AMIZADE

Você deve estar me achando um belo de um escroto.

Tudo bem, eu posso lidar; já fui chamado de coisa pior. Mas, se você realmente prestou atenção na minha narrativa até agora, deve ter percebido que os meus amigos são muito bem valorizados na minha pequena escala de prioridades. Algo como primeiro ou segundo lugar.

O que fiz depois da discussão com Larissa não foi pensando em ficar bem na fita com você que está lendo, se é que algum dia alguém vai ler essas cartas — afinal, nem sei quem você é, por que eu deveria ligar para o que pensa de mim? Na realidade, a atitude que tomei foi mais um impulso para calar a minha consciência berrando todas as verdades que não curti muito ouvir.

Logo, bater na porta da minha melhor amiga com uma garrafa de vinho e a terceira temporada de *How I Met Your Mother* (porque todo mundo sabe que é a melhor temporada) foi algo completamente espontâneo.

Acho que nem preciso dizer que não foi exatamente como eu estava esperando que fosse ser. Sabe? Abraços, "foi mal", "eu te perdoo", toda a baboseira sentimental de um pedido de desculpas por ter sido um pau no cu.

Felizmente, a imprevisibilidade de Larissa era uma das características que eu mais gostava nela.

— Não. — Ela negou com a cabeça assim que abriu apenas uma fresta da porta. — Hm, hm, chega.

— Mas eu nem abri a boca!

Reparei que Larissa segurava uma taça de vinho pela metade, mas resolvi não comentar; vinho era a sua bebida para os momentos tristes, justamente por isso eu havia comprado uma garrafa.

Ótimo. Eu havia me transformado em um tenebroso "momento triste" — Larissa nunca mais me perdoaria.

Rancorosa da porra.

— É sempre a mesma coisa, Diego! — exclamou ela, olhando rapidamente para dentro da quitinete em que morava sozinha e depois para mim. Os olhos escuros dela faiscavam. — Você está putinho com a vida, eu tento ajudar, toco na ferida, você se ofende, *me* ofende, fica com remorso e tenta me comprar com a terceira temporada de *How I Met Your Mother*!

— Você...! Eu não...! Mas que...! Ok, você tem um bom argumento.

— Desinfeta, Neves, eu estou ocupada! — Larissa fez um gesto de quem espantava um pernilongo e, com o movimento, eu pude ver uma cabeleira castanha sentada no único sofá do apartamento.

Então juntei as peças do quebra-cabeças.

Porta semiaberta. Irritação e pressa para que eu sumisse. Recusa em assistir a melhor série de todos os tempos comigo. "Minha irmã de 13 anos tem a vida amorosa melhor do que a minha." Mas então...

— O que você está bebendo?

As bochechas de Larissa coraram.

— Sangria.

— *Larissa!* — exclamei, empurrando-a amigavelmente pelo ombro. — Você está com um homem aí dentro? Você vai transar? Vai tirar as teias da...

— Urgh, você é o pior Neves da família. — Ela colocou um ponto final naquela conversa, batendo a porta na minha cara.

E eu fiquei parado do lado de fora, olhando para a madeira com cara de idiota.

No dia seguinte, no caminho para a faculdade, vejo uma pichação no muro:

"Quando você ama alguém, deixo-o ir."

Mas, porra, por que é que tem que doer tanto?

Vim para a aula para tentar me distrair. Mas a verdade é que estar aqui, sentado, olhando para a lousa, é um prato cheio para a minha imaginação divagar.

Quem será o homem misterioso na casa de Larissa? E por que ela não quer me contar? Eu e ela contamos tudo um ao outro. Por que agora seria diferente? Será que ela... Será que ela está apaixonada!?

Nunca pensei que esse dia chegaria. Larissa sempre foi muito reservada, muito focada na própria carreira. Nunca teve tempo para namorar, porque ser médica sempre foi a sua prioridade. Desde pequena, ela só fala sobre isso! "Um dia, Diego, você vai me ver em um hospital, de jaleco branco".

E não foi fácil... Larissa não vem de uma família rica. Eles nunca passaram necessidade, mas também nunca foram levianos com o dinheiro. Os pais são professores da rede pública de ensino, e ela estudou com a gente no colégio para riquinhos porque conseguiu uma bolsa. E, em seguida, conseguiu outra no cursinho. E, depois de um ano, entrou em Medicina na USP.

Eu admiro demais a Larissa. Ela nunca deixou de viver, mas também nunca deixou que a vida atrapalhasse os seus planos. Ela tinha um objetivo, estudou e se esforçou o suficiente para atingi-lo. E homem nenhum mudaria isso.

Por isso era tão estranho vê-la com um homem dentro do apartamento. Um homem de quem ela não me contou.

— ...Diego, você vai participar da aula ou vai continuar no celular? Porque se for assim, prefiro que continue lá fora — o professor engomadinho de empreendedorismo chama a minha atenção na frente da sala inteira.

Agora, olha para frente, tnanfo digitar olando paraa a liusa.

Errr, prefiso ir.

Voltando para casa, sentado no ônibus que sacoleja o suficiente para que o almoço do bandejão vá parar na minha garganta, o *shuffle* do celular coloca *With a Little Help From My Friends* para tocar.

What would you think if I sang out of tune?
Would you stand up and walk out on me?

Merda, é sempre assim... Brigo com Larissa porque estou nervoso com qualquer outra coisa que não ela, nós paramos de nos falar, o universo me dá algum sinal de que fui um tremendo bosta e eu me sinto um lixo.

Larissa é minha melhor amiga. Só queria me animar, me colocar para cima, me dar bons conselhos; mesmo sem saber a verdade sobre a minha irritação. Eu fui um idiota.

Lend me your ears and I'll sing you a song,
and I'll try not to sing out of key...

Às vezes, gostaria que ela não fosse tão boa comigo. Gostaria que ela gritasse comigo e falasse tudo o que sente. Gostaria que ela admitisse que ser minha amiga é difícil e, muitas vezes, mais trabalhoso do que prazeroso. Gostaria que ela me desse um choque de realidade.

Mas, no final das contas, não é trabalho dela me colocar no eixo, né?

Só que, ao mesmo tempo, toda vez que ela tenta ser boa comigo e eu sou um idiota em retribuição, é como se lembrasse que esse eixo existe, e que preciso, desesperadamente, voltar para ele.

Então, no final do dia, Larissa é a cola que me mantém colado. E, com colado, eu quero dizer "são".

Assim que chego em casa, passo na frente do escritório e vejo minha mãe lá dentro. Ela está redigindo um e-mail, mas, ao me ver, para tudo o que está fazendo e vira a cadeira em minha direção.

— Oi, meu amor! Como foi seu dia?

Bom, eu briguei com a Larissa, que você adora, não prestei a menor atenção na aula do curso que você tem tanto orgulho que eu esteja fazendo e filosofei sobre a minha vida no busão no caminho de volta para casa.

— Foi bom.

— Que bom! E a faculdade? Muito difícil?

Seria, se eu me importasse.

— Ah, o de sempre... Vou subir para estudar, tá?

É mentira. Eu vou fumar um cigarro e tocar violão.

— Tá bom!

Eu subo as escadas. Às vezes, acho que não mereço absolutamente ninguém que se importa comigo.

OITAVA CARTA, OU O MISTÉRIO DA MINHA PRIMEIRA DESILUSÃO AMOROSA

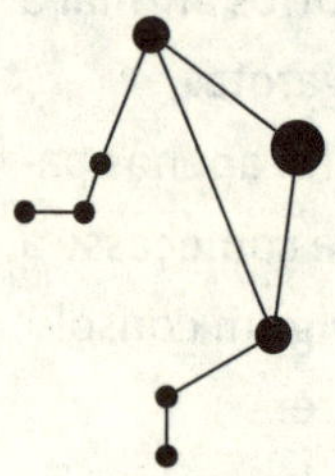

LIBRA

O INÍCIO

Querida Ludmila,

Eu não vou fazer a piada da música com você.

Mesmo porque, na época em que você pegou o meu coração, besuntou em mel e o jogou para os ursos, a cantora Ludmila nem sonhava em ser famosa.

Ou talvez sonhasse, vai saber... Acho que ela não acordou um dia qualquer e pensou "é hoje".

Ok, eu fiz a piada, já posso dormir com a consciência tranquila.

Para ser sincero, eu talvez esteja sendo um pouco injusto ao afirmar que você fez o que fez de propósito, porque você nem deve saber que partiu o meu coração — do jeito que é, imagino que nunca percebeu os corações partidos que deixou como rastro por onde passou.

Além disso, ninguém além de João ficou sabendo que eu era apaixonado por você; quando somos adolescentes, admitir uma paixão é a pior coisa que pode nos acontecer, pior ainda do que quando levamos os nossos amigos em casa e as nossas mães resolvem *conversar* com eles.

Mas o foco hoje é você e como relembrar o que aconteceu entre nós — e colocar tudo isso para fora — pode ajudar a resolver a minha vida, então vamos aos fatos: eu havia acabado de entrar no nono ano e você era uma linda caloura do primeiro ano do ensino médio. Até então, eu tinha

100% de aproveitamento em beijar meninas e me livrar delas como copos plásticos sujos de café; em minha defesa, eu nunca disse que era um cara legal e, quando se tem 14 anos, é importante aos olhos dos outros afirmar a nossa masculinidade sendo o mais escroto possível com as garotas.

Começo a pensar que, talvez, o que você fez comigo foi apenas para que eu deixasse de ser um egocêntrico megalomaníaco e começasse a olhar as mulheres como seres humanos — se te serve de algum consolo, depois do que aconteceu, foi exatamente o que passei a fazer.

A primeira vez que te vi, estava comendo um folheado de presunto e queijo na cantina, junto com os outros garotos punheteiros de 14 anos, conversando sobre qualquer jogo de videogame que fazia sucesso na época. Você desceu as escadas do famigerado prédio do ensino médio com as suas duas fiéis escudeiras (que eu honestamente não me lembro o nome agora, só me recordo que uma parecia um cavalo e a outra tinha uma risada muito irritante), cabelo escuro, olhos mais escuros ainda, e uma porra de um corpo que seria o sonho de consumo de qualquer adolescente acostumado a enfiar o pinto em buracos macios pela casa.

Até então, eu só havia tentado a sorte com garotas mais novas ou da minha idade, garotas que ainda estavam desenvolvendo a própria identidade, garotas que precisavam da aprovação de terceiros para se sentirem bonitas — de um jeito ou de outro, meninos e meninas pré-adolescentes compartilham algumas semelhanças entre si, "aceitação" sendo a maior delas. Mas, como sempre fui arrogante, achei que estava na hora de me aventurar em mares mais violentos, e elegi você como a minha mais nova vítima.

Ah, Ludmila, se eu soubesse que você partiria o meu coração, nunca teria colocado os olhos em você naquele intervalo quente de verão.

O MEIO

Querida Ludmila,

Segundo fontes confiáveis (Wikipédia), o signo de Libra é regido pelo planeta Vênus, representando a atração, o amor, a paixão e a beleza.

Ironicamente, era tudo isso o que você representava para mim. Quando te via pelos corredores do colégio, sempre rodeada por pessoas que queriam o seu bem, eu gostaria de poder dizer oi com a minha nova voz grave de adolescente, apresentar-me como o seu futuro marido, tomar-lhe pela cintura e fazer tudo aquilo que o meu cérebro insistia em imaginar na calada da noite.

Mas, ao contrário das garotas que estava acostumado a seduzir (e, com seduzir, lê-se falar qualquer merda e achar que estava mandando bem quando, na verdade, aquelas garotas só me davam bola porque eu era um dos poucos garotos que conseguia *falar* com elas), você não precisava da minha aprovação; já estava naquela fase da vida que a opinião dos garotos não importava tanto assim e que o foco principal era a diversão. Resumindo? Você era mulher demais para mim. Hoje eu sei que *qualquer mulher* vai ser sempre mulher demais para mim, porém, naquela época, a sua indiferença aos meus olhares e investidas silenciosas (como se você fosse obrigada a saber que o pirralho do nono ano estava te dando mole) machucava o meu ego.

Como poderia saber que, assim como eu, 99,9% da população masculina do colégio olhava para você e sentia a mesma coisa? Aparentemente, isso é algo comum para as librianas: atrair uma legião de fãs por onde passa e não conseguir se decidir por nenhum deles no final do dia. Pode parecer ótimo para o ego de quem conquista os corações, só que não é muito agradável para quem está do outro lado desse relacionamento platônico.

O negócio é que nunca fui de me conformar com as coisas, então, enquanto o resto dos garotos desistiu de você e resolveu tentar a sorte com garotas menos inalcançáveis, eu bolei um plano mirabolante e envolvi o João nele.

Porque o João não é muito de pensar, mas é um ótimo "executador" de tarefas.

Olha aí, acabei de inventar uma palavra. Como é que você pôde esnobar uma mente tão brilhante assim?

O FIM

Querida Ludmila,

O plano era estúpido.

Beleza, o meu eu de 14 anos achou brilhante e até desenhou flechas e esquemas na lousa branca que ficava no escritório do pai, sentindo-se um espião russo da KGB, mas hoje, olhando para trás, é fácil perceber todas as falhas e furos. Além disso, na adolescência a gente tende a acreditar que tudo é um grande jogo de videogame, mas é só na fase adulta da vida que percebemos que a conquista está muito mais para uma troca de experiências e que é impossível agradar a todos, o tempo todo.

De qualquer maneira, o meu intuito era conquistá-la na festa junina. Os alunos do nono ano estavam encarregadas da venda das fichas no dia da festa e eu tive a incrível ideia de te atrair para dentro do caixa com a suspeita de uma nota falsa. Era engenhoso e simples: você entraria na fila, João se encarregaria de guiá-la até o meu caixa, eu pegaria a nota e a avaliaria como estava acostumado a ver os caixas dos supermercados fazerem, diria que aquela nota estava com algum problema e pediria que você entrasse no caixa para vermos como resolver aquela situação.

100% estúpido. E completamente passível de quinhentas milhões de falhas... E como eu sou um puta de um azarado de merda, a mais terrível delas resolveu acontecer.

As coisas estavam caminhando bem. Você entrou na fila com as suas amigas, João estava organizando a distribuição de capital humano e eu estava dentro do caixa, aquecendo as cordas vocais e treinando as habilidades de atuação. O beijo que você me daria quando eu dissesse "tudo bem, eu pago as suas fichas, mas dê um jeito de se livrar dessa nota falsa antes que a polícia chegue" já parecia tão real que podia até sentir o gosto.

E então tudo começou a dar errado.

Primeiro, quando você estava na boca do caixa, seus pais resolveram aparecer. Eu tentei chamar a atenção de João, passei o dedo pela garganta para que ele abortasse a missão, mas, como já disse algumas várias vezes, o meu melhor amigo possui algumas... limitações. Logo, eu me vi dentro do caixa, segurando uma nota de cem reais do seu pai, enquanto você mandava mensagens pelo celular e ignorava a minha existência, e eu não sei se foi o nervosismo, ou um ímpeto de coragem estúpida, mas me vi vomitando as palavras "essa nota é falsa, senhor".

E aí as coisas saíram do controle.

Dizem que o que as librianas têm de indecisas, elas têm de justas — eu pude confirmar essa teoria naquela fatídica festa junina, já que, enquanto o seu pai berrava que ele era uma pessoa honesta e que nunca teria uma nota falsa e a sua mãe chamava os seguranças e o diretor do colégio, você tentava acalmar os ânimos, dizendo "ele se enganou, pai" e "não precisa chamar os seguranças, mãe".

— Sim, eu me enganei, a nota é verdadeira! — Eu acabei berrando por cima da confusão, depois que me dei conta de que estava acusando um promotor de justiça de corrupção; como eu fiquei sabendo que ele era um promotor de justiça? Bom, ele começou a gritar "eu sou um promotor de justiça" sem parar, como se ter passado em um concurso fizesse dele um ser iluminado. — Foi mal, nós tivemos esse treinamento ontem e eu quis mostrar serviço, mas eu errei, foi mal!

— Tá vendo só, pai? Ele pediu desculpas! — você exclamou e, pela primeira vez naquelas muitas semanas em que passei apaixonado, os seus olhos encontraram os meus.

— "Foi mal" não é um pedido de desculpas — comentou sua mãe, fazendo sinal para que os seguranças do colégio se aproximassem.

— Desculpa, perdão, perdón, I'm sorry, o que mais eu posso falar?

— Você pode pagar pelas minhas fichas com todas as suas notas verdadeiras, já que tenho cara de quem anda com notas falsas na carteira! — sugeriu seu pai, um sorrisinho diabólico nos lábios.

Para encurtar a história, foi exatamente o que fiz, antes que aquilo virasse um circo maior do que já havia virado. 100 reais mais pobre, te observei se afastar com os seus pais e contar toda a história às amigas, que pareceram achar hilário, rindo como duas hienas.

Mais tarde, dentro do ginásio de esportes, decidi que estava sendo estúpido e infantil, e que o jeito mais fácil de te conquistar seria me declarando, olhando nos seus olhos, te tratando como um ser humano, e não como um jogo de videogame. Então reuni todas as minhas forças e fui até o local de concentração do primeiro ano...

...só para te ver sugando a cara de um garoto do terceiro ano.

Acho que ali foi a primeira vez que senti como se as minhas entranhas estivessem sendo arrancadas de dentro de mim. Ao longo da vida, a gente acaba sentindo o mesmo a cada decepção, tristeza ou fracasso, e, por mais que isso possa parecer frio e macabro, a dor passa a fazer parte das etapas que temos que superar. Mas, sem sombra de dúvidas, a primeira vez é realmente difícil de esquecer.

Eu tentei dar às costas para aquela situação e fingir que nada havia acontecido, com a intenção de esquecer aquela paixonite estúpida. Mas você resolveu soltar a cara do garoto naquele exato momento e olhar para mim.

Honestamente, não sei até hoje se o sorriso que você me deu foi de pena ou genuíno. Só sei que saí correndo como o garotinho que era e não olhei para trás.

Nos meses seguintes, transformei-me na lenda que disse ao promotor de justiça que a nota de 100 reais dele era falsa e, toda vez que eu te via pelos corredores, dava um jeito de desaparecer. Eventualmente, acabei me envolvendo em outras paixões, muitas delas não correspondidas, e esqueci completamente da sua existência. Três anos depois você se formou e eu descobri, por uma das suas amigas (que acabei beijando na festa de formatura), que quem espalhou o boato da nota falsa de 100 reais e me elevou ao patamar de *bad boy* no colégio havia sido justamente você, por ter se sentindo mal por toda aquela situação (e pelos 100 reais que perdi naquela brincadeira).

Eu nunca mais soube de você, Ludmila. Acho que você provavelmente deve ter seguido os passos do seu pai na justiça brasileira e, no meu imaginário, segue destruindo corações de pobres almas que decidem se apaixonar justamente pela garota mais bonita da sala.

Mas sem ressentimentos. Afinal de contas, você me ensinou duas lições valiosas:

1. O amor não é um jogo, então pare de jogá-lo, e;
2. Nunca duvide da nota de 100 reais de um promotor de justiça.

NONA CARTA, OU O MISTÉRIO DO DIA MAIS TRISTE DA MINHA VIDA

Quando a nossa vida está uma merda, a tendência é se focar na vida dos outros.

Em outros momentos, seria legal sondar Isadora até descobrir os segredos sórdidos do meu irmão e dar um jeito de contar para a família inteira em ocasiões especiais, preferencialmente em feriados sagrados — como quando, durante um almoço de Páscoa, eu deixei escapar o coma alcoólico de Andrei no carnaval de 2016, que resultou em uma internação hospitalar.

A nossa avó ainda não se recuperou muito bem dessa informação valiosa.

O problema é que a minha vida está pateticamente inútil, mas a relação de Andrei e Isadora também não anda muito bem, logo, qual seria a graça de chutar cachorro morto? Eu honestamente não quero ser o culpado por estragar o relacionamento mais enjoativamente bonito da história do nosso país colocando a lenha errada na fogueira apagada.

E então temos Larissa e o seu misterioso novo homem, e posso escolher entre me focar na faculdade insuportável, vida amorosa inexistente e falta de criatividade crônica ou dedicar-me única e exclusivamente em descobrir quem é o novo namorado da minha melhor amiga e dar um jeito de envergonhá-la de maneira épica e inesquecível.

Acho que já nos conhecemos o suficiente para saber qual decisão acabei tomando, não é mesmo?

— Você não tem aula?

Eu entrei no apartamento de Larissa sem ser convidado, jogando a mochila no chão — pensei pegar o notebook e disfarçar com uma tabela dinâmica no Excel durante o interrogatório que pretendia fazer, mas achei que talvez ela pudesse perceber o que eu estava aprontando, principalmente porque *não sei* fazer uma tabela dinâmica, então deixei para relatar tudo o que aconteceu no nosso encontro depois.

Com depois, quero dizer agora, enquanto o meu miojo borbulha na panela e minha mãe assiste novela na sala de TV.

— Posso te fazer a mesma pergunta — esquivei-me, jogando-me no sofá e colocando os pés em cima da mesa de centro, do jeitinho que ela não suportava.

Porque, vocês sabem, não sinto o menor prazer em irritar as pessoas.

— Você sabe que ainda não estou conversando com você, não é? — Larissa voltou para o lugar que aparentemente ocupava antes da minha intromissão, sua mesa branca de estudos, abrindo um pesado livro de capa dura na página em que havia parado. — E amanhã eu tenho prova de neurofisiologia e parece que passei os últimos meses só preenchendo formulários de admissão e caçando editais de bolsa, e na medicina se você pisca, perde 37 matérias. Não tenho tempo para as suas desculpas baratas.

— Quem disse que eu vim me desculpar?

Larissa me lançou um olhar cínico.

— Tá, beleza, *eu vim* me desculpar. De novo — abri os braços em rendição. — Mas é melhor que você não pense que isso é uma missão de paz, porque aí que não vai dar o braço a torcer.

— O braço a torcer? — Ela voltou a atenção para o livro. — Se eu já não estivesse eternamente conectada a você depois de ser obrigada a aturar o seu chulé por todos esses anos, estaria considerando rever essa amizade.

— Você não pode rever a nossa amizade. Eu sei muito sobre você. Imagina a merda que daria se jogasse no ventilador todos os seus porres?

— O seu rabo está preso ao meu, Diego Neves — Larissa agia como se não estivesse prestando atenção, os olhos indo e voltando pelas linhas do livro —, eu te vi pelado às duas da manhã pedindo uma camisinha para o João enquanto ele vomitava na privada.

— Eu te vi chorar assistindo *Crepúsculo* — rebati.

— Eu te vi chorar assistindo *A Lagoa Azul*!

— Eu te vi comer uma minhoca, Larissa!

— Sim, porque eu estava tentando te animar depois que...

Larissa parou de falar, crispando os lábios e olhando para mim. Eu me mantive sério, contido, mas foi como se tivesse levado um soco na boca do estômago.

— Foi mal — ela sussurrou, finalmente fechando o livro e olhando diretamente para mim. — Sério, desculpa, eu não queria...

— Tudo bem, não tem problema — tentei sorrir. — Já faz muito tempo.

Mas *tinha* problema.

E podia fazer o tempo que fosse, aquilo ainda iria doer para sempre.

Eu não sou o Harry Potter, mas a minha cicatriz no rosto dói.

Na época, os médicos disseram que não tinha porque doer uma vez cicatrizado, e o psicólogo disse que era "psicológico" — era meio óbvio que diria isso, já que o objetivo ali era continuar com as sessões que eu tanto odiava.

Ela doía no chuveiro, no carro, na escola, doía o tempo todo. Doía toda vez que eu pensava no meu tio estatelado no asfalto, sangue saindo do crânio, os olhos esbugalhados, o corpo em uma posição não-humana — e eu pensava naquilo com certa frequência.

Agora, enquanto relato o pior dia da minha vida, ela está doendo. Porque é só lembrar o que fiz que o remorso toma conta do meu corpo; quem insiste em dizer que ninguém nunca morreu de arrependimento não me conheceu ainda. Eu posso não ter morrido, mas é insuportável habitar a minha pele faz muito tempo.

Desde que eu tenho 8 anos, para ser mais específico.

Porque é muito fácil dizer a uma criança que ela não foi a culpada, que era para ser, que acidentes acontecem, que chegou a hora do tio, que o outro motorista estava bêbado, mas é muito difícil tirar da cabeça dela a insistência para que o tio favorito a levasse na maldita sorveteria, mesmo que ele tivesse prometido ir mais tarde, e mais difícil ainda tirar os uivos magoados do pai no funeral do irmão ou o choro sentido da avó enterrando o próprio filho.

Tudo porque eu não queria esperar.

Tudo porque fui uma maldita criança mimada.

Tudo porque o meu tio me amava demais para dizer não.

Tudo por minha causa.

O meu tio se chamava Anthony Neves, tinha 29 anos e morreu em um acidente de carro; ele estava sem cinto, já que estávamos indo apenas na sorveteria do bairro a algumas ruas de distância, e foi arremessado pelo vidro. Eu sobrevivi com ossos quebrados na face, a pele dilacerada na bochecha e testa, algumas costelas quebradas, três pinos atrás do olho direito, dois dias na UTI e outros três no quarto. O outro motorista, bêbado às quatro da tarde de um domingo depois de sair de um churrasco da empresa, saiu ileso do acidente e ainda responde em liberdade.

Na missa de sétimo dia, meus pais haviam me colocado num terno, ainda cheio de ataduras no rosto e andando em uma cadeira de rodas por conta das costelas quebradas. Quando chegamos na porta da igreja, porém, recusei-me a entrar e encarar todos os amigos e familiares que, secretamente, me culpavam pelo ocorrido. Além disso, tinha medo de pegar fogo ao passar pela porta, depois do que tinha feito. Deus nunca me perdoaria; pelo menos não o Deus vingativo que inundava cidades que conheci na catequese.

"Vai ser melhor", "é uma missa para celebrar o seu tio", "vai se arrepender depois" foram alguns dos argumentos usados, mas eu não conseguia. Eu tinha 8 anos e havia acabado de perder o meu tio e melhor amigo. O cara que me ensinou a jogar bola e que assistia a todos os episódios de desenhos animados comigo. O cara que me levava para tomar sorvete e gostava de construir fortes com travesseiros e cobertores. O cara que estava noivo, havia acabado de ser promovido e sonhava em ser pai. O cara que eu havia varrido da face da Terra por ser mimado.

Meus familiares acabaram desistindo de me convencer e eu fiquei do lado de fora olhando para a minha gravata vermelha. Minutos depois, Larissa chegou usando um vestido preto, acompanhada dos pais. Eles me beijaram, tentaram me convencer a entrar e então desistiram, indo encontrar meus pais.

Larissa ficou ao meu lado, olhando para a minha gravata, completamente em silêncio. Hoje consigo lembrar exatamente da gratidão que senti pela minha melhor amiga por ter me dado a dádiva do silêncio, por não ter tentado me convencer de que eu não era culpado, mesmo que pensasse o contrário, como todos estavam tentando fazer.

E então, subitamente, ela se agachou, pegou uma minhoca da terra e a segurou na frente do meu rosto.

— Você duvida que eu coma essa minhoca?

Eu olhei dela para a minhoca, da minhoca para ela. Por um instante apenas, esqueci porque estava ali, de terno, com ataduras no rosto.

— Duvido.

E ela comeu.

E ali, soltando a única risada honesta que daria em anos, eu tive certeza de que Larissa era especial.

Foi um ano horrível.

Eu já não tinha muitos amigos, e depois do que aconteceu, eu me fechei mais ainda — Larissa era a única que ainda conseguia me fazer falar, me fazer comer, me fazer estudar, me fazer viver. Eu fui tratado por dois psicólogos diferentes e um psiquiatra, mas nada parecia fazer efeito e, depois de alguns meses, comecei a ter pesadelos; racionalmente, optei por passar as noites em claro, com medo de dormir e sonhar com o cérebro do meu tio espalhado pelo asfalto.

Os remédios vieram em seguida, deixando-me zonzo e sonolento o tempo todo. Larissa tentava me animar, mas era uma missão impossível fazer com que eu me interessasse por qualquer coisa, uma mistura delicada de luto, depressão, recuperação do acidente, remorso, ódio e drogas pesadas.

Eventualmente, o meu pai voltou a sorrir, meus irmãos voltaram a agir normalmente, minha mãe voltou a cozinhar todos os dias, mas eu não melhorei. Para ser honesto, acho que vê-los seguindo com as suas vidas só me deixou pior. Como eles poderiam esquecer a morte de um garoto de 29 anos? Como eles poderiam esquecer o que eu havia feito e tratar-me com compreensão e compaixão? Eu não merecia os abraços espontâneos da minha mãe, os sorrisos do meu pai, as tentativas de distração da minha irmã e os conselhos do meu irmão.

Se eu tenho que ser 100% honesto, caro leitor, não sei exatamente quando comecei a melhorar. Um dia, acordei vendo as cores com mais nitidez. Na semana seguinte, joguei uma partida de Mario Kart com o meu irmão. No quarto mês, Larissa me arrastou até o parquinho na esquina da minha casa e a gente passou a tarde no balanço. Um ano depois, parei de tomar os remédios. Alguns anos depois, João e Pietra se juntaram a mim e a Larissa, e os meus dias ficaram divertidos. Comecei a compor, a sair, a *viver*, e a morte do meu tio ficou presa à minha cicatriz e à minha alma, de forma permanente, mas distante.

Toda vez que eu penso nele, a cicatriz dói. Hoje, os rastros esbranquiçados do meu rosto doem com menos frequência. Mas ainda dói. Dói com a mesma intensidade que eu senti ao ser arrastado para fora do carro pelos bombeiros, quando vi o meu tio morto no asfalto.

Talvez por isso minha mãe se preocupe tanto com a minha saúde mental. Talvez por isso meu pai tenha se candidatado a vereador. Talvez por isso meu irmão tenha a tendência de se fechar às vezes. Talvez por isso a minha irmã esteja tendo tantos filhos. Talvez por isso minha avó tenha falecido um ano depois do acidente, de câncer. Talvez por isso eu esteja escrevendo essas cartas a ninguém.

Talvez a morte do meu tio tenha causado tudo isso em nossas vidas.

Talvez.

— Que merda, eu realmente não sei quando calar a boca!

Larissa saltou da cadeira de estudos e sentou-se ao meu lado; as ações aconteciam rapidamente no seu apartamento de 30 metros quadrados.

— Serei obrigado a concordar com você.

Assim que ela se sentou, abracei-a pelos ombros e ela encostou a cabeça no meu peito.

— Tudo bem — disse ela enfim, depois de alguns minutos naquela posição. — Você pode pedir as suas desculpas agora.

— Ótimo — pigarreei. — Larissa?

— Hm?

— Me perdoa por ter sido um imbecil?

— Só se você me perdoar por ter sido uma insensível.

— Está perdoada.

— Você também.

— Ótimo. Agora sobre o homem no seu apartamento...

Espera.

Andrei está batendo na porta.

Acho que vou ter que terminar na próxima carta.

DÉCIMA CARTA, OU O MISTÉRIO DO HOMEM NO QUARTO DE LARISSA

Nunca pensei que fosse dizer isso, mas Andrei é um bosta.

Beleza, eu sei que você deve estar confusa com essa afirmação (agora te imagino como uma paulistana com o lado direito da cabeça raspado e o cabelo tingido de rosa, lendo essas cartas no intervalo do seu curso de design de jogos), uma vez que eu só rasguei elogios ao meu irmão mais velho até agora. Porém, *até agora* eu não desconfiava do que comecei a desconfiar depois do desfecho da minha conversa com Larissa — e depois do diálogo que eu e ele tivemos há alguns minutos.

Andrei precisava do meu violão emprestado e, conforme eu lhe passava o *case* do meu Taylor favorito, perguntei casualmente:

— Você está com aquela sua palheta da sorte? Talvez ela consiga me inspirar como sempre te inspirou... Faz tempo que não consigo compor nada de interessante.

— Hmmm... — meu irmão apalpou os bolsos da calça, depois, abriu a carteira, procurou pelos bolsos e olhou para mim com uma cara esquisita. — Acho que deixei em casa, cara. Foi mal.

Viu?

Viu?

Viu?

Filho da puta mentiroso do caralho!

Me dei conta de uma questão: não terminei de contar a minha conversa com a Larissa e você não deve ter entendido nada da primeira parte dessa carta.

Que cabeça a minha.

Deve ser por isso que eu vou tão mal na faculdade.

De qualquer jeito, eis o que rolou depois que eu e Larissa nos perdoamos por sermos uns idiotas com as cabeças enfiadas em nossos cus e eu a questionei sobre o misterioso homem em seu apartamento:

— Esquece o homem no meu apartamento, Diego — disse, revirando os olhos.

— Como posso esquecer? Em um momento, você está reclamando que não beija na boca desde o carnaval, no outro, tem um cara no seu sofá — olhei para baixo —, aqui mesmo onde estou sentado. Puta merda, ele *gozou* aqui, Larissa?

— Vai se foder, Neves. — Larissa se levantou rapidamente e foi até a mesa onde estudava anteriormente. — Eu acabei de te perdoar e você já está pedindo por outra briga?

Eu ri, mas algo na maneira como ela falou o meu sobrenome me deu a impressão de que, talvez, ela o estivesse usando muito — Larissa nunca usava "Neves" em se tratando da minha pessoa. Era sempre Diego, Dieguito, Dieguinho, Di, Ego, Rego, Digato, Digostoso, Dimas, Dilma, Rousseff, Dênis, Délcio ou variados... Por que ela resolvera começar a me chamar daquela maneira esquisita?

Intrigado, voltei a apoiar os pés na mesa de centro, mas acabei derrubando algo que não tinha reparado que estava ali antes: a palheta da sorte do meu irmão.

Você pode me dizer que talvez aquela palheta não seja de Andrei, que palhetas com o mesmo desenho são feitas aos montes, que eu estou ficando paranoico, que eu estou apenas tentando desviar a atenção do fato de que Pietra está querendo sentar na cara do meu melhor amigo, mas *eu sei* que aquela era a palheta da sorte de Andrei porque era preta e vermelha com o logo da Fender descascado e a inicial "A" desenhada com um estilete.

E, para exemplificar como a minha mente extremamente inútil e insensível funciona, eu não pensei na traição do meu irmão, na cara de pau de Larissa, nem na dor de Isadora. Não, querida paulistana hipster que está lendo essa carta, dentre tudo o que poderia pensar, o que me veio à mente foi: "ora ora temos um xeroque rolmes aqui".

Inútil.

Eu sou inútil.

— Beleza, não vou mais me intrometer. — Levantei-me, porque não conseguia mais ficar sentado com toda aquela angústia dentro de mim; pode não parecer, mas, às vezes, os sentimentos tomam o melhor de mim. — Mas acho que o seu novo namorado deixou a palheta dele para trás.

Coloquei a palheta em cima da mesa de estudos e olhei dentro dos olhos escuros de Larissa, tentando alcançar a sua alma, querendo que ela admitisse o que estava fazendo, caísse aos meus joelhos e pedisse perdão.

Mas ela só piscou duas vezes para mim.

— Você está muito esquisito, Dênis. Pare de ser esquisito. Você sabe que eu não gosto quando você fica esquisito.

— Ele é músico? — Eu ainda tentei, apontando com a cabeça para o pequeno pedaço de plástico que fazia tudo aquilo parecer real e desastroso demais.

— Você tem cinco minutos para sair da minha residência e me deixar estudar.

Eu respirei fundo.

— Beleza. Estou indo. Mas não porque você me expulsou.

— O médico mandou não contrariar. Nos vemos esse final de semana?

— Preciso confirmar na minha agenda.

Então...

Andrei, meu irmão mais velho, herói das histórias em quadrinho da minha imaginação e namorado fiel, é o homem misterioso do apartamento de Larissa.

A pergunta aqui é: o que diabos ele estava fazendo lá?

Os meus palpites são:

1. Conversando sobre a vida, afinal, ele e Larissa são amigos;

2. Pedindo os livros de Larissa emprestados porque decidiu que a sua vocação na vida é ser médico;

3. Pedindo ajuda de Larissa para comprar um presente para Isadora;

4. Tirando a sorte de Larissa nas cartas de tarot;

5. Jogando RPG de mesa (embora Larissa me chame de "virjão" toda vez que eu encontro os meus amigos da faculdade para jogar RPG de mesa);

6. Hipnotizando Larissa para um vídeo no YouTube;

7. Contando a Larissa que ela é uma bruxa e irá para Hogwarts;

8. Avisando Larissa que o professor Xavier a quer junto aos X-Men;

9. Tendo uma consulta gratuita com a futura doutora Larissa (mesmo que ela ainda esteja no primeiro ano do curso e pretenda se especializar em ginecologia e obstetrícia);

10. Tentando sequestrar Larissa para pedir o resgate, mas desistindo de última hora e ficando para tomar um chá.

Sim. Definitivamente é alguma dentre essas opções altamente viáveis.

Ou... Andrei pode estar traindo Isadora com Larissa.

Eu ligo para Pietra, porque acredito que ela possa me acalmar em um momento como esse.

Tuuuuu.

Também porque faz muito tempo que eu não respondo às suas ligações e já começo a sentir saudades de ouvir a sua voz.

Tuuuuu.

Mesmo que esteja apaixonada pelo meu melhor amigo e tenha destruído o meu coração mesmo sem saber, ainda sinto a sua falta.

Tuuuuu.

Estou na sacada do meu quarto, porque os meus pais têm dinheiro o suficiente para que o meu quarto tenha uma sacada, e o cigarro que eu fumo é o último do maço.

Tuuuuu.

O notebook está quente no meu colo e gostaria que amanhã fosse sábado, mas é quarta-feira e vou precisar aparecer na faculdade em algum momento.

Tuuuuu.

Não sei o que vou fazer quando esse cigarro acabar.

Tuuuuu.

Quando Andrei morava em casa, ele sempre tinha cigarros para me dar quando os meus acabavam.

Tuuuuu.

Andrei. Maldito, desgraçado, escro...

— Diego?

É muito doido isso, né? A gente acha que vai ser tranquilo superar, que é só experimentar outras mulheres que aquela que está tirando o nosso sono desaparece em um instante, que no final de semana seguinte a gente nem vai mais lembrar o nome dela. Mas aí ela atende o telefone e a gente fica sem reação. Fica querendo esconder a cabeça no meio das pernas e fingir que aquela ligação nunca aconteceu.

— Diego, não vai falar nada?

— Oi, oi, Pietra — digo.

Ouço a voz dela pelos fones de ouvido, porque queria ter as mãos livres para escrever essa carta enquanto conversamos — li por aí que é terapêutico relatar o próprio sofrimento *enquanto ele acontece*, ou qualquer merda freudiana do tipo, e eu nem deveria acreditar nessas coisas, principalmente depois dos anos de terapia pós-desastre de carro que não me levaram a lugar nenhum. Mas acredito dessa vez, porque foi a Internet que me disse.

E se está na Internet, deve ser verdade, não é mesmo, crianças?

— Você anda muito esquisito ultimamente — dispara ela. — Saiu correndo da festa, não atendeu às minhas ligações, e agora me liga e não diz nada. Diego, seja sincero comigo... Você está legal?

— Claro que estou legal, Pietra. E desde quando eu *não sou* esquisito? Me parece até uma ofensa que você algum dia tenha acreditado na minha normalidade.

Tento agir de maneira casual, ser o Diego que sempre fui, e consigo arrancar uma risada de Pietra.

A risada dilacera o meu coração.

Então crio na minha mente uma imagem nítida de Pietra e João lambendo a cara um do outro, enquanto ele arranca a roupa dela e diz coisas extremamente condizentes com a sua personalidade, como "quero comer um saco de Fandangos depois de te comer".

Ainda nessa imagem mental macabra, Andrei e Larissa fazem a mesma coisa no quarto ao lado, rindo e dizendo o quão idiota Isadora deve parecer, esperando Andrei chegar em casa todas as noites.

Eu tenho vontade de socar alguém.

— Eu me preocupo com você, é só isso — resmunga ela. — Mas já que me deu a honra de uma ligação, Vossa Majestade, pode me dizer por que saiu correndo da festa?

— Ah... — engulo em seco. — As últimas revelações me deixaram um pouco... Não sei, você sabe que não sou bom em guardar segredos.

— Que revelações? Que segredos? Por que você está falando em códigos comigo, Diego Neves?

— Eu... Você não lembra do que me contou no sábado?

— Sábado é um grande borrão de *shots* de tequila e canecas de cerveja, Diego, principalmente depois que você foi embora. Eu não lembro nem como cheguei em casa! — ri Pietra. — Por que? O que eu te contei? Ai, meu Deus, tem a ver com as minhas roupas íntimas?

— Não, você me contou que está...

Então eu paro de falar.

Porque se Pietra não lembra, talvez eu consiga esquecer também.

— Que estou...?

— Que está com medo de pegar a sua primeira DP esse semestre.

— Que blasfêmia! Como é que a minha versão bêbada pode me expor dessa maneira? E se algum professor me escuta?

— E não é como se você fosse pegar uma DP, não é mesmo, Pietra? Desde quando esse tipo de problema de seres humanos comuns atinge a nata da sociedade intelectual brasileira?

— Sempre muito galanteador — comenta ela. — Então você está querendo me convencer de que foi por isso que você foi embora como se tivesse visto uma assombração? Por que te disse que vou pegar uma DP?

— Não pude aguentar a possibilidade de estar na presença de uma péssima aluna. — A minha capacidade de improvisação só cresce a cada minuto que passo apaixonado por Pietra.

— Eu só vou fingir que acredito nessa desculpa esfarrapada porque preciso terminar cinco capítulos para a prova de amanhã — diz Pietra e eu suspiro de alívio por mais um dia me esquivando da realidade. — Mas vou descobrir a verdade esse final de semana, ou não me chamo Pietra Gonçalves Baptista.

— Isso é o que veremos, Joelma.

Desligo o telefone me sentindo um pouco melhor em poder conversar com Pietra como se nada dentro de mim tivesse mudado, mesmo que não tenha conseguido discutir nada que esteja me incomodando.

Mas sabe como são as coisas... Talvez Pietra consiga mesmo tirar de mim a verdade nesse final de semana.

Mas qual das verdades é a verdadeira questão.

DÉCIMA PRIMEIRA CARTA, OU O MISTÉRIO DA FILHA DO DIRETOR

ÁRIES

O INÍCIO

Querida Barbara,

Eu acho que tenho predisposição para quebrar as regras.

"E você só descobriu isso agora, seu imbecil?", quase posso te ouvir dizer, porque a sua ironia era um pouco agressiva e eu adorava isso na sua personalidade — você simplesmente não dava uma foda para o que pensavam ou deixavam de pensar do que saia da sua boca.

E sabe o que mais eu adorava em você, Barbara?

Você era filha do diretor.

E, como dito anteriormente, acho que tenho a predisposição para quebrar regras.

Ajudava que você tinha o melhor par de peitos do colégio inteiro e estava sempre metida nas confusões mais engraçadas e inusitadas — algo a ver com a *sua* predisposição para quebrar regras e o fato de que você parecia odiar o seu pai.

Não te culpo. O Sr. Pereira — ou Sr. Paunocu, como costumávamos chamá-lo — não era exatamente um modelo de bom pai, e os boatos do caso dele com a secretária do período matutino talvez te afetassem um pouco mais do que a nós.

Mas, para ser honesto, o mais importante para essa narrativa, Barbara, é que você era do terceiro ano, os seus peitos eram lindos, eu tinha 15 anos e absolutamente tudo me deixava com tesão.

Hormônios, sabe?

Você, como ótima causadora de tumultos que era, provavelmente percebeu a minha fixação juvenil, porque sempre dava um jeito de aproximar-se durante o intervalo e tinha a tendência quase malvada de derrubar objetos no chão bem na minha frente e curvar-se em câmera lenta para resgatá-los. Você sabia, Barbara, e eu adorava que você sabia.

Caralho, que peitos lindos você tinha... Se fechar os meus olhos agora, aos 20 e poucos anos de idade, ainda posso vê-los nitidamente na minha frente, depois de todos esses anos. Redondos. Firmes. Do tamanho exato para encaixar nas minhas mãos. A borda do sutiã aparecendo em uma provocação silenciosa. Ah, Barbara...

Eu vou tentar não escrever essa carta inteira como uma homenagem ao seu busto farto, mas não posso garantir nada, e provavelmente vou acabar voltando a esse tópico de novo e de novo e de novo.

Mesmo porque os seus seios lindos, somados à minha predisposição para quebrar regras e a inconsistência emocional do Sr. Paunocu, quase me expulsaram do colégio.

O MEIO

Querida Barbara,

Aparentemente, o signo de Áries é regido pelo próprio Lúcifer, com requintes de Belzebu e pitadas de Capiroto; acho que serei obrigado a concordar com a internet dessa vez, porque você realmente era o anticristo preso em um corpo com peitos lindos — é, eu ainda estou pensando nos seus peitos.

Não que você fosse uma pessoa ruim, você só... amava ver o circo pegar fogo.

Quando pintou o cabelo de vermelho, todos do terceiro ano puderam ouvir os berros do Sr. Paunocu vazarem da sala da diretoria. E daquela vez que você encurtou a saia de todas as meninas da nossa turma, achamos a suspensão da sala inteira um tanto quanto exagerada

— ou talvez não, porque *todo mundo* se beneficiou, tanto garotos quanto garotas. E talvez o puxão de orelha (literal) que você tomou quando pichou "ANARQUIA" nos muros do pátio tenha sido um pouco demais. Mas aquela era você, sempre atrás do próximo protagonismo das fofocas generalizadas. Você era quase uma entidade, Barbara.

E, honestamente? Eu nem cogitei a ideia de tentar ultrapassar a barreira do platonismo com você, mesmo porque, depois do meu fracasso retumbante com Ludmila, resolvi dar um tempo das mulheres; aos 15 anos, eu aprendia duas valiosas lições: 1) sofrer por paixões não correspondidas era péssimo e 2) o sexo feminino não estava no mundo apenas para me satisfazer.

Demorou, eu sei, mas veja por esse lado: tem homem que passa a vida inteira sem aprender essa lição.

Mas você era você, não é mesmo, Barbara? E você não iria deixar passar o fato de que o garoto estranho com a cicatriz na cara, amigo do garoto com sotaque do Norte, da única garota negra da sala e da garota fora dos padrões estéticos, olhava hipnotizado para os seus peitos e não parecia ser homem o suficiente para tomar uma atitude. Claro, todas as cores de cabelo, saias curtas e pichações podiam irritar muito o Sr. Paunocu, mas apenas Diego Neves e seus pais marxistas e amigos de minorias podiam fazer com que você fosse expulsa do colégio e enfim se libertasse das garras de um pai ausente, tirano e, bem... Pau no cu. Afinal, para o homem de bem, tudo bem ser vândala e arruaceira, só não seja amiga de comunistas.

Confesso que quando você me agarrou na festa da Noemi, depois de oferecer exatos vinte e sete milhões de *shots* de vodca naquele porão escuro na Zona Leste da cidade, eu meio que acreditei que coisas boas aconteciam a garotos virgens que escolheram esperar (não porque queriam, mas porque não existia garota no mundo disposta a tirar a minha virgindade). Também estava bastante bêbado pela primeira vez na vida, então acho que isso pode ter bagunçado um pouco a minha percepção de mundo —, e, por um momento, enquanto eu vomitava uma mistura de Yakissoba e casquinha do McDonald's no tanque cheio de roupas sujas da mãe de Noemi e você ria da minha cara sentada no parapeito da janela fumando um cigarro mentolado, eu jurei que era amor.

Na verdade, só fui entender que não passava de cilada quando cheguei segunda-feira no colégio e descobri que uma foto em que eu estava com os olhos arregalados e as mãos nos seus peitos estava nos celulares de todos os alunos.

Inclusive no seu. E no do seu pai. E você contou para todo mundo que foi a própria propagadora da obra de arte "pegação juvenil, óleo sobre tela".

Olha só, Barbara, se você não tivesse os peitos tão bonitos e a risada tão gostosa, eu poderia ter cogitado a ideia de me sentir usado e abusado em prol das suas vontades egoístas de ser expulsa e se livrar de uma vez por todas do Sr. Paunocu, mas eu meio que virei o herói nacional do primeiro ano B ("cara, você pegou uma garota do terceiro ano!") e ainda tive uma prova concreta de que os seus seios um dia estiveram nas minhas mãos, então vou apenas fingir que fiquei ofendido.

Mas eu não fiquei.

Afinal, tenho mesmo predisposição para quebrar regras, mesmo que de maneira indireta, passiva e prazerosa.

O FIM

Querida Barbara,

Eu não acredito em astrologia.

Mas, se algum dia bater a cabeça e resolver separar as pessoas em grupos de personalidades distintas baseadas na posição dos planetas no dia de seus nascimentos, posso dizer com toda a convicção do mundo que você foi a representação mais fiel de uma ariana que jamais conheci.

Isadora Mônaco não tem metade da sua impulsividade.

Ela também não tem metade dos seus peitos, mas isso deixo a critério do meu irmão, que é um belo de um filho da puta que não sabe apreciar a garota de seios medianos incrível que tem ao seu lado.

Bem, voltando...

O diálogo que tive com você e seu pai naquela fatídica segunda-feira morna de setembro só me prova que, se existe alguma coisa esquisita para acontecer no mundo, vai acontecer comigo.

E, para piorar, eu estava atravessando a primeira ressaca da minha vida.

"Barbara, posso saber o que é isso", perguntou o Sr. Paunocu, estendendo a tela do celular na sua direção.

Eu estava quente de vergonha. E com um pouco de tesão também, confesso. Me imaginei fazendo as mesmas peripécias que havíamos feito na festa da Noemi, só que agora em cima da mesa chique e de aparência cara do seu pai. Me imaginei indo até o final com você, nós dois sóbrios e com muita vontade. E aí parei de imaginar, porque não queria ter uma ereção na diretoria.

Olhei para a foto com os cantos dos olhos, sem coragem de virar o rosto; a minha expressão, beirando a loucura, revelava o sentimento de todos os garotos que pegam em seios lindos pela primeira vez em suas vidas.

Fiquei com vontade de pedir por compreensão ao Sr. Paunocu. Perguntar se ele não se lembrava da sensação de pegar em seios pela primeira vez; nós trocaríamos olhares cúmplices, ele abaixaria a guarda ao lembrar-se dos firmes seios de alguma garota chamada Simone que ele havia apalpado nos fundos de algum baile cafona nos anos 70 e nos deixaria ir embora com um sorriso no rosto.

Eu seria um herói nacional, e não apenas o herói do primeiro ano B.

Mas não disse nada, claro. Eu tinha amor à vida.

"Uma foto?", você perguntou, um sorrisinho cretino nos lábios.

"Chega, Barbara, não vou mais tolerar essa sua malcriação!", o Sr. Paunocu esmurrou a mesa e tenho quase certeza que acabei soltando um gritinho fino de susto.

Ainda bem que você não ouviu, porque começou a gritar no mesmo instante:

"Acho que se fui malcriada, a culpa deve ser de quem me criou, não é mesmo!?"

"A culpa é da sua mãe que não soube te impor limites!"

"Para falar a verdade, a culpa é mesmo dela, mas por ter se casado com um homenzinho desprezível como você, que passa os dias trocando *nudes* com a secretária que tem metade da sua idade!"

"Bom, eu vou indo nessa, parece que vocês têm muito para conversar...", soltei, levantando-me, porque realmente não estava me sentindo inserido e bem-vindo naquele "casos de família" versão colégio para garotos ricos.

Aquela não foi uma boa decisão.

Os olhos do Sr. Paunocu desviaram-se de você e focaram-se em mim. E eu vi a morte passar diante dos meus olhos.

O meu plano de trocar segredos sobre seios macios em contato com mãos jovens foi por água abaixo e me dei conta de que o Sr. Paunocu seria eternamente... Bem, um belo de um pau no cu.

"Você não vai a lugar nenhum até assinar a sua expulsão."

"Oi?", engasguei, perguntando-me em pensamentos quem havia despejado areia na minha garganta.

"O quê?", você berrou, porque você gostava bastante de berrar.

"Diego Neves está sendo expulso", o sr. Paunocu repetiu, porque ele gostava bastante de repetir.

"Mas por quê?", quis saber, afinal eu havia apalpado os seus fartos seios fora do perímetro escolar e não era justo!

E também porque gostava bastante de questionar.

"Porque eu quero, porque sou o diretor desse colégio e porque você está assediando sexualmente a minha filha nessa foto!", disse e estendeu a foto em minha direção. Mais uma vez, senti aquela mistura de tesão e medo.

Será que é por isso que tenho ereções todas as vezes que assisto filmes de terror?

"Você não pode expulsá-lo, ele não fez nada de errado!", você berrou mais uma vez.

"Para ser bem sincero, o apalpamento foi 100% consentido", completei, e você teve sorte que eu não cheguei a mencionar o fato de que você guiou as minhas mãos na direção dos seus seios e disse "aperta, pode apertar".

O Sr. Paunocu começou a vasculhar alguns papéis pela mesa, balbuciando que procurava pelo termo de expulsão, e eu olhei suplicante para você, Barbara, que estava tão puta com seu pai que nem reparou no adolescente com tesão e medo parado ao seu lado. Que, aliás, só estava naquela situação por sua causa.

Agora mais um *fun fact* sobre mim: eu adoro perder horas e mais horas pensando na probabilidade das situações, nos "e se" da vida. E, não raramente, me pego imaginando o que teria acontecido comigo se a secretária do colégio não tivesse invadido a sala do diretor naquele exato momento com um palito de plástico nas mãos, berrando que estava esperando um filho do Sr. Paunocu.

Talvez eu tivesse sido de fato expulso. Talvez eu tivesse ido estudar em um colégio público para aprender uma lição (porque a "lição" que pais ricos dão em seus filhos ricos não passa da simples realidade para muitos jovens). Talvez tivesse feito novos melhores amigos e esquecido João, Pietra e Larissa depois de algum tempo. Talvez não estivesse apaixonado por Pietra hoje. Talvez não estivesse escrevendo essas cartas.

Talvez.

Mas a secretária do colégio para garotos brancos e ricos com metade da idade do Sr. Paunocu invadiu o escritório naquele exato momento, e a nossa história tomou um novo rumo que nos trouxe até essa carta.

Eu não fui expulso do colégio, apenas da sala do diretor. Você enfim conquistou a sua tão sonhada liberdade e foi morar com a mãe e os avós no Rio de Janeiro, depois que o caso extraconjugal do Sr. Paunocu virou notícia. O Sr. Paunocu e a secretária com metade da sua idade foram demitidos, ele acabou passando em um concurso do Banco no Brasil e foi trabalhar em Manaus junto com a nova família. E, enfim, você nunca mais falou com o seu pai, muito menos comigo, já que eu não tinha mais função na sua vida depois de cumprir muito bem o meu papel de herói do primeiro ano B e peça-chave para a sua emancipação.

Ano passado, você me adicionou no Facebook e fiquei sabendo que você estuda Ciências Sociais na UERJ e está bastante envolvida na militância da esquerda no Brasil, sendo uma voz bastante influente no meio estudantil carioca.

Você pintou o cabelo de vermelho novamente, namora um cantor de rap que parece que foi esculpido em mármore e continua tendo os peitos mais lindos que já tive o prazer de apalpar.

Com o seu consentimento. E em função da quebra das regras. Afinal, nós tínhamos uma predisposição.

DÉCIMA SEGUNDA CARTA, OU O MISTÉRIO DA CONVERSA MAIS HONESTA QUE JÁ TIVE COM JOÃO

O João está aqui.

Se fosse qualquer outra pessoa dentro do meu quarto, eu provavelmente guardaria o computador, porque começaria a ficar esquisito se continuasse digitando enquanto conversávamos. Mas o João nunca está de fato *aqui* quando ele está aqui. Por exemplo, nesse exato momento ele está jogando no meu Playstation 4 e eu poderia muito bem abaixar a calça e começar a mijar no chão que ele não perceberia.

João é o tipo de pessoa que só consegue se concentrar em uma tarefa por vez.

— Filho da puta — resmunga ele, porque é isso o que resmungamos quando jogamos sozinhos.

— A mãe do videogame vai ficar ofendida — comento.

— Cala a boca — responde.

Eu gosto quando o João vem aqui, principalmente depois da faculdade. O que as pessoas parecem não entender sobre homens em sua juventude é que, desde o dia 1, eles estão sendo moldados para parecerem seus pais dali 20 anos — quietos, irritadiços e nem um pouco participativos. Somos criados assim: não sinta, não se abra, não se exponha, ache tudo cafona e vergonhoso e abra uma lata de cerveja no final do dia. Logo, qualquer outra pessoa que viesse me visitar depois da faculdade estaria tagarelando sobre o seu dia e me dando uma enorme dor de cabeça, mas João entende a necessidade de apenas existir por algumas horas e cumpre esse papel com maestria.

Meu cérebro, no entanto, está em polvorosa e gostaria que, ao menos uma vez na vida, ele não fosse tão... Homem.

— Filho da puta — repete ele, depois de morrer pela centésima vez.

João desliga o videogame e se espreguiça. Enquanto faz isso, eu descrevo os seus movimentos. Seria esquisito se não fosse... Bom, é esquisito de qualquer jeito.

— Cigarro? — Ele está olhando pra mim.

— Cigarro — respondo.

Fumamos os nossos cigarros.

João não é muito de fumar, mas tem essas vontades súbitas, geralmente quando não consegue passar de alguma fase em algum jogo, e então cedo os meus enroladinhos de câncer.

Ele está de volta ao videogame. E o meu cérebro ainda não parou de funcionar.

Decido conversar com ele sobre... Coisas.

— Tá pegando alguém? — pergunto, porque é a melhor maneira de iniciar uma conversa profunda sobre sentimentos e o caralho.

— Não —responde, concentrado em não morrer novamente. — A última foi a Jacqueline.

— Aquela com cara de rato?

— É.

Concordo com a cabeça, mesmo sabendo que ele não pode me ver.

— Acho que todo esse tempo sem sexo está subindo pra minha cabeça — comento.

— A última foi aquela mina do resort?

— Foi.

— Caralho...

Tá vendo? João me entende.

Eu sei que estou apaixonado por Pietra e que ela está apaixonada por João. Sei também que o meu irmão talvez esteja traindo a minha cunhada com a minha melhor amiga. Completando a lista das coisas que sei, estou cursando uma faculdade que odeio e muito longe de me tornar o músico que gostaria de ser, até porque não consigo compor nada decente há meses.

Mas, dentre todas essas preocupações, é a falta de sexo que resolvo compartilhar com João.

Sinto falta de sentir a pele de uma mulher. Segurar na nuca, com o cabelo dela pinicando o meu nariz. Morder a orelha, lamber o pescoço, sentir os meus dedos ficarem molhados ao encontrar o que procuro no meio das pernas. Ouvir o gemido de uma mulher, observar o seu rosto se contorcer de prazer, segurá-la pelos quadris enquanto sinto tudo ficar apertado em volta de mim.

— Porra, Diego, gráfico demais — resmunga João.

Percebo que falei em voz alta tudo o que acabei de digitar.

Caralho... Eu preciso transar. Mas como posso pensar em transar com qualquer mulher que não Pietra?

— Você já se imaginou transando com as meninas? — Ele pausa o jogo e se vira em minha direção.

Estou escondendo o rosto na tela do notebook, porque sinto que posso entregar o jogo com apenas a minha expressão de idiota.

— Hm... Já. Claro. Elas têm peitos, para mim é o suficiente.

— Eu achava meio estranho, afinal, elas são as nossas melhores amigas — admite João, observando os pôsteres na minha parede de uma maneira vaga. — Mas, de uns tempos para cá, comecei a ter esses sonhos bizarros com a Larissa, sonhos em que estamos em uma praia deserta e começamos a nos pegar. Não sei se é porque estou com medo que ela vá embora, com essas paradas de curso no exterior que ela anda vendo, ou se tem algum outro motivo... E aí os sonhos começaram a aparecer no meio do dia e a pegação virou *real life porn*.

— Uma vez sonhei que a Elba Ramalho estava massageando a minha bola esquerda — concordo com a cabeça.

— Eu tô apaixonado por ela, cara — diz João subitamente, soltando o ar como se estivesse aliviado em finalmente tirar aquilo de dentro do peito.

Ele olha para mim. Eu olho para ele.

— Pela minha bola esquerda? Fico lisonjeado, mas não surpreso, afinal, é dos carecas que eles gostam mais — comento, apesar de saber exatamente do que o meu melhor amigo está falando.

— Pela Larissa —responde sem olhar para mim. — Seu imbecil.

Fico em silêncio, porque não sei como aquela revelação me faz sentir. Feliz? Irritado? Amargurado? Claro que eu já suspeitava, mas ouvir da boca de um dos envolvidos torna as coisas muito mais verdadeiras.

Larissa é minha melhor amiga e eu quero que ela seja feliz. Com todo o meu coração. João provavelmente a faria feliz, com o seu charme despreocupado e a carreira brilhante que tem pela frente. Porém, ao mesmo tempo, sinto que, talvez, ela merecesse algo... Diferente?

E com diferente, eu não quero dizer o meu irmão.

Penso em contar para João o que suspeito, mas me pergunto o que de bom aquela informação causaria, ainda mais logo depois dele abrir o coração para mim, então opto por ficar quieto. Afinal, pode não ser verdade! O encontro de Larissa e Andrei pode ser por outro motivo que não um ardente caso extraconjugal.

Não pode?

— E você pela Pietra — diz João casualmente e quase engasgo com a saliva.

— *O quê?*

— Diego, eu te conheço há anos, cara. — João volta a ligar o videogame; os seus ombros estão relaxados e eu sei que ele está feliz em finalmente admitir aquela paixão. — Você sempre fica preso nessa bolha de autodestruição quando está apaixonado, reclamando sobre as escolhas que tomou na vida, focado em algum novo hobby idiota que você vai esquecer assim que conseguir transar de novo, amargurado na própria solidão e no fato de que "não consegue compor". A última vez que te vi assim foi com a Lyli, e isso faz muito tempo.

— E o que Pietra tem a ver com tudo isso?

— Você deu uma olhada no seu Twitter ultimamente? — pergunta.

— O que o cu tem a ver com as calças?

— Você fica postando as músicas favoritas dela, curte absolutamente tudo o que ela publica, compartilha poemas sobre estar apaixonado por uma amiga... Está bem na cara, para falar a verdade.

Concordo com a cabeça, observando João matar alguns terroristas. Ou zumbis. Sei lá o que caralhos ele está jogando.

Por toda a vida, pensei que meu melhor amigo fosse mentalmente debilitado, ou apenas imbecil mesmo. Agora, percebo que ele passou todos esses anos nos observando e traçando os nossos perfis, porque eu honestamente nunca fui tão bem definido em tão poucas palavras.

Não sei se acho isso brilhante ou assustador.

— E então? — pergunto.

— E então o que?

— O que vamos fazer a respeito disso?

— Honestamente? — João pausa o jogo e olha para mim. Eu concordo com a cabeça mais uma vez. — Transar com outras mulheres. Chorar no chuveiro. Ter encontros desagradáveis com as nossas amigas tentando fingir que está tudo ok. E torcer para que essa merda passe. *Logo.*

João se foi e Andrei chegou.

Ele está no meu quarto nesse exato momento, procurando por uma camiseta que tem certeza que eu roubei.

— Sério, Diego, é a minha camiseta da sorte —resmunga, revirando as minhas roupas no armário.

— Não peguei a sua camiseta. — Estou sentado na escrivaninha fingindo estudar.

Não consigo olhar na cara do meu irmão.

— Você sempre diz isso e eu sempre encontro as minhas coisas nas suas coisas. Para alguém que se orgulha de ser organizado, isso aqui tá sempre uma zona —resmunga e eu tenho vontade de atirar um tênis velho naquela cara de maldito traidor.

Se ele não estivesse usando óculos, talvez eu tivesse atirado.

"Por que você preocupado com uma camiseta quando está cometendo o pior erro da sua vida?"

— Você já está pronto para ser pai — comento. — Só falta dizer "se eu for aí e encontrar eu posso te dar uma surra?"

Andrei para onde está e olha para mim por cima dos óculos.

— Acha mesmo?

— O quê?

— Que eu estou pronto para ser pai?

— Hm... Sei lá. Foi uma piada.

Ele ainda pisca algumas vezes, mas volta a procurar pela camiseta. Andrei está parecendo uma porra de um hippie, com a calça jeans furada na panturrilha e chinelos velhos. Não sei como ele consegue ser um profissional renomado se vestindo desse jeito.

Não sei também por que estou aqui comentando sobre as escolhas de roupa do meu irmão, se nunca liguei para isso. Talvez precise de algo para me distrair do pensamento constante de atirar um tênis na cara dele.

O tênis está ali, pertinho do meu pé. Alguns centímetros e eu...

— Encontrou a sua palheta? — pergunto, porque ainda estou querendo dar um jeito de livrar o meu irmão daquilo que acho que ele esteja fazendo.

— Encontrei — responde Andrei e tira a palheta do bolso da calça, atirando-a em mim. — Faça bom proveito.

Nós trocamos um olhar esquisito. Parece que ele está feliz que eu tenha perguntado aquilo. Eu pego a palheta. É a mesma que encontrei na casa de Larissa. Levanto o rosto e Andrei está segurando a maldita camiseta que estava procurando.

— Babaca — diz, antes de sair do meu quarto.

DÉCIMA TERCEIRA CARTA, OU O MISTÉRIO DO NOIVADO

Deixe-me começar dizendo uma coisa: Rodrigo e Marina são o casal mais legal do mundo. E é por isso que estou agora na casa de Andrei e Isadora, porque Rodrigo e Marina vêm jantar.

Isadora e Andrei vêm logo em seguida — ou pelo menos vinham, antes de toda a merda no ventilador que estou sendo obrigado a receber na cara sem poder contar para ninguém —, mas Rodrigo e Marina... Eles apenas são perfeitos um para o outro. Eles nasceram para ficar juntos. Rodrigo e Marina são o Marshall e a Lily da vida real.

Talvez seja por isso que, sempre que tenho a oportunidade de encontrá-los, estarei lá para assistir o casal mais legal do mundo em ação.

— 100 reais que ele vai reclamar que não comprou comida o suficiente — comento com Isadora, batendo as cinzas do cigarro pela sacada e escrevendo no notebook com uma mão só.

— 200 reais que ele vai me xingar por ter te convidado — responde ela.

— 300 reais que vamos encontrar algum furo na roupa dele — rebato.

Isadora ri junto à risada que deu no vídeo que está editando. Ela está alcançando a incrível marca de 1 milhão de inscritos no canal, depois de 5 anos de YouTube. Ela queria me colocar como convidado especial no vídeo de comemoração, principalmente porque eu fiz algumas aparições durante a adolescência e, aparentemente, conquistei os corações das garotas que acompanham Isadora com a minha *vibe* "gótico suave" da época (tradução: adolescente cheio de hormônios e antissocial), mas eu me neguei; de confusão na minha vida basta tudo o que está acontecendo ultimamente. Não preciso adicionar 1 milhão de pré-adolescentes me julgando nessa equação.

— *Isadora? Amor?* — Andrei acabou de chegar, fazendo barulho com as chaves e as sacolas de mercado. — *Nós temos pimenta do reino? Eu esqueci de comprar!*

— *Eu comprei semana passada!* — O rosto de Isadora se ilumina ao ouvir a voz do namorado e ela se levanta e vai ao seu encontro.

Eu permaneço na sacada com um misto de compaixão e vergonha.

Por que não posso simplesmente contar as minhas desconfianças para que essa história se esclareça de uma vez? Eu amo o meu irmão, mas eu também amo a minha cunhada — ela sempre esteve lá por mim, desde o Natal de 2016 em que nos conhecemos e ela se mostrou a melhor aquisição à nossa família desde o vira-lata que a minha tia adotou 5 anos antes.

Não seria muito mais simples se eles se resolvessem? Se Andrei me provasse errado? Se Isadora apenas risse da minha teoria absurda de caso extraconjugal e dissesse "eu sei que eles estão se encontrando, a Larissa está ensinando Andrei a jogar búzios", ou qualquer merda do tipo?

Mas a pergunta que não está me deixando dormir, e muito menos falar a verdade, é: *Será que é verdade? Será que as minhas teorias estão certas? E se estiverem, será que eu estou preparado para o pior cenário? Será que eu quero ser a pessoa que vai destruir um casal e acabar com a minha amizade com Larissa?*

Bom, é bem mais do que apenas uma pergunta que não me deixa dormir.

Apago o cigarro no cinzeiro em formato de Hogwarts que eles têm na varanda e entro na casa com o notebook nos braços, encontrando-os aos beijos. Sento-me na mesa de jantar, observando as sacolas de mercado no chão e os risinhos de Andrei e Isadora em uma dinâmica que é só deles e que invejo.

Não é possível que ele a esteja traindo. Não pode ser.

— Vai demorar muito? Eu estou com fome — comento distraidamente.

Andrei toma um susto e solta Isadora, que ri.

— Você o convidou sem me avisar? — pergunta, já começando a entrar em desespero. — Eu não comprei carne para cinco pessoas!

— Furo no tênis direito, c-c-c-combo! — berro. — 400 reais para mim e 200 para você, Isa?

Isadora está rindo tanto que o seu rosto inteiro está vermelho e Andrei olha dela para mim sem entender nada.

— Do que vocês estão falando? — pergunta ele, um pouco irritado.

Andrei já tem 30 anos, mas às vezes age como uma criança.

— Fizemos apostas que você diria exatamente o que disse, mas não achávamos que fosse dizer tudo ao mesmo tempo — explica Isadora, abraçando o namorado pela cintura para que ele desfaça a carranca.

— Vocês dois, sempre muito engraçadinhos com as suas piadinhas internas — comenta Andrei, estalando o dedo em minha direção. — Vai, cabaço, desliga essa merda e vem me ajudar com o jantar.

Quando Marina e Rodrigo enfim chegaram, a casa inteira cheirava à carne de panela.

Vou tentar relatar mais ou menos como tudo aconteceu, mas ainda estou tentando processar os acontecimentos dessa noite. Eu gostaria de estar fumando na varanda enquanto escrevo essa carta, porque o quarto está abafado e sou viciado em nicotina, mas o meu maço acabou e eu não tenho condições de sair na rua para comprar outro, já que não estou a fim de colocar calças.

E já está bem tarde para sair sem calças na rua.

Estava fumando com Andrei na varanda da sala de estar e Isadora seguia editando o vídeo de comemoração — em um raro momento de exposição das suas vidas pessoais, meu irmão gravou um vídeo curto agradecendo aos 1 milhão de inscritos no canal da namorada e já estava arrependido. Ele nunca foi muito de aparecer.

Tive vontade de pedir para que Andrei gravasse outro dizendo que estava traindo a musa de todos aqueles 1 milhão de inscritos com a minha melhor amiga; ele não duraria nem cinto minutos nas garras dos telespectadores apaixonados por Isadora.

— Por que essa casa cheira tão bem e a nossa cheira a comida de gato? — perguntou Rodrigo, entrando sem bater.

Aquele era o nível de intimidade entre eles.

— Porque nós temos três gatos — comentou Marina logo atrás —, e aqui tem o Andrei, que cozinha muito bem.

— Eu também cozinho muito bem — resmungou Rodrigo com certo rancor.

Andrei apagou o cigarro e Isadora se levantou, os dois casais se abraçavam com carinho. Eu também apaguei o meu e fui logo atrás.

— Diego! Como você está grande! — exclamou Marina, porque ela gostava de agir como se eu ainda fosse aquele adolescente espinhento que ela conheceu anos antes.

— Eu te vi mês passado, Marina, não fode.

Cumprimentei Rodrigo e abracei a sua namorada.

— Deixa eu adivinhar — Rodrigo respirou fundo —, carne de panela e... Nhoque?

— Isso que eu chamo de dom — comentou Andrei.

— Com grandes poderes, vem grandes responsabilidades —respondeu ele. — E a minha responsabilidade essa noite é comer toda a sua comida.

Isadora os guiou até a mesa de jantar já posta (por mim), enquanto Andrei voltava da cozinha com as panelas soltando fumaça.

Eu me sentei ao lado de Marina e reparei que ela estava com ambas as mãos embaixo da mesa, o que era esquisito, uma vez que ela gesticulava muito enquanto falava. Do outro lado, Rodrigo parecia incapaz de perder o sorriso.

Olhei para o lado e percebi que Isadora olhava com uma expressão de angústia para a comida em cima da mesa. Andrei, por sua vez, não percebeu nada do que estava acontecendo e começou a falar sobre o seu mais novo projeto na produtora.

Andrei conseguia ser muito tapado às vezes.

— ...e eu tento agir como se soubesse o que estou fazendo, mas é uma equipe de 10 pessoas e eles esperam que eu diga o que eles devem fazer, mas eu não sei nem o que vou pedir de almoço, e...

— *Eu e o Rô vamos nos casar e queremos que vocês sejam os padrinhos!* — berrou Marina repentinamente, subindo a mão para que todos na mesa pudessem ver o seu diamante no anelar da mão esquerda.

Os cinco segundos de silêncio que pairaram na mesa antes que todos começassem a berrar ao mesmo tempo foram os mais esquisitos que eu já tive o desprazer de presenciar. Isadora colocou a mão na boca como se fosse vomitar, Andrei arregalou os olhos, Rodrigo concordou 500 vezes com a cabeça e Marina olhou um por um com uma expectativa infantil.

— Uau, casamento! Tão novos! — berrou Andrei.

— Minha prima! Não acredito! — berrou Isadora.

— Nós temos 30 anos, cara! — berrou Rodrigo.

— Olha que anel lindo, Isa! — berrou Marina.

— Cuidado com as taças de vinho! —berrei.

Depois que todos se abraçaram e berraram e olharam o anel e se abraçaram de novo e ficaram sentimentais, nós pudemos finalmente voltar comer.

Isadora não tocou na comida e no vinho. Andrei ficou vermelho o resto da noite. Marina não parava de falar nem para respirar. Rodrigo comeu todo o nhoque.

E eu fiquei ali no meio, sem saber o que fazer.

Esqueci de contar a parte mais esquisita da noite.

Um pouco antes de Marina e Rodrigo chegarem, Andrei estava na cozinha fazendo amor com o nhoque e eu fiquei na varada fazendo companhia para Isadora. Aproveitando a deixa, e tentando tirar a minha mente da porra da palheta que encontrei no apartamento de Larissa, resolvi atualizá-la da minha vida amorosa.

Fazia tempo que não conversávamos sobre os meus fracassos.

— Pietra admitiu que está apaixonada pelo João — disse simplesmente, depois de tragar o cigarro e me imaginar caindo da varanda e estraçalhando a cabeça no asfalto. — João admitiu que está apaixonado pela Larissa.

— E você gosta da Pietra. Logo...? — Isadora não tirava os olhos do computador.

— Logo?

— A Larissa deve estar a fim de você — concluiu minha cunhada, dando de ombros. — É a famosa quadrilha! João amava Teresa que amava Raimundo que amava Maria que amava...

— É, eu conheço o poema — interrompi-a, um pouco amargo. — Além do mais, eu preciso de conselhos, não de histórias.

— Drummond é o melhor conselheiro. — Isadora não se deixou abalar pela minha malcriação e desviou os olhos do computador para a minha direção; ela parecia decidida. — Ou você se fode tentando conquistar a Pietra, ou dá uma chance para a Larissa e tenta ser feliz.

Ah... Se ela ao menos soubesse o que Larissa pode estar fazendo com a sua bolha de felicidade...

DÉCIMA QUARTA CARTA, OU O MISTÉRIO DA MINHA PRIMEIRA VEZ

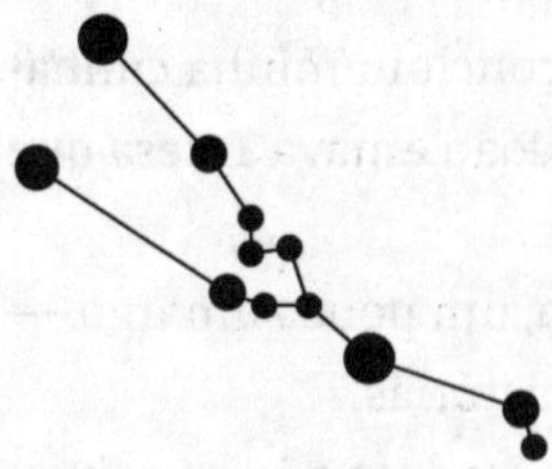

TOURO

O INÍCIO

Querida Nayara,

A minha cunhada uma vez compartilhou a informação de que taurinos são "ótimos parceiros sexuais", e acho incrível o fato de que podemos estar em duas categorias de acordo com a posição dos astros no dia do nosso nascimento: bons de camas ou escórias sociais.

De qualquer maneira, e querendo encontrar algum sentido nisso tudo, devo admitir que você provavelmente deve ser mesmo uma ótima parceira sexual para qualquer amante — menos para aqueles que estão enfiando os seus órgãos genitais em outros órgãos genitais pela primeira vez na vida.

Acho lindo quando vejo um filme ou leio um livro contando sobre a primeira vez de alguém, porque é sempre tão quente, romântico e sensual... Mas, na realidade, transar pela primeira vez na vida é uma coisa escrota pra caralho que devemos superar em prol de um bem maior. Um pouco como uma prova de vestibular ou um exame de próstata; ninguém gosta, mas todo mundo relata com nostalgia depois que acaba.

Bom, talvez o "exame de próstata" não se encaixe tão bem nessa metáfora.

Os nossos tios costumam ser bem gráficos quando nos contam sobre fazer sexo, transar, meter, comer, etc., enchendo a nossa cabeça masculina e adolescente de pequenos curtas-metragens pornográficos e de expectativas febris e alucinantes, mas eles não costumam compartilhar um fato incrível e unânime que une todos os homens de todas as tribos em um laço de amizade silenciosa: a primeira vez de um homem dura exatos 10 segundos.

Porra! É óbvio! A gente nunca colocou o nosso instrumento de trabalho em um recipiente tão acolhedor, quente e aveludado! Até aquele momento incrível e amedrontador na vida de qualquer garoto, estamos acostumados com as nossas próprias mãos geladas e cheias de calo, enquanto observamos imagens cristalizadas e impessoais de paus imensos e mulheres gemendo teatralmente do outro lado da tela. E então, sem nenhum tipo de preparação ou *test drive*, estamos dentro de uma mulher (ou homem, mas não tenho estudo de causo para comentar), segurando-a, sentindo o seu cheiro, observando os trejeitos sensuais e cheios de personalidade e... A gente goza em 10 segundos.

É óbvio.

Por que não podemos espalhar essa mensagem como testemunhas de Jeová de porta em porta? Por que ninguém teve a decência de me contar isso antes da minha primeira vez?

É constrangedor, porra!

Eu queria, por meio dessa carta que nunca vai chegar até você, te pedir desculpas, Nayara. Porque você era linda, gostosa, cheirosa, gente boa, inteligente e todos os outros bons elogios que eu posso oferecer, mas teve que ter a sua primeira experiência sexual comigo, o que não deve ter sido fácil.

Eu tinha 16 anos. Você, 17. Eu estava no segundo ano do ensino médio, você no terceiro. Eu gostava de usar munhequeiras listradas (mesmo que não estivesse tocando guitarra o tempo todo), tênis três vezes maiores do que os meus pés (mesmo que a minha mãe urrasse de raiva toda vez que me via sair de casa com eles) e fingir que eu era subversivo, diferente e excluído, mesmo que tivesse o privilégio de ter nascido e sido criado em uma família rica. O meu cabelo crescia para todos os lados de maneira descontrolada e eu batia boca com os professores fascistas de matemática e física do colégio.

Olhando agora, Nayara, acho que talvez eu não devesse te pedir desculpas pelo meu desempenho abaixo da média e quase cretino. Quero dizer, você aceitou ficar comigo *mesmo com todos esses indícios de que eu era um completo imbecil*.

O MEIO

Querida Nayara,

Eu te conheci naquele evento ridículo de captação de recursos para a formatura do seu ano, e só fui porque o João estava de olho em uma das suas amigas e me arrastou com ele. Desculpe a honestidade aqui, mas foi uma festa esnobe, cheia de gente esnobe, e quando descobri que vocês haviam superado a meta com aquelas rifas burguesas safadas de produtos importados diretamente dos *outlets* de Miami tão frequentados e amados pela classe média brasileira, eu perdi um pouco a fé na humanidade.

Você me contou tempos depois, em uma conversa meio bêbada que tivemos quando nos esbarramos na rua Augusta, que estava querendo perder a virgindade antes de entrar na faculdade e que, se não fosse eu o primeiro a aparecer no seu campo de visão, você teria transado com qualquer outro que te interessasse naquela noite. Mas, para a minha sorte, João me arrastou até o seu grupo de amigas e você reparou em mim.

Não posso deixar de admitir que, quando você se aproximou sorrindo e oferecendo uma bebida, pensei ser o cara mais foda do planeta Terra.

Mas foi sorte. Apenas isso.

“Beleza, pode ser”, dei de ombros em resposta à oferta, com medo de perder a atitude arrogante pela qual já era conhecido e odiado.

Porque você era gata. Mais velha. Morena. Descendente de japoneses. Cheirava a pasta de dente e a algum perfume doce. E eu tinha 16 anos e muito cabelo na testa.

Assim que você se afastou, João quase arrancou o meu braço.

“Ela é amiga da mina que eu quero pegar, cara!”, exclamou, abaixando o tom de voz em seguida. “Pelo amor de Deus, deixa de ser esse babaca arrogante e pau no cu uma vez na vida e conversa direito com ela!”

Acho que foi a ordem que eu mais me alegro de ter obedecido na vida, porque, quando você voltou com duas cervejas e a amiga que João queria conhecer melhor, eu deixei a idiotice de lado, arranquei a minha munhequeira, joguei o cabelo para trás e passei a conversar como um ser humano normal.

No final das contas, você era incrível. Sonhava em ser *chef* de cozinha, havia organizado toda a comida da festa (que era a única coisa que prestava, diga-se de passagem) e já havia passado em dois vestibulares para Gastronomia. Você também era um pouco teimosa e ficou batendo o pé em discordância quando eu disse que *O Lobo de Wall Street* era um filme meio bosta — até que eu fui vencido pelo cansaço e tive que concordar com você.

No final da noite, a garota dos sonhos de João já havia desaparecido com outro cara, mas nós seguimos firmes e fortes na conversa. Larissa e Pietra chegaram, Larissa, Pietra e João foram embora, e nós continuamos sentados perto do bufê, rindo.

Quando percebi, as luzes do salão estavam sendo acesas e você me convidou para reassistir *O Lobo de Wall Street* na sua casa.

A linguagem universal do "vamos meter?"

Confesso que fiquei nervoso e passei o caminho todo no Uber pensando nos vídeos pornográficos que eu mais gostava, pensando como caralhos eu iria replicar aqueles movimentos na vida real se eu não conseguia nem me espreguiçar sem sentir dores musculares.

Os seus pais estavam viajando, como descobri logo que entramos na sua casa, e você não tinha irmãos. O seu quarto era muito da hora, cheio de pôsteres e livros e, quando eu finalmente te beijei, depois de tomarmos mais duas cervejas e você mencionar que gostava do meu cabelo, o filme pornográfico foi esquecido.

Não foi nada planejado. Eu não passei meses com você, avançando um passo de cada vez, rezando em todos os banhos gelados para que a próxima fosse ser a vez em que iríamos até o fim — a grande maioria dos meus amigos perdeu a virgindade assim. Mas não eu. Eu dei a sorte e o azar de ir até o final com uma garota que havia acabado de conhecer.

Sorte porque não foi uma tortura e espera tão grande.

Azar porque eu não estava preparado.

Quando nos deitamos na cama aos beijos e você tirou o vestido, eu quase tive uma síncope. Tentei me manter concentrado, sério, focado, fazer tudo o que havia visto em todos aqueles anos de xvideos e redtube, mas a minha cabeça só sabia repetir "você vai transar, cara, você vai transar cara, *você vai transar, cara!*".

Eu não fiz nada direito. Não te beijei direito. Não te peguei direito. Não desci lá e fiz o que deveria ter feito direito. Não porque estava sendo egoísta e estivesse querendo todo o prazer para mim, mas porque eu estava com *medo*. Medo de fazer alguma merda, estragar tudo e ficar conhecido como o cara que chorou na primeira vez.

Depois que tirei a minha cueca e você me entregou uma camisinha, lembro de um grande borrão de tempo-espaço que durou cerca de 10 segundos, e logo estávamos deitados lado a lado, olhando para o teto.

Eu ainda lembro nitidamente da minha respiração trêmula. E da sensação do seu ombro junto ao meu.

Eu queria ter proposto uma segunda, terceira, décima quinta vez. Queria ter te abraçado e admitido que havia sido a minha primeira vez. Queria ter dito que você era incrível. Queria ter dito o quão foda estava te achando por ter proposto tudo aquilo com a liberdade que poucas mulheres se dão o prazer de ter. Queria ter te pedido em namoro e prometer o meu coração eternamente.

Em vez disso, sentei-me envergonhado, vesti a minha cueca e perguntei:

— Quer assistir aquele filme?

O FIM

Querida Nayara,

Eu fui embora depois que terminamos de assistir *O Lobo de Wall Street* de maneira desconfortável no sofá da sua sala. Você quis descontrair a situação e provar que o filme era bom, apontando tudo o que os críticos de cinema haviam apontado como positivo no roteiro e na direção, mas, para ser sincero, eu só conseguia pensar na minha vergonhosa atuação sexual e como estava envergonhado com tudo aquilo — talvez por isso até hoje eu ache esse filme uma bosta.

Não tinha clima. Eu bem que queria fazer comentários e conversar de maneira amigável como havíamos feito mais cedo, mas o grande elefante da timidez e da sobriedade do que havíamos feito estava sentado ao nosso lado.

Eu nunca te liguei depois desse dia, nem ao menos mandei mensagem. No curto restante de ano letivo que tivemos, me escondia toda vez que te via de longe, a ponto de entrar no banheiro feminino para não ter que esbarrar em você. Por mais que parecesse, eu não estava agindo como um idiota egocêntrico com medo de que você quisesse algo sério comigo. Na verdade, estava envergonhado demais para te encarar de frente, mas acho que passei outra mensagem: a primeira vez que você teve que lidar com um cara que transou com você e desapareceu no dia seguinte, um tipo de homem covarde e infantil que as mulheres têm o desprazer de encontrar mais de uma vez ao longo da vida.

Os melhores segundos da minha vida ainda estavam muito recentes na memória de um punheteiro, e eu passava os meus dias trancado no quarto, imaginando um jeito de entrar em contato com você sem parecer um babaca completo, mas sempre que pegava o celular na mão, imaginava você contando como havia sido para as amigas, "foi ridículo, ele durou 2 segundos! Coitadinho...", e desistia.

Em dezembro, conheci a minha cunhada Isadora e soube nos primeiros segundos que ela ficaria em nossas vidas por muito tempo. Eu andava muito irritadiço e antissocial por conta do que havia feito com você e também por conta da minha vergonha solitária (por que, como poderia compartilhar aquilo com os meus amigos?), mas, na noite de Natal de 2016, quando o meu irmão saiu para atender o telefone e nos deixou sozinhos pela primeira vez, ela, de maneira quase sobrenatural, sem saber absolutamente nada da minha vida e do que estava me assombrando, apoiou os cotovelos na mesa e disse:

"O seu irmão me disse que você anda com alguns problemas no colégio."

Eu concordei com a cabeça, meio contrariado, porque era obrigado por lei a ser legal com as visitas, mas não havia gostado nada daquela invasão de privacidade.

"Eu não sei o que está acontecendo, mas quer uma dica de alguém que teve muitos problemas na adolescência? Não leve tudo tão a sério. As coisas vão se ajeitar. Você só precisa esquecer o que já passou e viver um dia de cada vez."

E é o que tenho feito desde então.

Algumas coisas se ajeitaram. O meu mau humor melhorou. Eu consegui transar novamente. Comecei a levar a música a sério. Outras coisas ainda não estão perfeitas, como a minha escolha de faculdade e os meus problemas do coração.

Mas eu ainda sigo aquele conselho do Natal de 2016: viver o hoje.

Só não pretendo esquecer a minha primeira vez tão cedo.

Você merece ser lembrada, Nayara.

DÉCIMA QUINTA CARTA, OU O MISTÉRIO DE ANDREI E LARISSA

Quando tinha 15 anos, pintei o cabelo de preto.

Não teve um motivo emocional ou físico: eu só encontrei uma caixa de tinta no quarto de Tatiana e pensei "porque não?", porque são essas decisões impulsivas e idiotas que tomamos aos 15 anos de idade.

E logo diversos boatos distintos se espalharam pelo colégio e pela minha família. Foi nessa época também que a minha mãe teve certeza absoluta de que eu estava deprimido e precisava de tratamento.

Os únicos que não deram nem uma foda para a cor nova do meu cabelo foram Pietra, Larissa e João. João inclusive achou tão engraçado que me chamou de Batman por um ano inteiro — até que eu tive a minha tão sonhada vingança quando ele pintou o cabelo de vermelho para os primeiros jogos universitários dos quais participou e ficou conhecido carinhosamente por "fósforo" durante meses.

Depois de algum tempo o meu cabelo cresceu, como a mãe natureza já nos ensinou que aconteceria, e voltei a ser loiro, nunca mais senti vontade de pintá-lo novamente, principalmente por toda a merda que tive que aturar dos outros naquele curto espaço de tempo em que decidi tentar ser algo diferente do que esperavam de mim.

Até hoje, quando estava indo para a faculdade e decidi parar em uma padaria ali perto para tomar café da manhã, esbarrando despreocupadamente com Andrei e Larissa. Ali, eu quis ter o poder de me camuflar, me transformar em outra pessoa, desaparecer, sumir. Ou pintar o cabelo de preto e me tornar outra pessoa.

Eles não me viram, mas eu os vi.

Larissa estava meio sentada, meio em pé em um daqueles bancos altos e desconfortáveis de lugares que não querem que a gente fique por muito tempo. Andrei estava 100% em pé, tomando café e prestando atenção enquanto ela falava e gesticulava. Eu estava do lado de fora, me sentindo merda derretida olhando pelo vidro com anúncios de café + pão de queijo por 10 reais.

O que caralhos estava acontecendo ali?

Não tinha problema que o meu irmão fosse amigo de Larissa, afinal, ela era uma pessoa interessante e divertida, e era quase impossível não gostar dela, mas então por que eles não nos contavam sobre aquela amizade? Por que pareciam reles conhecidos quando nos encontrávamos na legalidade? Por que não mencionavam despreocupadamente que haviam tomado café juntos quando estávamos todos reunidos? Por que Larissa não me contava de Andrei, por que Andrei não contava de Larissa para Isadora?

De novo aquele sentimento escroto de estar afundando no castelo de mentiras que eu não tinha coragem de desfazer tomou conta de mim. Isadora enjoada com o noivado da prima e melhor amiga, Andrei se esquivando da verdade como um mentiroso profissional, Larissa envolvida naquele ventilador de cocô.

Fico me perguntando se estou tão abalado por ter visto Andrei com Larissa.

Ou se por ter visto Larissa com Andrei.

Hoje fui visitar o túmulo do meu tio.

Tento ir pelo menos uma vez ao mês, mas fazia algum tempo que eu não aparecia por lá. Porém, depois de ter visto o meu irmão com a minha melhor amiga, decidi que seria um bom lugar para tentar colocar os pensamentos em ordem.

Pode parecer um pouco mórbido, mas eu adoro o cemitério em que ele está enterrado. Não existem lápides nem construções agressivas de concreto, apenas grama bem cuidada e pequenas placas com a indicação de quem está debaixo da terra, com alguns cata-ventos, flores frescas e outros objetos que os familiares gostam de trazer. Os vizinhos do meu tio são um senhor de 92 anos, "fique em paz, José Gabeira", e uma garotinha de 8, "um anjo que retorna para o céu". O meu tio, "Anthony Neves, palmeirense, inesquecível" já está ali há 14 anos. Se ainda estivesse vivo, estaria completando 43 e tenho certeza que teria o conselho certo para me dar.

— E aí, tio — cumprimentei, abrindo duas garrafas de cerveja.

Coloquei uma ao lado da sua placa e tomei um gole da minha.

— Mês que vem é o seu aniversário — comentei, olhando em volta.

O cemitério estava vazio, como era de se esperar em um dia de semana, que é quando eu costumo visitá-lo.

Sempre que me sento ali e observo o descampado, imagino que um churrasco despreocupado está rolando entre as almas que estão ali, as mulheres reunidas na mesa, os homens perto da churrasqueira improvisada, as crianças correndo de um lado para o outro — eu não posso vê-los, mas consigo sentir a diversão. O meu tio provavelmente estaria no meio da roda dos bêbados com um violão na mão, tocando Legião Urbana.

— Quanto mais os anos passam, mais eu me aproprio da sua vasta coleção de palavrões — comentei, rindo. — Não está sendo muito fácil me tornar adulto.

Tomei outro gole da cerveja.

— Claro, os meus problemas de burguês safado não são tão interessantes assim, é mais do mesmo, você já deve estar de saco cheio de me ouvir resmungar. "Odeio o meu curso da faculdade", "quero ser compositor", "estou apaixonado pela minha melhor amiga, o que eu faço?", e hoje eu venho adicionar mais um problema superficial a essa lista: "parece que o Andrei anda tendo um caso com a Larissa."

Segurei a respiração, porque disse aquilo em voz alta pela primeira vez, e soou tão errado e escroto que senti uma vontade imensa de esmurrar aquela cara de nerd safado do meu irmão.

— Você consegue acreditar, tio? O Andrei? — perguntei, negando com a cabeça. — Com aquela cara de idiota dele?

"O Andrei não fala mais comigo, tio, eu não sei o que fiz!", era mais ou menos o que eu estava dizendo dentro do carro quando tinha 8 anos e meu tio 29, minutos antes da colisão. Ele estava rindo, porque ele sempre ria das minhas brigas com Andrei.

"O seu irmão está passando por alguns problemas, Di", ele comentou, os olhos fixos na estrada. "Ele sempre foi muito sensível, você precisa entender. Ele é seu irmão, vai voltar ao normal em pouco tempo."

"Que problemas, tio?"

"Quando você for mais velho, ele te explica. Mas quando o Andrei fica ansioso com alguma coisa, ele se isola das pessoas mais queridas e procura ajuda naqueles que acha que podem entender melhor a situação. Ele está muito ligado aos amigos agora, está virando homem, mas aos poucos vai perceber que é a família o que mais importa. Você vai ver. Daqui a pouco isso passa."

Aos 8 anos, eu não entendia por que Andrei andava tão esquisito, principalmente porque éramos muito próximos. Do dia para a noite, ele passou a me tratar mal e a trancar-se no quarto ao voltar do colégio. Nós passamos meses brigando, e eu não podia nem contar com os meus pais, que estavam tão esquisitos quanto. Algum tempo depois, sofri o acidente de carro e o meu tio faleceu, e Andrei pareceu esquecer o seu ódio pelo mundo, ficando ao meu lado por todo o período de luto.

Anos depois, ele me explicou que havia sido adotado e que nós não éramos irmãos de sangue, admitindo ter ficado com muita raiva de todos nós naquele período de brigas eternas. Eu já tinha 13 anos e era quase um adolescente quando soube da verdade, mas ele ser adotado ou não, não mudava absolutamente nada na minha vida, então disse apenas "foda-se, tira do pause" e nós voltamos a jogar videogame.

Nunca mais tocamos naquele assunto.

Andrei nunca deixou de ser o meu irmão mais velho.

— É verdade, tio — concordei com a cabeça, afastando os pensamentos antes que eles me levassem para algum lugar ruim. — Você sempre tem razão.

Estou na minha cama tentando terminar um trabalho de RH e o celular está tocando. É o nome de Pietra que aparece na tela.

O meu coração congela dentro do peito, como faz todas as vezes em que sei que vou ter que interagir com ela e fingir que está tudo bem. Fingir que não sinto vontade de morrer toda vez que escuto a sua voz.

— E aí, como foi? — É a primeira coisa que ela diz quando finalmente atendo.

— Como foi o que? — Eu imagino que ela está deitada na cama, os pés para o alto, talvez pensando em mim da mesma maneira que penso nela.

— O encontro com o seu tio? — dispara ela.

— Como sabe que fui visitá-lo? — pergunto, um pouco surpreso.

— Você não falou nada o dia inteiro no nosso grupo de WhatsApp, nem mandou aqueles memes idiotas — Pietra mata a charada como se fosse óbvio. — Você só faz isso quando vai conversar com ele.

É difícil não criar mil e uma ilusões e paranoias na cabeça quando a pessoa por quem estamos apaixonados parece saber todos os detalhes da nossa alma. No fundo, eu sei que Pietra é apenas uma amiga maravilhosa e se preocupa comigo da mesma maneira que se preocupa com Larissa e João, mas o meu coração idiota, imaturo e incansável teima em querer acreditar que ela sabe de todos esses detalhes porque sente por mim o mesmo que sinto por ela.

— Foi bom — concordo com a cabeça. — Nós tomamos uma cerveja.

— Ele te deu bons conselhos?

Imagino o meu tio sentado na escrivaninha do quarto enquanto converso com Pietra, observando a minha cara de imbecil apaixonado, rindo e dizendo "é, cara, você tá fodido!"

— Bons conselhos ele sempre me dá — confesso. — Difícil mesmo é segui-los.

Pietra ri.

Penso em dizer a verdade, como sempre ensaio. "Pietra, eu queria te dizer uma coisa. Eu sei que é meio inesperado, e agora também sei que você está apaixonada pelo João, mas não consigo mais guardar isso e... Bom, eu estou a fim de você. Não, mais do que "a fim", eu estou apaixonado. Na real, acho que te amo. Mais do que apenas um amigo."

— Digs, eu liguei para te perguntar... Você não contou nada para... Bom, você sabe quem... Do que eu disse... Não é?

— Então você lembra. Lembra do que me disse.

Pietra fica em silêncio, o que só confirma tudo.

— Não — nego sozinho dentro do quarto, depois que percebi que a resposta não viria. — Eu não contei nada. Eu não faria isso com você.

A linha fica muda. Eu respiro fundo. Contar a verdade não surtiria o efeito desejado. Resta saber o que dói mais: insistir ou desistir?

— Você é um cara incrível, Diego — diz Pietra finalmente. — Incrível mesmo.

— A minha mãe diz o mesmo — brinco.

— Estou falando sério.

— Ela também.

Pietra ri de novo, e fazê-la rir me faz rir.

— Acho que estou viajando, não é? —pergunta ela. — Ele é nosso amigo há tanto tempo... Acho que só estou carente. Nem sei por que te contei isso, muito menos porque fingi que não lembrava... Deve ser alguma loucura momentânea da minha cabeça! Eu nunca fui assim. Nunca fui essa pessoa...

Penso em dizer que eu desejo com todo o meu coração que seja mesmo algo passageiro. Em vez disso, respondo:

— Joga uma moeda para cima e coloca as suas opções em cara ou coroa. Se você ficar decepcionada com o resultado, quer dizer que já sabe a resposta.

Ainda conversamos mais um pouco sobre qualquer outra coisa desimportante, mas logo desligamos.

Estou um pouco ansioso, então vou até a minha carteira e decido seguir o meu próprio conselho. Uma moeda de 25 centavos no ar — cara, estou puto com Andrei pela traição; coroa, estou com ciúme de Larissa. Quando ela atinge a minha mão, observo a cara da moeda e ela me observa de volta.

E eu estou decepcionado.

DÉCIMA SEXTA CARTA, OU O MISTÉRIO DO SONHO DE ISADORA

De acordo com meu professor de microeconomia, se aumentamos demais a oferta de algum produto, a demanda pode despencar.

Como eu detesto absolutamente tudo o que sou obrigado a ouvir desde que fiz a terrível escolha de cursar Administração, começo a criar paralelos com a vida real — isso parece deixar o professor impressionado, porque é a primeira vez que eu olho para ele e digito ao mesmo tempo.

Não fique feliz, professor Coxinha, eu ainda detesto a sua aula.

Mas ele tem *alguma* razão no que diz, porque é exatamente isso o que acontece nas relações interpessoais: se demonstramos demais e muito rápido, a pessoa do outro lado acaba se assustando e fechando a porta. Mais ou menos como aquele ditado popular que eu não sei por que caralhos está guardado em alguma caixinha de memória na minha cabeça: "somos como parafusos, se apertar demais a gente espana".

Eu não sei por que isso acontece, e também não tenho a menor pretensão de tentar descobrir — se os psicólogos, sociólogos, antropólogos e estudiosos das interações sociais não conseguiram explicar até hoje por que nós nos tratamos feito lixo para "manter o interesse", quem sou eu, um aluno medíocre de Administração, para explicar? Mas é real, e todo mundo já passou por isso. Se em um dia estamos putos porque não fizemos nada além de nos importar com alguém e a pessoa resolveu desaparecer e nos tratar como cocô do cavalo do bandido, no outro estamos evitando aquela "carente que não nos deixa em paz".

Será que somos uma legião de masoquistas? Será que apenas quem consegue esconder os sentimentos merece ser amado por questões de evolução da espécie? Será que apenas nos interessamos pelos jogos de sedução por conta de alguma química doida do nosso corpo e depois tudo perde a graça? Será que o nosso cérebro sente a "fraqueza emocional" da outra pessoa e manda sinais de "cancelar missão" no instante em que percebemos que estamos no domínio da situação?

Oferta e demanda. Acredito nisso. Não o suficiente para basear toda uma carreira tentando entender as flutuações do mercado financeiro, mas o bastante para acreditar que o mundo está fundamentado puramente em oferta e demanda.

— ...também ocorre na produção — o professor segue dizendo, o terno alinhado para tentar nos impressionar e para talvez compensar a falta de carisma. — Se aumentamos o número de empregados além da curva esperada, a produção começa a cair.

Ele aponta a curva de produção desenhada na lousa.

Exatamente como eles querem que pensemos. "Não há emprego para todos. Não podemos empregar todos. Vocês precisam sentir medo frequentemente. Medo do desemprego. Medo de não ter dinheiro. Medo de não consumir. Medo de não ser bom o suficiente. Assim, vocês se tornam pessoas competitivas e sem alma. Vocês precisam se digladiar e jogar suas vidas fora dedicando-se 100% à busca do posto de trabalho perfeito. Em busca de qualquer posto de trabalho. Diversão, qualidade de vida, sonhos? Jogue tudo isso pelo ralo: o lucro é mais importante. Esqueça que o Estado deveria te dar mínimas condições de vida, ele está sucateado por políticos gananciosos que querem sempre mais. Bem-vindos ao capitalismo!"

Olho em volta e percebo que a sala inteira parece fascinada por aquela lavagem cerebral. Os caras rabiscam no caderno sem piscar, as meninas ouvem mais do que anotam, por serem seres intelectualmente superiores, e eu fico aqui no meio, sem saber o que estou fazendo da minha vida, criando paralelos do meu cotidiano tedioso com o que eu realmente gostaria de estar fazendo, um fio de esperança de que a minha vida não vai ser apenas o fruto das decisões que não pude tomar.

Você já se sentiu assim?

Depois da faculdade, decido botar um ponto final na minha confusão mental.

Egoísmo mesmo, foda-se, nunca menti e afirmei que não sou uma pessoa que coloca os próprios interesses em primeiro lugar — acho que quem está lendo essas cartas já deve ter percebido que não sou exatamente o modelo de "cara legal". Eu sou humano. Só isso.

Não quero mais carregar o fardo de desconfiar que meu irmão anda tendo um caso e percebo que preciso compartilhar tudo com a maior interessada nessa história, no caso, a minha cunhada.

Decido tudo isso no transporte público, que é um péssimo lugar para fomentar decisões, se quer saber a minha opinião. As pessoas geralmente estão irritadas, você geralmente está cansado, e geralmente tem alguma criança serelepe e despreocupada que dormiu o dia inteiro e não tem nenhuma preocupação no mundo, mas agora está ocupando um dos assentos que deveria pertencer a você.

Não tente me enganar e dizer que você não sente vontade de jogar as crianças sentadas pela janela do ônibus, porque você pode mentir para mim, mas não pode mentir para si mesmo.

Eu? Sempre imagino os cenários mais sangrentos de crianças sendo atiradas em alta velocidade.

Então chego na casa do meu irmão, que, como sempre, não está, e encontro Isadora escrevendo uma coluna sobre política para um dos muitos jornais para os quais escreve — aparentemente, ter um trabalho só não é o suficiente para Isadora Mônaco.

Ela salva o arquivo, me convida para tomar um café e eu ligo o computador. Ela está na minha frente agora, tagarelando sobre o casamento de Marina e de como ela está imensamente feliz pela prima sem realmente parecer estar, e eu estou com o discurso na ponta da língua.

Isa, acho que o meu irmão está te traindo.

— ...eu estou muito feliz por ela — segue falando. — Estou mesmo!

Com a Larissa.

— Mas é só que... Eu me sinto tão mal por não estar 100% feliz. — Ela nega com a cabeça. — Eu só estou 95% feliz, e não é justo, sabe? Ela é minha prima e melhor amiga desde... Bom, desde sempre! Quero que ela seja feliz, e eu sei que Rodrigo é o cara certo para deixá-la nas nuvens, mas a cada mensagem que recebo com imagens de bolos, vestidos e salões, eu me sinto uma merda.

A minha melhor amiga, lembra dela?

— E tudo estaria tão melhor se o seu irmão se esforçasse e me desse os outros 5% — continua ela. — Eu pensei que esses 5% fossem apenas mais atenção, mais carinho, estar mais presente, mas agora vejo que eu quero o que Marina tem. Não quero que ela não tenha, só quero ter igual. Sabe?

Eu não tenho como provar, mas já os peguei juntos algumas vezes.

— Eu nunca tive o sonho de casar. — Ela toma um gole do café antes de continuar com o monólogo. — Nunca mesmo. Sonhava em conhecer o mundo, escrever, estudar, viver! Mas casar... Parecia tão provinciano. Simples. Além da minha capacidade intelectual. Um sonho idiota da classe média limitada, que nasce, cresce, se forma em Direito, compra um carro, troca de carro todo ano, casa, faz dívida pra comprar um apartamento, tem dois filhos, é infeliz e morre.

A palheta da sorte dele estava na casa dela.

— Mas agora eu...

E ele anda realmente muito esquisito. Dando sinais de que está com peso na consciência.

— Depois de tudo, eu...

Eu não quero te ver triste, Isa.

— Eu...

Mas achei que você deveria saber.

Isadora cai no choro.

Levanto os olhos do computador, com medo de ter dito em voz alta alguma das frases digitadas, e esse medo me dá apenas uma certeza: é claro que não sou homem o suficiente para contar a verdade.

Vou fechar o computador agora.

Preciso abraçar Isadora e agir como um ser humano decente.

No final das contas, não contei a verdade.

Em vez disso, consolei a minha cunhada com palavras nas quais eu não acreditava. "Vai dar tudo certo" e "é só uma fase".

"É só uma fase".

Eu odeio essa frase.

Por que usamos essa frase quando alguém está sendo um completo imbecil?

"Ele separou da mulher e está namorando uma garota da idade da filha... Mas é só uma fase!" ou "Ela está trocando o marido pelo personal trainer... Mas é só uma fase!"

Não é só uma fase. É uma pessoa tomando decisões ruins por egoísmo ou pura babaquice. E nós seguimos passando panos quentes, porque queremos acreditar que aquela pessoa vai cair em si e voltar a ser quem era antes.

Quer saber de uma coisa? Elas geralmente não voltam. O cara continua namorando a novinha, talvez até case com ela e tenha filhos, para horror da ex-mulher e da filha, e a mulher provavelmente vai cansar do personal trainer e procurar outro gostoso para trair o coitado do marido.

Finalmente comprei cigarros e está fazendo frio o suficiente para que eu consiga escrever na varanda usando o blusão do Jurassic Park que ganhei de Tatiana ano passado. Fumar e escrever passa a sensação de que eu sou a porra do Stephen King, e não um babaca agindo como se alguém se importasse com o que tenho a dizer.

Foi uma surpresa ouvir o desabafo da minha cunhada. Em todos aqueles anos, sempre a imaginei como uma mulher 100% independente e segura dos rumos que estava tomando na vida. Para ser bem honesto, via Andrei mais como um acessório do que como alguém *indispensável* e, no fundo, jurava que ele tomaria um pé na bunda na primeira oportunidade — talvez por ainda não entender muito bem o amor e todos os seus desdobramentos emocionais, não percebia que Isadora precisava de Andrei tanto quanto Andrei precisava de Isadora.

Ele podia ser o sentimento e ela a razão, mas só fui descobrir a complexidade daquele relacionamento enquanto ela soluçava entre uma caneca de café e outra e dizia que sentia que tudo estava desmoronando ao seu redor.

"Eu quero me casar com ele", ela disse em determinado momento da conversa. "E não foi planejado. Não mesmo! Nunca me imaginei de véu e grinalda, nunca pensei que esse fosse ser o desejo mais profundo do meu coração, mas aí um dia acordei e ele ainda estava dormindo, e eu me curvei para o lado, reparei que o pijama dele estava sujo de macarrão e decidi: eu quero me casar com ele!"

O sonho mais intenso de Isadora é se casar com Andrei pelo simples motivo de que ele não consegue comer macarrão sem se sujar, e eu acho isso tão incrível que acabo me perguntando: será que algum dia vou amar alguém e ser amado de volta nessa mesma mistura de intensidade e simplicidade?

Eu posso ser um babaca que magoou todas as garotas que passaram pela minha vida, mas o meu maior medo é que a resposta para essa pergunta seja um imenso e sonoro "não".

DÉCIMA SÉTIMA CARTA, OU O MISTÉRIO DA MINHA VIAGEM A SÃO TOMÉ DAS LETRAS

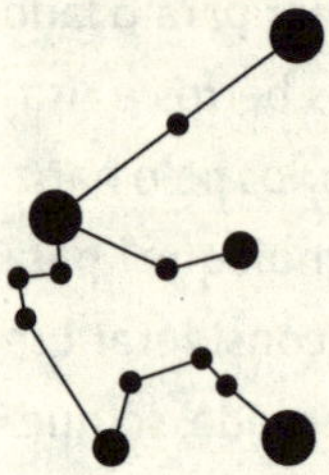

AQUÁRIO

O INÍCIO

Querida Lyli,

Durante o terceiro ano do ensino médio eu resolvi fazer um cursinho pré-vestibular.

Não porque me preocupasse com o meu futuro e estivesse decidido a entrar em algum curso concorrido de alguma faculdade concorrida; na verdade, eu vivia um embate dentro de casa, tentando convencer meus pais a me apoiarem na decisão de cursar filosofia. O tema "faculdade" ainda estava bastante nebuloso na minha cabeça; eu não sabia o que faria e nem se queria fazer.

Na verdade, eu só queria acompanhar João, Pietra e Larissa, que já estudavam no cursinho desde o ano anterior, passando cada vez mais tempo por lá e menos tempo comigo. Eu me sentia excluído, como o carentão otário que sou às vezes, então decidi botar um ponto final naquele sentimento de não-pertencimento e me matriculei no cursinho Etapa da Vergueiro. Afinal, era o nosso último ano juntos; claro, continuaríamos amigos, cada um em uma faculdade, mas, no fundo, eu tinha medo de que fosse verdade o que falavam: são raras as amizades de colégio que duram.

Os meus pais quase se mijaram de felicidade achando que eu estava finalmente tomando um rumo na vida. Coitados... Às vezes, sinto certa pena deles e das altas expectativas que têm em relação a mim.

O fato número 1 foi que eu te conheci no primeiro dia de aula, Lyli. Você estava sentada na beirada da cadeira, mordendo a tampa da caneta e olhando para a lousa; você nem se deu ao trabalho de olhar para o lado quando ouviu um grupo de desajustados entrar na sala aos berros e risadas, focada em anotar a matéria enquanto empurrava os óculos pelo nariz.

Eu era novo ali, estava no meio da transição de "moleque" para "moleque mais velho" (porque não sei ainda se posso me considerar um homem), e não queria mais problemas com garotas. Na verdade, só queria passar menos tempo em casa e mais tempo com os meus amigos.

Mas o fato número 2 foi que me sentei ao seu lado, porque todas as outras cadeiras já estavam ocupadas; Larissa fez menção de ocupar o meu lugar, mas Pietra a chamou para comprarem alguma coisa na lanchonete, e eu acabei esbarrando no seu cotovelo. Você me olhou pela primeira vez. Não irritada, nem chateada, apenas... Curiosa. Foi como se você tivesse saído do mundo da física para voltar ao mundo real pela primeira vez em muito tempo.

"Foi mal", pedi, reparando que você tinha um *piercing* no septo do nariz e os olhos mais escuros que eu já tinha visto.

Reparando que você era muito bonita.

"É física, né?", você concordou com a cabeça. "Dois corpos não podem ocupar o mesmo lugar no espaço."

E soube ali, com aquela frase despretensiosa, que o meu plano de foco na amizade e distanciamento de garotas não funcionaria.

O MEIO

Querida Lyli,

Não foi fácil ficar com você.

Não que você fosse uma garota de jogos, ou que estivesse "se fazendo de difícil"; você era você, muito focada, muito esforçada, tão inteligente que às vezes eu me sentia uma ameba ao seu lado. Era óbvio que você tinha um objetivo, e namoros atrapalhariam os seus planos.

Além disso, a transição de "um grupo de quatro amigos que se formou ao longo de muitos anos" para "um grupo de quatro amigos que se formou ao longo de muitos anos + uma desconhecida" não foi muito tranquila. Eu queria levá-la aos mesmos lugares que ia com João, Larissa e Pietra, mas eles sempre chiavam, davam um jeito de impedir. Não que eles não gostassem de você, porque gostavam, mas nós éramos muito protecionistas quanto à nossa amizade.

Porém, alguns meses se passaram e nós dois nos tornamos grandes amigos. Aos poucos, você foi aceita como quinto membro do nosso grupo, porque eu e você estávamos sempre grudados, e João, Larissa e Pietra não me viam se eu não pudesse te levar junto, então eles acabaram cedendo por pura pressão emocional. E logo eu não conseguia parar de pensar em você. Antes, eu pensava apenas em como você fazia imitações hilárias de programas dublados, em como o seu cabelo parecia sempre cheirar a chiclete tutti-frutti e em como eu dependia de você para aprender qualquer matéria que envolvesse conceitos de física, mas depois passei a desejá-la na minha cama, na mesa de jantar conhecendo os meus pais, no cinema aos domingos de mãos dadas, comendo pipoca e amando a vida.

Eu li que aquarianos acabam namorando e se casando com os melhores amigos, porque é lógico e eficiente, então acho que você também sentia o mesmo por mim, só teve medo de admitir, medo de estragar a amizade, medo que o nosso relacionamento tirasse o seu foco, então ficamos naquele impasse por meses, naquele tesão reprimido que os adolescentes são ótimos em esconder.

Você foi a única pessoa que conseguiu fazer com que eu entendesse física e química, e eu te ensinei a tocar violão. As tardes que passávamos nas salas de estudos do Etapa foram as melhores tardes daquela fase de transição para a vida adulta, e diversas vezes eu me imaginei trancando a porta e fazendo tudo o que queria fazer com você em cima daquelas mesas cheias de livros e cadernos.

Até que um dia eu fiz.

Eu não tranquei a porta, nem fiz tudo o que queria fazer, mas estávamos sozinhos e não consegui mais segurar o que estava sentindo dentro de mim. Eu estava apaixonado de verdade pela primeira vez na vida.

"...então o logaritmo dessa equação..."

"Lyli?", chamei e você levantou o rosto.

A sua boca estava pintada de vermelho; as minhas mãos tremiam.

"Estou indo muito rápido?"

"Não. Mas eu queria te falar...", é agora ou nunca! "Eu tô a fim de você".

Você ficou apenas alguns segundos em silêncio, mas, na minha cabeça, a espera durou três meses.

"Eu também estou", foi a sua resposta final.

Quando nos beijamos, a porra do logaritmo finalmente fez sentido na minha cabeça.

Você foi a minha primeira namorada. Fazíamos absolutamente tudo juntos, ao ponto de João me perguntar se você segurava o meu pinto quando eu ia mijar, mas não era chato, nem grudento, muito menos esquisito; era mais do que certo ficar ao seu lado, mais do que gostoso.

Foi com você que aprendi que o sexo não tem absolutamente nada a ver com os filmes pornográficos que assistimos diariamente desde os 13 anos de idade. É muito mais íntimo, muito menos coreografado — você me ensinou que transar apaixonado é a coisa mais gostosa que existe no mundo.

Eu fiz todas aquelas coisas bregas e estúpidas que criticava nos meus amigos, como te dar uma aliança de compromisso e comprar flores no dia dos namorados — não faria de novo, mas também não me arrependo, porque eu também fui o seu primeiro namorado e era muito legal te fazer feliz com esse tipo de coisa.

Perto do final do ano, combinamos uma viagem para São Tomé das Letras, porque já estávamos naquela *vibe* pré-faculdade em que nos sentíamos imensamente adultos, politizados e fumávamos maconha como bons burgueses opressores que éramos (na faculdade, descobrimos melhor de *onde* vinha a maconha que fumávamos e o sangue de *quem* estava nas nossas mãos e decidimos parar). Raul Seixas era o nosso mentor, São Tomé das Letras o nosso destino.

Compramos as passagens de ônibus, conseguimos autorização (e dinheiro) dos nossos pais, reservamos dois quartos (um de casal, um para três pessoas) em um hostel duvidoso e fomos.

Foi incrível? Foi.

Foi a viagem que destruiu o nosso relacionamento? Foi também.

O FINAL

Querida Lyli,

Aquarianas são humanitárias. Inteligentes. E possuem o coração gelado.

Para ser bem sincero, eu não sentia o seu assim. Eu o sentia quente contra o meu sempre que estávamos abraçados, sempre que você tirava o cabelo do meu olho e passava o dedo pela minha cicatriz, sempre que me indicava algum filme *cult* esloveno que eu achava uma merda, mas fingia gostar para te agradar.

Porém, naquela sexta-feira em que nós nos sentamos nas poltronas dos ônibus rumo a uma viagem inesquecível, eu sabia que alguma coisa estava errada — você não estava sorridente, ajeitando o *piercing* de maneira despreocupada, passando as unhas pelo meu braço distraidamente. Você estava tensa, olhando para o celular o tempo todo, sorrindo para mim como se houvesse algo extremamente errado. Suas respostas eram monossilábicas e, por mais que eu tentasse te fazer rir, nada funcionava. E, claro, em vez de tentar resolver os nossos problemas através de comunicação e empatia, resolvi meter o famoso *in loco*, como diriam os meus amigos advogados.

Nós fumamos muita maconha naquela primeira noite. E, magoado, eu misturei com três tipos diferentes de bebida, vomitando o almoço da semana inteira nos arbustos do hostel, abraçado a João, que não conseguia manter os olhos abertos. Naquela noite, fomos dormir juntos, Lyli, e eu fingi que tinha apagado para não ter que lidar com a verdade; na manhã seguinte, agi como se nada tivesse acontecido, e você me deu o tratamento mais gelado que recebi na vida.

Na minha cabeça insegura e infantil, que não conseguia entender a sua distância, principalmente depois de todas aquelas semanas que passamos planejando a viagem, você tinha arranjado outro cara e não sabia como me contar. Afinal, por que você escolheria ficar comigo quando era tão interessante, tão bonita, tão inteligente? Para ser bem honesto, acho que desde o começo eu me senti dessa forma, mas a endorfina liberada pelos primeiros meses da paixão me deixou meio cego para o fato de que eu não merecia uma garota como você.

Na tarde do segundo dia tínhamos um show a céu aberto para ir, e Larissa e Pietra me incentivaram a te pedir desculpas pelo comportamento da noite anterior.

"Desculpas pelo o quê? Ela que está estranha... Eu só estou me divertindo! Não era a intenção?"

Cacete, como homem consegue ser babaca às vezes... Mas eu estava magoado. Triste. Inseguro. Tudo isso porque não fui capaz de abrir a boca e perguntar "O que você tem? O que está acontecendo? Quer conversar?" Não... Em vez disso, criei mil paranoias na cabeça e deixei que elas nos destruíssem.

Nós fomos ao show, mas você estava distante, séria, uma muralha. Em determinado momento do dia, depois de várias cervejas vendidas à menores de idade, perdi a paciência e perguntei, um pouco alto demais, o que estava errado.

Pietra, Larissa e João, percebendo que estávamos prestes a entrar em uma DR, foram comprar mais bebida, nos deixando sozinhos.

Talvez, se eles não tivessem saído de perto, não teríamos dito as coisas horríveis que dissemos um ao outro.

"Não tem nada de errado, Diego, por que você acha que tem?"

"Você está esquisita desde ontem de manhã", assumi os meus receios.

"Por isso que você resolveu agir como um babaca ontem à noite?", você não conseguia me olhar nos olhos.

"Não sei. Por isso que você está agindo como uma babaca desde sexta-feira?"

"Não estou me sentindo legal, Diego. Eu nem deveria estar aqui, briguei muito feio com os meus pais ontem. Eles acham que estou desperdiçando muito tempo com o nosso namoro, tempo em que poderia estar estudando, e às vezes eu concordo com eles", você admitiu, finalmente conseguindo me encarar nos olhos. "Eu quero passar em engenharia civil na UNICAMP, mas, nos últimos simulados, eu não teria conseguido passar nem na primeira fase. Eu sei que você faz cursinho por hobby, mas faço porque tenho um plano traçado para a minha vida, e cada vez mais eu me convenço de que você, secretamente, me acha uma idiota por isso."

Estávamos muito bêbados.

"Ah, ótimo, agora você vai jogar na minha cara que eu não tenho um plano de metas definido até os 60 anos de idade, mãe?", ri, porque eu estava chapado e agindo como uma criança. "Me desculpe se não nasci sabendo o que quero fazer da vida, se eu não construía castelos de lego pensando na porra da faculdade de engenharia!"

"Não fale assim comigo, não coloque palavras na minha boca". Eu nunca havia visto você chorar, Lyli, e aquela vez foi o mais próximo disso. "Eu amo você, Diego. Só estou... Com medo."

Os seus olhos estavam brilhando. E eu te amava, ou pelo menos achava que aquilo era amor, e aquela conversa destruiu o meu coração. Então, de acordo com os seus pais — e até de você —, eu era a pedra no seu caminho, quem te puxava para baixo, quem te afastava dos seus sonhos. Eu era um desperdício de tempo na sua vida.

Por isso disse o que disse. Porque eu não sabia (e ainda não sei) lidar com mágoa, com dor, com o derretimento das calotas polares do meu coração; eu queria te ferir como você estava me ferindo.

"Eu não sei mais, Lyli", murmurei. "Não sei mais se te amo. Não depois disso."

Pietra, Larissa e João voltaram naquele exato momento, e percebi que estava chorando — mas da maneira que "machos" choram: uma lágrima solitária pela bochecha e o nariz vermelho, que podemos mentir e jogar a culpa na "rinite".

Eu esfreguei a manga da camisa na cara e me afastei de vocês.

Naquela noite, eu comi cogumelos, vi duendes, estrelas, a grama crescer e unicórnios nascerem. Você também comeu, nós nos abraçamos, choramos, nos beijamos, transamos e tivemos a certeza de que aquela decisão era irreversível; eu por ser um imbecil orgulhoso, você por ter percebido isso.

No dia seguinte, acordei e você já tinha ido embora, deixando apenas um bilhete para trás.

Voltei para São Paulo. Melhor não nos falarmos por algum tempo. Eu te amo.

"Por algum tempo" se transformou em "para sempre", já que você pediu transferência para o período matutino, para que não pudéssemos mais nos ver pelos corredores do cursinho. De um grupo de cinco, voltamos a ser quatro, e eu senti a sua falta todos os dias por muito tempo.

Quando o ano acabou e vi o seu nome na lista de aprovados da UNICAMP, fiquei mais feliz do que pela minha própria conquista — no final daquele dia, grifei o seu nome com marca-texto na lista de aprovados e escrevi "obrigado pela inércia" ao lado do seu nome.

Eu não sei se você viu, mas até hoje agradeço às leis da física por ter te conhecido.

DÉCIMA OITAVA CARTA, OU O MISTÉRIO DA MINHA NOITE COM PIETRA

Ted Mosby uma vez disse que nada de bom acontece depois das duas da manhã.

Ted Mosby foi um cara sábio em muitos de seus ensinamentos, mas serei obrigado a dizer que ele está completamente errado neste em particular. Porque são três e doze da madrugada e Pietra acabou de me ligar.

É sábado. Eu deveria estar pela rua, pelo mundo, pela vida. João me chamou para uma festa do Mackenzie, Pietra me convidou para sair com as suas amigas "super solteiras", Larissa perguntou se eu não queria maratonar *Game of Thrones* pela décima vez e Andrei e Isadora me chamaram para jantar.

Neguei todas as propostas. Não estou legal, preciso ficar um pouco sozinho, ordenar os meus pensamentos, bater punheta, sei lá, qualquer coisa que coloque um pouco de ordem no meu caos particular. Essa última carta mexeu demais comigo... Tinha esquecido toda a mágoa do meu relacionamento com Lyli, a maneira como me senti um lixo por meses, como coloquei na cabeça que eu não valia o tempo e esforço de ninguém.

Então estou em casa; disse aos meus pais que iria estudar, mas estou de fato jogando videogame e assassinando zumbis digitais.

Bom, na realidade, nesse exato momento eu estou surtando.

surtar

intransitivo

p.ext. infrm. entrar em crise mais ou menos branda em razão de algum problema psicológico relacionado com ansiedade, neuroses, desadaptações etc.

Mas aí o celular tocou.

— Ego? — chamou Pietra assim que atendi.

Ego. Eu adoro quando ela me chama assim.

— Etra?

— Eu posso... Passar aí?

— Agora?

— É. Agora.

Eu deveria ter dito que sim. Sim, um milhão de vezes sim! Pode passar agora e pelo resto da sua vida.

— Por quê? — respondi em vez disso.

Porque eu sou um idiota.

— Agora eu preciso de um motivo para ver o meu amigo? — perguntou ela e percebi, pelo tom da sua voz, que ela estava bêbada.

E não de uma maneira feliz. Bêbada porque algo havia dado muito errado.

E, por mais que eu queira me distanciar dos problemas, colocar a cabeça em ordem, tentar esquecer essa loucura de paixão pela Pietra, o meu lado amigo falou mais alto. Ela precisava de mim.

— Não, eu só... Claro que pode. Pode passar aqui. Mas já aviso que estou de cueca e não pretendo fazer nada para mudar isso.

— Isso nunca me incomodou antes.

Pietra já fez um milhão de piadas de duplo sentido sobre nudez, sexo e afins, e eu nunca me incomodei. Mas quando desliguei o telefone, senti como se fosse ter uma parada cardíaca.

Talvez, se eu tivesse saído de casa, nada disso estaria acontecendo.

Então, crianças, às vezes é melhor ficar em casa. E colocar uma camiseta.

Eu estou dentro do banheiro, sentado na privada com o computador no colo.

Por que onde mais uma pessoa imbecil como eu estaria agora?

Pietra está deitada como o Patrick Estrela na minha cama; eu diria que "desmaiada" seria uma palavra melhor para descrever a situação. Acabei de cobri-la até o pescoço e me tranquei aqui.

Ela chegou meia hora depois da ligação. Eu já estava esperando na porta, porque a portaria havia ligado para pedir a liberação, e ela desceu do Uber e caiu no chão.

Eu ri, porque, apesar de toda a situação merda em que me encontrava, nós ainda éramos amigos e é isso que amigos fazem quando o outro cai que nem merda no chão.

— Para de rir e vem me ajudar, porra! — gritou, meio rindo, meio com dor.

E quem é que não ajuda depois de um pedido fofo desses?

Escoltei Pietra para dentro de casa, com a mão tapando a sua boca para que ela não berrasse e acordasse os meus pais, e preciso confessar que não pensei que ela fosse ser tão pesada; eu já havia carregado João, Pietra e Larissa em bebedeiras distintas umas das outras, mas algum dos outros mosqueteiros sempre estava presente para me ajudar com o fardo.

Quando chegamos no meu quarto, eu estava suando.

— Você bebeu o que, um caminhão pipa de cachaça?

Pietra riu, jogando-se na minha cama.

— Duas sílabas. Te-qui-la.

— São três sílabas, Pietra.

— Isso é o que o sistema quer que você acredite.

Sentei-me na cadeira giratória. Pietra estava de saia, que havia se enrolado na coxa esquerda na queda até o colchão, revelando uma parte da calcinha verde-limão e a sua pele escura e macia.

Eu desviei o rosto.

— Vai me dizer o que aconteceu? — perguntei, agarrando o meu boneco do Snape entre os dedos e observando o nariz assustadoramente parecido com o do personagem real.

Depois de todo esse tempo?

Sempre.

— Eu... Fiz merda — disse Pietra ao apoiar-se descoordenadamente nos cotovelos e me olhar.

Na luz artificial do meu quarto, reparei que ela havia chorado e que as lágrimas haviam levado a maquiagem dos olhos pelo rosto, deixando um rastro de mágoa e decepção.

De repente, senti uma extrema urgência de socar a cara de quem quer que fosse que tenha causado aquilo na minha melhor amiga.

— Beijei ele — ela desabou na cama novamente. — O João.

Então não consegui mais me imaginar socando a cara de quem havia feito aquilo, mas sim a minha própria.

— E... Aí?

Eu não sei se me senti mais curioso ou magoado. Talvez uma mistura dos dois.

Pietra e João nem estavam na mesma festa. Ah... Os caminhos que os jovens tomam durante a madrugada.

— Ele... Me beijou de volta. Por algum tempo.

João. Pietra. João e Pietra. João sabia dos meus sentimentos por Pietra. Eu sabia dos sentimentos de Pietra por João.

— Depois, me afastou e disse que gostava de mim como amiga. — Ela soltou o ar com força pelo nariz. — *E só.*

E só.

Eu me sentia tão só.

E Pietra também.

Eu não disse nada. Não havia nada a ser dito.

Então ela dormiu. Eu a cobri. E fiquei observando o seu rosto. O rosto que tantas vezes me fez sorrir, mas que agora me deixava tão triste.

— Eu gosto de você muito mais do que apenas como amiga.

Foi muito bom tirar isso do peito.

Por mais que ela nunca saiba.

Observo Pietra dormir.

Toda vez que ela solta o ar, dá um pequeno soluço de bêbada. Os cantos da sua boca são permanentemente virados para cima, como se ela sorrisse vinte e quatro horas por dia, mesmo quando está triste ou desiludida.

Queria ter o poder de evitar que ela sinta tristeza. Desamparo. Desilusão. Queria poder deixá-la feliz o tempo todo, como os cantinhos da sua boca se esforçam para ser.

Não queria ser essa pessoa, esse cara melodramático, babão, imbecil, atrapalhado das ideias, submisso. Mas eu sou. Por ela eu sou.

— Por que você está me encarando desse jeito, Diego? — murmura Pietra, ainda de olhos fechados.

E eu não sei o que responder, então desligo o celular.

— Não estou te encarando — foi o que eu respondi.

— Está sim — disse Pietra, abrindo os olhos depois de duas horas desacordada.

A sua aparência estava melhor. O seu espírito nem tanto.

— Só estou preocupado que você vomite e suje o meu edredom. O que vou falar para os meus pais? Que comecei a noite estudando e terminei vomitando tequila na cama?

Ela riu. Eu ri.

Nós nos encaramos.

"Você ouviu o que eu disse?", pensei em perguntar, mas não tive coragem.

— Você alguma vez já sentiu que estivesse presa em uma situação merda e não pudesse fazer nada para mudá-la e deixá-la menos... Merda? — perguntei.

Enquanto Pietra pensava na resposta, acendi um cigarro do maço que estava em cima da escrivaninha e soltei a fumaça para cima; nunca havia fumado dentro do meu quarto, mas Pietra nunca havia aparecido bêbada no meio da noite, então acho que para tudo existe uma primeira vez.

— Me sinto assim agora — respondeu e se levantou, andando pelo quarto e observando os objetos inúteis espalhados pelos quatro cantos do meu universo particular.

Depois de algum tempo em silêncio, ela caminhou para mais perto de mim, a saia ainda um pouco curta demais para a minha sanidade mental. Quando Pietra parou ao meu lado, pegou o boneco do Snape na mão e olhou para mim.

— Depois de todo esse tempo?

— Sempre.

A minha amiga já havia me olhado um milhão de vezes, querendo dizer coisas distintas, em situações diversas; quando eu bebi demais e fui parar no hospital durante os meus primeiros jogos universitários, ela me olhou como se eu fosse um idiota irresponsável que não sabia beber. Quando deixei meu celular cair do topo da escada e o recolhi intacto, ela me olhou como se eu fosse um filho da puta sortudo. Quando um cara deu em cima de mim na balada e eu achei o máximo, ela me olhou com aprovação, esperançosa de que mais alguém do nosso grupo pudesse ser bi. Quando contei a piada mais estúpida do mundo e nós rimos a noite inteira, ela me olhou com felicidade genuína. Quando ouvimos o CD inteiro do Pink Floyd chapados numa terça-feira à noite, ela me olhou como se a nossa amizade fosse algo impagável.

Mas nunca, em todos aqueles anos, ela havia me olhado como estava me olhando.

Ou talvez a minha mente deturpada tivesse me enganado a pensar assim, para que eu pudesse justificar o que fiz — sem me levantar da cadeira giratória, puxei-a pela cintura e a beijei.

Eu só sei que o que aconteceu depois disso foi 100% real porque a minha cabeça limitada nunca seria capaz de criar espontaneamente os minutos seguintes. As minhas mãos na nuca de Pietra, as suas mãos tirando a minha camiseta. A minha boca nos seus seios, a boca dela na minha testa. As suas pernas em volta da minha cintura, as minhas pernas formigando pelo peso. Os nossos corpos juntos, caminhando desordenadamente até os lençóis. A minha língua aproveitando o quente do meio das suas pernas, a língua dela pedindo para que eu não parasse. Os dedos dela no meu cabelo, os meus dedos apertando as suas coxas, sentindo a sua pele. A voz rouca dela pedindo que eu a penetrasse, a minha voz entrecortada na garganta, querendo dizer tudo o que estava guardado dentro de mim e sem coragem para tal. As coxas dela pressionando o meu quadril, os dedos dela na minha boca, o cabelo dela espalhado pela cama, os olhos dela fechados em prazer, a lombar dela arqueada quando chegou lá, a risada que inundou o quarto quando tudo acabou.

O cheiro dela na minha pele, os gemidos dela nos meus ouvidos, o gosto dela na minha boca.

"Eu te amo, eu te amo, eu te amo", pensei, mas não disse.

Tudo isso foi real demais. Continua sendo real demais.

E ela está agora nua na minha cama, dormindo novamente. E eu estou na varanda, fumando.

Eu queria poder dizer que transar com Pietra fez com que todas as minhas dúvidas desaparecessem, mas isso não aconteceu — confesso que me sinto mais confuso ainda. Confesso que não consigo acreditar no que aconteceu. Confesso que gostaria de sentir o que senti durante aqueles minutos de prazer pelo resto da eternidade.

E também confesso que sei que quando acordar tudo não vai ter passado de um mal-entendido, uma ação impulsiva, um erro, porque não é por mim que o coração dela bate.

Porque ela foi minha por uma noite, mas a noite é dos amantes, e o dia dos apaixonados.

DÉCIMA NONA CARTA, OU O MISTÉRIO DO DIA SEGUINTE

Então é o seguinte: eu estou bêbado.

É domingo e eu deveria estar de ressaca, não bêbado... Está sendo bem difícil acertar as palavras, mas não sou o tipo de pessoa que gosta de parecer mais alterada do que realmente está digitando frases desconexas e querendo chamar atenção. Posso estar bêbado, mas ainda sei escrever.

Mas estamos só entre nós, seja lá quem você for, então eu posso confessar: estou demorando o triplo de tempo que demoraria para digitar em condições normais.

Por que eu estou tão bêbado?

Na realidade, é porque eu bebi demais. Bebi o que tinha em casa. Acho que foi vodca. Ou gim. Não, não é possível que tenha sido gim, porque gim é ruim pra caralho e eu saberia se estivesse bêbado de gim, porque, honestamente, isso demonstraria que eu estava no fundo do poço.

Quem toma gim? Eu vejo as pessoas pedindo gim nos bares e sempre penso: Caralho, que pessoa estranha da porra. Porque é ruim pra caralho. Tem gosto de arroz. Ou infelicidade. É, pode crer, gim tem gosto de infelicidade.

Essa palavra existe?

Mas não, a pergunta aqui é outra. A pergunta é: por que eu bebi?

Porque ela foi embora. Ela foi embora antes de amanhecer, e eu fiquei como um amante abandonado — se eu tivesse percebido, se tivesse acordado, teria pedido que ela ficasse, porque o cheiro dela fazia sentido na minha cabeça. Teria pedido que ela me abraçasse mais forte, porque sem ela eu me sentia caindo eternamente.

Claro que teria perguntado se ela estava a fim de transar de novo, porque, afinal, eu também sou filho de Deus.

Mas ela foi embora. E eu acordei com o rastro do cheiro de tequila e a sensação de que tudo estava igual, mas nada nunca mais seria o mesmo.

Já mandei algumas mensagens. Algumas muitas mensagens. Todas com o português correto, porque não quero que ela pense que eu estou bêbado, mas acho que o conteúdo acaba me denunciando.

"Por que você foi embora?"

"Pietra, nós precisamos conversar."

"Sério, me responde."

"Você precisa saber que também estou envolvido nisso, e você não vai poder me evitar para sempre."

"Por favor. Me responde."

"Pietra. Sério."

"Eu preciso ouvir a sua voz."

Patético. Patético e triste. Patético, triste e altamente satisfatório.

Pelo menos eu consegui me interromper quando digitei *"eu te amo, Pietra, você não pode fazer isso comigo, não pode fingir que nada aconteceu, porque eu te amo, e não vou saber lidar com tudo isso sozinho"*, porque eu posso estar bêbado e patético, mas algum amor próprio ainda tenho. E ele está lá, escondido no fundo da minha mente, corajoso ao lutar com o resto do meu cérebro, um exército de células estúpidas e autodestrutivas.

Só que eu não consigo parar de pensar nela. Não consigo parar de pensar no cheiro dela, no gosto dela, na voz dela, no toque dela...

Da sensação de estar dentro dela, de sentir que eu e ela éramos um só, que nós dois fazíamos sentido, *algum* sentido, *qualquer* sentido. De imaginar que ela talvez também pudesse estar pensando na possibilidade de nós dois.

Pego o telefone e o giro entre os dedos.

O que ela está pensando? Pelo o que ela está passando?

Decido ligar. Talvez, se ela ouvir a minha voz, ouvir o que tenho a dizer, ela mude de ideia e volte. Volte para a minha cama. Volte para mim.

...

Caixa postal.

Caiu na caixa postal.

"Pietra, oi, é o Diego. Bom, isso você já deve saber, porque, bom... É o meu número que te ligou. Mas não foi para te ensinar sobre lógica que liguei, mesmo porque, você não precisa que ninguém te ensine nada, é uma das pessoas mais inteligente que já conheci. O que eu estou falando? Eu... Eu nem sei o que dizer, para ser bem honesto... É só que... Pietra, sério, você precisa me atender. Ou pelo menos responder as minhas mensagens. Eu só quero conversar, preciso que você entenda que... O que aconteceu... Não sei... Só aconteceu... E... E eu queria que acontecesse de novo. Mas se você estiver se sentindo mal, se não gostou, não precisa acontecer novamente. Podemos continuar sendo amigos. Mas foi muito... Bom. Eu acho. Eu achei legal, não sei se você achou legal... Acho que é algo que eu não devo te perguntar se não quero que você seja honesta, não é mesmo? Não estou fazendo o menor sentido, né? Eu... Só queria que você soubesse que..."

Mensagem finalizada.

Que eu te amo.

Tomei um banho.

Tomei um café.

Comi alguma coisa.

Já estou sóbrio.

Relendo as mensagens.

Qual é o meu problema?

— DIEGO! — minha mãe grita do andar debaixo. — A LARISSA ESTÁ NA PORTARIA!

Caralho.

Eu sempre gostei de me considerar uma incógnita.

Uma pessoa misteriosa. Que ninguém de fato entende. Fechado no próprio mundo, enfrentando os próprios demônios. Que é considerado como "difícil" pelos parentes e "incompreendido" pelos amigos. Porque eu sou uma porra de um burguês egocêntrico niilista do cacete, que espera que você entenda e compreenda o significado de niilismo, mesmo sabendo que boa parte da população brasileira não tem acesso à educação de qualidade.

Por quê? Por que eu sou assim? Por que acho que as pessoas me consideram misterioso e genial, quando, na verdade, elas me consideram um mimadinho irritante?

Eu não sei exatamente.

De qualquer forma, consigo conviver bem em sociedade com essa faceta que criei para mim mesmo. Diego, O Misterioso.

Menos quando Larissa está por perto.

Porque ela pode me mandar tomar no cu e me chamar de esnobe sempre que eu começo a falar sobre niilismo, mas ela também me entende e me conhece tão bem que, às vezes, tenho um pouco de medo e receio do que aconteceria se ela algum dia não estivesse por perto.

Assim que ela colocou a cabeça dentro do quarto, franziu o cenho e disparou:

— O que aconteceu?

— Como assim? — Eu tentei agir normalmente, mas quando nos esforçamos para agir de maneira casual parece sempre que estamos nos recuperando de um AVC. — O que aconteceu quando?

— Agora. Hoje. Ontem. Não sei. Sua cara tá esquisita — comentou ela, entrando sem ser convidada e se jogando em cima da cama.

— Não aconteceu nada. Você que é esquisita.

Larissa me observou por alguns segundos.

Eu queria contar a verdade. Mesmo. Queria que ela me ouvisse e me aconselhasse, porque talvez o conselho de Larissa fosse ser muito melhor do que apenas um "É foda... Vamos fumar um cigarro?" que eu receberia de João.

Mas também sabia que não podia contar a verdade.

Em respeito a Pietra.

Em respeito a Larissa.

— Eu não acredito em você — disse, dando de ombros. — Fez alguma coisa interessante ontem?

— Não — menti tão naturalmente que comecei a questionar se não deveria ter feito algum curso de atuação; com certeza eu seria melhor nisso do que em Administração. — E você? Saiu?

Lembro-me de Andrei agindo de maneira esquisita. De Isadora admitindo que gostaria de se casar com o meu irmão. De Larissa tomando um café com ele na padaria perto da minha faculdade.

— Não. Te disse que ia maratonar *Game of Thrones*.

Nós nos olhamos.

Somos amigos desde sempre, e eu gosto de acreditar que não mantemos segredos um do outro. Mas Larissa sabia que eu estava mentindo, e eu sabia que ela também me escondia algo.

— Quer assistir alguma coisa agora?

— Quero.

Passamos o resto do domingo juntos. Larissa fez pipoca e me deu a bronca rotineira de "você deveria parar de fumar". Eu massageei seus ombros e a questionei novamente sobre o homem misterioso do seu apartamento, mas ela não quis responder.

Perto das nove, Larissa foi embora. E Pietra não me respondeu.

Ainda mandei uma última mensagem, já sóbrio e me sentindo um lixo.

"Esqueça tudo o que disse. Eu surtei. Sou um babaca egoísta. Você deve estar se sentindo mal. Eu também estou. Se quiser conversar, vou sempre estar aqui. Tome o tempo que for necessário."

Duas e trinte e seis da manhã, segunda-feira.

Eu deveria estar dormindo, porque daqui a pouco tenho prova de metodologia científica, sabe-se lá o que significa essa matéria.

Perto da meia-noite, Pietra ficou online no WhatsApp. Digitou algumas vezes, mas logo apagou. Depois, ficou offline e não voltou mais. Sei disso porque fiquei com a sua conversa aberta, esperando. E agora também sei que ela leu as minhas mensagens. Sei que ela deve estar tão perdida quanto eu.

No nosso grupo, João mandou um sticker imbecil sobre política e Larissa riu. Essa foi a única interação de domingo.

Eu não consigo dormir, porque tenho medo de que seja isso. Que essa seja a vida, uma porra de uma confusão estrutural causada majoritariamente por mal-entendidos e dificuldades de comunicação. Que o amor romântico seja uma foda eventual com a mina que a gente sonhou e não passe disso. Que essa foda se transforme na memória de uma vida. Que a gente acabe se conformando com aquela pessoa legal que conhecemos no bar e desistamos do amor verdadeiro, porque talvez o sentimento de plenitude não seja para a gente, seja para os outros. Que o nosso sonho de uma vida a dois se torne uma rotina fodida formada por pessoas amargas e ressentidas. Que os dias sejam preenchidos por momentos de tédio ou de insatisfação, e que os poucos momentos bons sejam aqueles que a gente leva para o túmulo para não enlouquecer.

Nascer. Passar 90% do tempo infeliz. Agarrar-se naqueles 10% de felicidade. Morrer.

Eu tenho medo de ficar sozinho. Mas também tenho medo de acabar a vida com alguém que não me faz feliz por medo de ficar sozinho. Tenho medo de não conseguir realizar os meus sonhos, mas também não sei se sou a pessoa mais dedicada a eles; não sei se os mereço. Tenho medo de estar desperdiçando a vida para agradar os meus pais, mas tenho medo de decepcioná-los se tentar trilhar o meu próprio caminho. Tenho medo de largar tudo e perceber futuramente que foi um erro, e que o dinheiro vale mais a pena do que qualquer outra ilusão que tenho de uma vida completa e feliz. Tenho medo de que os meus sonhos sejam só isso, sonhos.

Tenho medo de ficar para sempre preso no meu corpo. Na minha consciência que não para *nunca* de confabular.

Tenho medo de me tornar aquilo que mais desprezo.

Tenho medo de ser uma pessoa ruim.

Mas também tenho medo de me permitir ser uma pessoa boa.

Tenho medo de que não passe disso. Que a vida não passe disso.

Disso... eu não sei o que é isso.

Mas tenho medo.

VIGÉSIMA CARTA, OU O MISTÉRIO DA PRIMEIRA GAROTA QUE APRESENTEI AOS MEUS PAIS

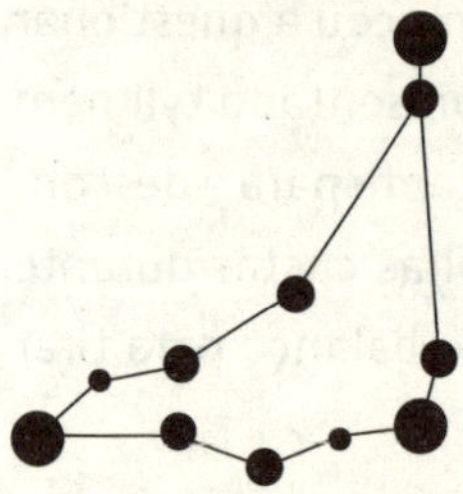

CAPRICÓRNIO

O INÍCIO

Querida Carine,

Depois que o meu namoro com a Lyli terminou, decidi que relacionamentos não eram para mim.

Obviamente não tinha maturidade emocional o suficiente para não foder com tudo na primeira dificuldade (e, para ser honesto, acredito que ainda não tenha), então seria mais prudente evitar qualquer contato que não fosse puramente físico enquanto não *digievoluísse* para um ser humano decente (o que ainda não aconteceu).

Eu já tinha vasto e amplo conhecimento do contato superficial, das noites de paixão e manhãs de indiferença, das horas em que tudo o que queria era tirar a roupa de determinada garota e passar o resto dos meus dias ao seu lado, e tudo o que queria depois era desaparecer daquele quarto, da minha pele, da face da Terra; depois de Lyli, aquele era o único tipo de relacionamento que fazia sentido para mim.

E eu queria o tempo todo! O final da puberdade e início da vida adulta é um furacão de decisões que vão comprometer todo o nosso futuro e nos deixarão miseráveis no menor deslize — que faculdade fazer, que curso escolher, que jornada trilhar —, e precisamos tomá-las enquanto tentamos nos livrar dos constantes pensamentos e instintos sexuais.

Não costuma ser uma fase tranquila.

Se eu pudesse acessar o histórico online do Diego de 16/17/18 anos, ficaria constrangido.

Foi também nessa época que a minha mãe começou a questionar a minha orientação sexual — o fato de nunca ter apresentado Lyli nem nenhuma outra garota aos meus pais contribuiu bastante para a desconfiança. Andrei e Tatiana divertiram-se muito às minhas custas durante esses tempos sombrios, e logo Isadora foi incluída no balanço para tirar uma com a minha cara.

Para ser bem sincero, não incomodava o fato dos meus pais acharem que eu poderia ser homossexual, afinal, se eu fosse, qual seria o grande problema (além, claro, de todo o preconceito e homofobia que sofreria da sociedade e da família de bem brasileira)? A minha masculinidade não era tão frágil assim.

O que realmente incomodava era o fato de que aquilo estava na agenda dos meus pais como uma "preocupação", como se beijar meninos ou meninas mudasse em alguma coisa a minha personalidade, as minhas qualidades e os meus defeitos. Eles com certeza não teriam tido a mesma abordagem minuciosa e detalhista sobre a minha vida sexual se eu tivesse demonstrado uma aspiração a macho alfa desde criança, porque era o "curso natural das coisas"; ser reservado e não esfregar na cara das pessoas o quanto eu "amava boceta" era o mesmo que "estamos preocupados com o Diego" na cabeça do Sr. e da Sra. Neves.

Mas os meus pais nasceram nos anos 60, não tinha muito o que esperar deles em questões como essas. Claro, eles eram adeptos de ideologias progressistas, mas não permitiam que o filho cursasse filosofia e se preocupavam que ele pudesse ser gay.

Algum tempo depois, conversei com eles sobre todo esse período "será que o Diego é gay?" das nossas vidas, e a minha mãe admitiu que tinha medo pelos outros, e não por mim. Se eu fosse gay, não seria um problema para a Sra. Neves, mas uma preocupação de como o mundo poderia me tratar. E o meu pai só ficou lá, concordando com a cabeça. Achei bacana...

Ah, e sobre cursar filosofia? Eles seguem com as suas convicções até hoje.

O mais irônico, Carine, foi que eu te conheci justamente em uma balada LGBT, comemorando o aniversário de uma amiga do cursinho. Nós estávamos todos muito ansiosos, os resultados dos vestibulares sairiam em poucos dias, e o meu término com Lyli era bastante recente, então encher a cara era a única opção para me manter são — engraçado saber que essa também seria a melhor solução para os anos de faculdade que estavam por vir.

Você estava batendo boca com o *bartender* quando eu me aproximei. No começo, eu nem reparei em você, muito porque eu já havia tomado tanta cerveja que o meu cérebro começava a desligar aos poucos — primeiro as funções motoras, depois as funções linguísticas, e logo o sistema nervoso —, mas também porque você era um ponto de discrição e tons pasteis no meio de uma explosão de cores e sabores.

"ESTÁ ESCRITO AQUI!", você berrou, apontando para o balcão. "12,50 A LONG NECK!"

"O preço subiu", o *bartender* respondeu preguiçosamente, atendendo outros mil jovens ao mesmo tempo.

"ENTÃO VOCÊS DEVERIAM TER TROCADO NO MENU! ISSO É UMA PALHAÇADA, UMA FALTA DE RESPEITO, UMA..."

"Toma aqui, moça", estendi uma das minhas cervejas e você se voltou para mim com as bochechas vermelhas. "Pode ficar com a minha."

"Não é pela cerveja!", você exclamou, e eu reparei em como o seu lábio superior era naturalmente convidativo. "É pela falta de respeito com o consumidor!"

"O capitalismo não respeita o consumidor, então é melhor apenas se conformar e pagar o preço pela Rússia ter perdido a guerra", comentei, porque eu sempre fui um babaca.

E você descobriu isso rapidinho, com apenas um comentário pseudointelectual e extremamente arrogante.

Mas você também sempre soube que os babacas são os mais divertidos, não é mesmo, Carine?

O MEIO

Querida Carine,

Você era bem gostosa.

Não de uma maneira convencional, do tipo "olha só pra minha bunda de quem vai todos os dias na academia, religiosamente", mas mais do tipo "eu não me importo sobre o que você pensa do meu corpo".

"O capitalismo é bom, quem o estraga são os seres humanos", você aceitou a minha cerveja e tomou um gole.

"É bom apenas para quem tem dinheiro", comentei.

"E para quem gostaria de ter."

Eu deveria ter dado às costas e ido encontrar os meus amigos, afinal, você não tinha o estilo "comunista pós-apocalíptica fodida da cabeça e com ideologias parecidas com a minha" que eu tanto adorava. Você tinha cara de ser rica. E liberal. Rica, liberal e conservadora.

Larissa já olhava feio para a minha ausência e João parecia começar a puxar uma fila de sarrada no ar, o que nunca era uma boa ideia. Pietra dançava descontraída na pista com outros amigos, mas naquela época eu não dei a devida atenção — era apenas a minha melhor amiga se divertindo.

Talvez, se a minha ficha tivesse caído mais cedo, as coisas fossem diferentes. Talvez, eu não estivesse escrevendo essas cartas.

"Queria que o mundo fosse tão preto no branco assim", comentei.

"Ele é. Vocês, alunos de humanas, que complicam as coisas."

Pensei em te perguntar como você tinha tanta certeza que eu era um aluno de humanas, mas então percebi que você olhava para o pacote de seda que saia do bolso da minha calça rasgada.

"É apenas tabaco", também pensei em dizer, mas então percebi que aquela era uma experiência nova para você. Balada LGBT. Pessoas "diferenciadas". Um tipo de rolê ao qual você não estava acostumada a frequentar, mas disposta a dar uma chance.

E eu seria a sua chance naquela noite.

"Quer fumar um cigarro?"

"Eu não fumo."

"Não precisa fumar."

Do lado de fora da festa, descobri que você era mais velha e estudava engenharia de produção. Também descobri que era a sua primeira festa solteira depois de 4 anos namorando, e que a sua amiga havia desaparecido com outro cara. Descobri ainda que você estava de carro. E que estávamos bem perto da minha casa.

"Relacionamentos superficiais", o meu corpo gritava.

"Eu sou o comunista mais vendido para a Apple que existe!", dizia de maneira descontraída, para te fazer rir, enquanto você ria e mordia o canudo da sua bebida. "O meu quarto inteiro é patrocinado pela maçã."

"Eu duvido! Você deve morar no meio do mato, em uma comunidade hippie, e só toma banho uma vez por mês."

"Quer descobrir?"

"Quero."

Nós não tínhamos nos beijado ainda. Você não tinha se aproximado o suficiente para que eu aproveitasse a deixa. Mas tudo na nossa interação significava que aquela noite tinha potencial para ser inesquecível.

Li na internet que capricornianas são assim. Elas te envolvem sem querer em uma ilusão de que querem mais do que de fato querem. São românticas, mas frias. Cuidam de você, mas de maneira distante.

Você era tudo o que eu precisava depois de uma decepção amorosa, Carine.

Pelo menos só por uma noite.

O FIM

Querida Carine,

Quando chegamos em casa, as minhas mãos estavam geladas.

Eu não sei por que... Talvez fosse o clima. Ou o jeito que você me olhava.

Você não era muito de rir, mas, quando ria, iluminava todo o ambiente. Quando entramos pela porta da frente e bati o meu nariz no espelho, você riu tanto que aqueceu tudo ao redor... E acordou os meus pais.

Confesso que quando a minha mãe apareceu no topo das escadas e nos viu, eu senti uma mistura de vergonha e... Satisfação? Orgulho? Algo como "vocês podem parar de me encher o saco agora?"

Algo que eu não deveria sentir se fosse uma boa pessoa.

"Por que essa barulheira toda, Diego?", perguntou ela, mas não tinha um só traço de seriedade na sua voz.

"Ah... Nossa... Desculpa, eu... Eu já vou...", você parecia bastante desconcertada com a visão da minha mãe no topo da escada, Carine.

Capricornianos são moralistas por natureza, e se encontrar em uma situação em que duvidariam da sua moral talvez tenha sido um pouco demais para você.

"Não precisa", eu segurei a sua mão.

Você olhou para mim.

"Não precisa ir embora, querida, eu só me assustei com o barulho", a minha mãe veio com a cartada final. "Vou voltar a dormir... Divirtam-se."

"Divirtam-se"?

Eu duvido que ela diria o mesmo se fosse a minha irmã chegando com um desconhecido às três da madrugada.

Mas isso é papo para outra carta.

Depois que ficamos sozinhos novamente, senti que toda a ilusão de que aquela noite poderia ser um divisor de águas em nossas vidas se dissipou no ar, e então éramos apenas o vestibulando perdido e a estudante com o coração partido.

Não tínhamos absolutamente nada em comum.

Quem estávamos querendo enganar?

"Eu..."

"Olha..."

Começamos e paramos de falar ao mesmo tempo.

Eu entendi. Você entendeu.

No meu celular, Larissa havia acabado de enviar uma mensagem. "Cadê você, Bustamante?", como ela carinhosamente me chamava desde a época da novela Rebelde.

No quarto de casal do andar de cima, os meus pais conversavam aos sussurros sobre a garota que eu havia trazido para casa.

No hall de entrada, você me deu um beijo na boca.

Foi lento. Gostoso. Profético.

"Eu preciso mesmo ir."

"Tudo bem. Eu entendo."

Nós nunca mais nos vimos, Carine. Eu nunca te encontrei nas redes sociais, porque não sabia o seu sobrenome, e também não sei se era algo que eu queria. E aquela noite que nunca aconteceu ainda me assombra como algo que poderia ter sido.

E não foi.

No dia seguinte, o meu pai me ofereceu um suco de laranja. Andrei piscou para mim. E a minha mãe não disse absolutamente nada sobre o vestibular na mesa do almoço.

Nada como estar dentro dos padrões, não é mesmo?

VIGÉSIMA PRIMEIRA CARTA, OU O MISTÉRIO QUE LARISSA QUERIA ESCONDER DE MIM

Eu não estava xeretando.

Eu só queria saber se estava tudo bem — Pietra não atendia às minhas ligações nem respondia as minhas mensagens. O que mais eu poderia fazer além de aparecer na porta dela com um buquê de flores às três da tarde de uma segunda-feira?

Esperar enquanto ela colocava os pensamentos em ordem.

Esquecer aquela noite e agir como se nada tivesse acontecido.

Deixar outra mensagem na caixa postal.

Conversar com alguém sobre os meus sentimentos e pedir um conselho.

Não comprar flores na banca perto do cemitério.

Nada! Não tinha mais nada que eu pudesse fazer!

...

Ok, sim. Eu tinha uma vasta gama de opções que não aquela, mas estava cansado de ser estritamente racional em todos os aspectos da minha vida e sempre tomar no cu, de novo e de novo e de novo. Talvez a minha teoria de que podemos criar coisas belas de maneira racional seja a maior idiotice que eu tenha falado na vida — e posso te garantir que já falei muitas.

Então, pela primeira vez em 21 anos, deixei o emocional tomar conta das coisas.

E que merda de erro eu fui cometer...

Veja bem, o erro não foi ser emocional, porque eu *nem* cheguei a tentar! Porque não fazia parte do pacote "um novo Diego conectado às próprias emoções" colocar a orelha na porta de entrada do apartamento de Pietra e ouvir o que eu não deveria ter ouvido.

Em minha defesa, eu era liberado na portaria do prédio e entrei direto, então não tinha como saber se ela estava em casa, e eu precisava ter certeza de que ela estava, porque aí eu poderia me preparar para o momento em que ela abriria a porta e se jogaria em meus braços, admitindo o seu amor por mim e como eu havia sido o melhor amante de todos os tempos.

E, por alguma razão, Pablo da Sofrência estava sempre tocando quando eu imaginava aquela cena.

— *...eu não acredito que você demorou todo esse tempo para me contar isso, Lari...*

— *...você queria que eu fizesse o quê?*

— *...me contasse! Eu sou a sua melhor amiga!*

Eu deveria ter parado de ouvir naquele exato momento. Eu deveria ter tirado a cabeça da porta da quitinete e tocado a campainha. Eu deveria ter vergonha na cara de invadir um momento tão íntimo entre duas amigas.

Mas eu quase nunca faço o que deveria fazer.

— E ele *também* é seu melhor amigo! E eu *também* sou a melhor amiga dele! Percebe o quão fodida estou?

— Eu não acredito nisso...

— O quê? Por quê?

— Porque eu... Ai, Lari... Eu só não acredito! O Diego Neves? O nosso amigo de séculos? Tem certeza?

— Você conhece outro Diego Neves que não o nosso amigo de séculos?

— Mas quando foi que isso aconteceu?

— Eu já disse que não sei! Um dia ele estava lá, fazendo Dieguices, falando sobre a opressão que a instituição do casamento exercia sobre as mulheres ou qualquer outra merda que ele leu em algum daqueles livros pedantes que ele tem na estante, e no outro... Eu não sei, ele só estava... Diferente. Sabe?

— Sei... Eu sei...

Eu percebi que, durante todo aquele diálogo, não respirei uma só vez. Quando soltei todo o ar acumulado nos pulmões, senti como se pudesse desmaiar.

— Você deveria ter me contado antes, Lari...

— Por que você não para de repetir isso, Pi? Vocês...?

— Não! Não é nada disso! Eu... Só não gosto de te imaginar sofrendo calada, sem poder compartilhar comigo. Nós somos amigas. Lembra disso?

— Eu sei. Desculpa. Eu não queria... Eu queria ter certeza de que não estava ficando louca, que não era carência ou qualquer coisa do tipo. Mas toda vez que penso nele... Toda vez que ele chega perto de mim... Pi, não consigo nem te explicar como eu me sinto! Eu não consigo nem... Ele me tira o ar, sabe? Eu não consigo... Respirar direito. Ele me olha, e eu estou respirando, mas é como se não estivesse absorvendo o oxigênio... E não é de hoje! São anos me sentindo assim, mas foi só agora que consegui admitir para mim mesma que isso não é apenas uma amizade. Pelo menos não para mim. Talvez seja por isso que eu esteja tão obcecada com essa coisa de estudar fora... Eu estou apaixonada por ele, e eu juro para você que daria o mundo para não me sentir assim, daria o mundo para ir embora para bem longe e esquecer tudo isso, mas eu não posso evitar...

— Por quê? Por que você não quer se sentir assim?

— Porque eu quero que ele seja feliz, sabe? De verdade, eu quero. Mas, enquanto me sentir assim, eu nunca vou torcer *genuinamente* pela felicidade dele com outra pessoa. Eu nunca vou incentivar que ele seja feliz com outra garota. Como eu posso querer que ele seja feliz se eu o quero só para mim?

— Vocês podem ficar juntos. Você pode dizer a verdade para ele.

— Não, Pi, não podemos. Não tem a menor chance.

— Por quê?

— Porque ele está apaixonado por outra garota. Eu sei disso. Eu o conheço desde a pré-escola. Eu estive lá em todos os momentos, nos bons e nos ruins, nós já passamos por muita coisa... Eu não sei quem pode ser, mas sinto que é a primeira vez que ele realmente está apaixonado. De verdade.

O silêncio que veio em seguida disse tudo. Pietra não precisava ouvir mais nada para descobrir que era por ela que eu estava apaixonado. Eu não precisava ouvir mais nada para confirmar o que já sabia havia muito tempo, só não queria aceitar.

Larissa estava apaixonada por mim.

Eu estava apaixonado por Pietra.

Pietra estava apaixonada por João.

E João apaixonado por Larissa.

Que piada. Que imensa e bela piada cósmica.

Naquele momento, senti vontade de ligar para Isadora e perguntar o que o zodíaco diria daquela orgia astrológica.

— Você vai entrar ou não?

Um entregador de pizza me acordou daquele pesadelo. Eu olhei para ele, para a pizza e para o buquê de flores. E saí correndo, sem olhar para trás.

Já na rua, esperando o ônibus, entreguei o buquê de flores para uma senhora que passeava com o seu cachorro. Ela pareceu ficar muito feliz.

Que bom... Alguém tinha o direito de ficar feliz naquele dia de merda.

— *...é a melhor campanha desde 2016...*

João está no viva-voz.

Eu estou de cueca na cama, olhando para o teto.

Eu sei por que ele está no viva-voz. Também sei por que ele está há quinze minutos falando sobre o jogo do Palmeiras, mesmo sabendo que eu odeio futebol: porque ele é um bom amigo. Um bom amigo que não consegue encontrar a coragem para me contar o que já sei.

Eu queria poder cortá-lo no meio e dizer "eu sei que você ficou com a Pietra, João. Relaxa. Tá tudo bem. Mesmo porque, a Larissa está apaixonada por mim, então acho que estamos quites, não é mesmo?"

— *...vaga para a Libertadores...*

Mas não posso admitir isso, porque então teria que explicar tudo o que sei. E eu não quero contar a verdade. Não quero colocar para fora o que vivi com Pietra, o que ouvi da boca de Larissa mais cedo, porque isso só deixaria tudo muito real.

Porque, talvez, se eu mantiver tudo só na minha mente, em algum momento isso se torne apenas ficção. Coisa da minha cabeça.

— *...ele está contundido...*

João parece não se incomodar com o barulho do teclado ao fundo. Enquanto ele fala, eu escrevo — percebo que estou ficando cada vez melhor nisso. *Escrever.*

Nunca pensei que fosse ser algo tão essencial na minha vida.

Agora eu não consigo mais dormir sem escrever pelo menos uma linha nesse... Nessa coisa que eu resolvi começar.

— Ela que me beijou, cara.

— *Oi?*

Parece que não estamos mais falando sobre futebol.

— A Pietra. Nos encontramos esse final de semana e ela me beijou. Eu estava bêbado, ela estava mais bêbada ainda, não foi nada... Eu disse a ela que não era nada, que eu não a via daquela forma... Que ela era minha amiga...

Esse talvez seja o momento ideal para dizer que não importa, já que ela está apaixonada por ele e nada do que eu diga ou faça irá mudar isso. Também é um ótimo momento para contar que a garota que ele ama está apaixonada por mim. E que, talvez, essa mesma garota esteja ficando com o meu irmão para tentar me esquecer.

Mas eu quase nunca faço o que deveria fazer.

— Ah... Porra... Eu... Caralho, João! Não sei o que dizer...

— Não foi nada. Sério.

— Eu... Beleza. Ok. Eu entendo.

— É sério, Diego. Não significou nada.

— Mais uma vez e eu acredito.

— Não significou nada.

Ficamos em silêncio. Eu, que sempre tenho o que dizer, estou sem palavras. Mesmo que eu já saiba, ouvir da boca do João faz com que tudo pareça pior. Faz com que o meu peito fique apertado. Faz com que eu imagine os dois se beijando. Ela com as mãos na nuca dele. Ele sentindo o corpo dela contra o seu. Ela aparecendo na minha casa só porque tomou um fora.

Chacoalho a cabeça.

Queria poder voltar ao Diego Neves do ano passado. Nós quatro estávamos bem, apenas amigos, nos envolvendo com qualquer um que não nós mesmos. Isadora e Andrei viviam um relacionamento perfeito, sem traições e mentiras. O meu pai não estava metido na política. Eu havia acabado de começar Administração e ainda estava naquela bolha ilusória de que talvez pudesse gostar de um curso que não havia sido escolhido por mim.

O Diego Neves de um ano atrás era feliz e não sabia.

— Depois disso, ela disse que estava indo embora e que iria te encontrar — comenta João. — Vocês...?

— Não. Ela não chegou a me procurar — minto, porque o que mais eu posso fazer? Pietra já está em uma situação ruim, eu não quero jogar a última pá de cal no buraco. — Deve ter ido embora bêbada para casa e disse isso para te provocar.

— Não foi muito efetivo.

— É...

Mais silêncio. Eu e João gostamos do silêncio um do outro, ele jogando, eu compondo, ou qualquer outro tipo de atividade individual que fazemos em conjunto. Mas esse silêncio não está sendo apreciado por nenhum de nós.

— Estou me sentindo um filho da puta — admitiu.

— Não se sinta. A sua mãe não tem nada a ver com isso.

— Ha ha.

— João, de boa. Isso... Não nos afeta.

— Aí que tá, Diego. Eu sei que nos afeta, independentemente do que você diga. E já foi. Não tem nada que a gente possa fazer para mudar isso.

Caralho. O João pode ser profundo às vezes.

Uma vez a cada dez anos.

VIGÉSIMA SEGUNDA CARTA, OU O MISTÉRIO DA POESIA DE JOÃO

É difícil demais colocar para fora algo que está tão confortável nas nossas entranhas e que já faz parte de nós.

Acho que sempre soube sobre Larissa. Talvez eu fingisse que o sorriso dela era o mesmo quando ela me via com outras garotas, mas não era. Fazia muito tempo que não era. E eu não sei quando as coisas mudaram, mas elas mudaram, e foi para nós dois.

Larissa perdeu a facilidade de ter um melhor amigo, sempre com medo de se permitir e se afundar cada vez mais nos próprios sentimentos. Eu perdi a espontaneidade de ser quem eu sou perto dela, com medo de deixar transparecer algo que não sentia.

Vou registrar algo aqui que já deveria ter feito: a minha melhor amiga é linda. Uma das mulheres mais lindas que conheço. E ela tem seus momentos de acreditar nisso! Mas também tem seus momentos de dizer que não queria ser gorda, que o cabelo não fica no lugar, que está pálida, que tem olheiras de tanto virar as noites estudando, que não se sente bonita, que não se sente bem no próprio corpo, e eu não consigo entender o porquê. Eu tento, mas não consigo. Porque, muito além de corpo e pele, ela tem uma alma bonita. Um cérebro bonito. Uma ética bonita. Ela tem palavras bonitas, conselhos bonitos, um jeito bonito de ver o mundo. E isso transcende qualquer coisa!

Tudo o que torna Larissa insegura, a torna bonita também.

E porra, ela é bem gostosa! Uma mulher gorda, linda e gostosa. E eu só queria que ela se visse como eu a vejo.

Porém, dito tudo isso, eu não sinto por ela o que ela diz sentir por mim. E a minha vida seria muito mais fácil se eu sentisse, tudo voltaria ao próprio eixo se eu sentisse, ninguém estaria mais tão fodido da cabeça se eu sentisse.

Mas eu não sinto. E conheço alguém que sente. Alguém que talvez possa fazê-la feliz. Mais feliz do que eu jamais a faria.

João precisa saber a verdade.

— Beleza, bora, deixa só eu tomar um banho — foi a última coisa que João disse, antes de me deixar aqui sozinho no quarto dele.

Estou digitando no celular, porque não dá para levar o meu computador para todos os lugares, eu não sou a porra da Lisbeth Salander.

Convidei João para tomar uma cerveja, porque preciso estar com níveis assustadores de álcool no sangue antes de contar tudo o que quero contar.

Foi-se o tempo em que amizades masculinas eram fáceis, simples e baseadas em conversas monossilábicas sobre sexo.

O quarto do João é uma extensão da sua personalidade. Tem camisetas do Palmeiras e do América de Natal enquadradas e penduradas pelas paredes, estantes lotadas de canecas de festa, uma TV gigantesca, conectada a muitos consoles de videogame, um frigobar empacotado de cerveja e energético, potes velhos de suplemento de quando ele decidiu começar a fazer academia (e desistiu duas semanas depois) e um cheiro típico de república masculina, mesmo que ele não more em uma.

Eu não gosto de passar muito tempo aqui. Me parece um ambiente hostil, um lugar em que ele trouxe garotas demais para que eu me sinta confortável. Consigo vê-lo transando na cama, transando na escrivaninha, transando na sacada, transando no banheiro, transando no chão, transando em cima das camisetas do América de Natal, transando...

— A Catarina veio aqui ontem — berrou de dentro do banheiro —, finalmente consegui pegar. Faz o quê? Quatro meses que estou tentando?

João transa. Pra caralho.

Acho que é o jeito *good vibes*. O sotaque, talvez. Ou toda a testosterona que ele ingeriu.

Levanto-me da cama, porque não quero imaginar que as minhas nádegas estejam tocando onde outrora tocaram as bolas do meu amigo. A minha masculinidade normalmente não é frágil, mas às vezes fraqueja.

Caminho por aqui, perguntando-me como posso ser amigo de um cara tão diferente de mim. Acho que é justamente por isso. Eu não espero nada de João, João não espera nada de mim, além de talvez uma mão amiga quando estamos vomitando de bêbados, então podemos aceitar diferenças tão gritantes.

Em cima dos livros de economia dele, estão alguns pedaços de papel.

Fico curioso, porque não imagino que ele seja capaz de formular sentenças completas. O que será que ele escreve durante as aulas? Será que o meu amigo... *Estuda*?

Isso sim seria uma revelação chocante.

Pego uma na mão.

Lentamente, ela se deita,
aquela que não me deixa dormir
Rapidamente,
inspira em mim
sentimentos que pensei
serem
algo que nunca conheceria

Largo o papel em cima da mesa como se ele estivesse pegando fogo.

L-A-R-I-S-S-A.

Caralho.

— Vamos? — João sai do banheiro envolto por uma toalha na cintura e por todo o vapor que gerou lá dentro.

— Vamos — concordo com a cabeça, afinal o que mais eu posso fazer?

Claro que não consigo dizer nada.

João foi ao banheiro mijar — acho que é a décima quinta vez que ele faz isso no intervalo de duas horas. Nós já estamos no quarto litrão e a minha língua parece estar presa no céu da boca.

Eu não consigo.

É bom tirar isso do peito, admitir que sou fraco. Covarde, fraco e inútil.

Mas como eu posso falar? Como posso formular a frase "a Larissa me ama, cara", quando o cara mais pegador que conheço está escrevendo poemas sobre a garota? Como posso incentivar que eles fiquem juntos se a minha amiga pode não sentir o mesmo e magoá-lo?

Não faz sentido. Nada nessa história faz sentido. Eu queria encontrar algo com o qual pudesse trabalhar no meio dessa tempestade de bosta, mas o que está rolando entre nós quatro só se equipara com a cena do Roland tendo os dedos comidos por lagostas gigantes em *A Torre Negra*.

Não. Faz. Sentido.

Puta que pariu.

João está voltando. Eu queria que ele caísse e quebrasse a clavícula, porque aí a dor seria tão grande que contar o que eu sei seria mais fácil.

A Larissa me ama, cara...

Foda-se, chama uma ambulância, caralho!

— Tá no Tinder? — pergunta ele assim que se senta. — Ontem uma mina me mandou um *nude* e eu encontrei um terceiro mamilo.

Esse cara está escrevendo poesia.

Esse cara.

Eu tô muito fodido.

Acabei de chegar em casa. Estou parado na porta. Pietra me enviou uma mensagem no WhatsApp:

"Diego, eu sei que precisamos conversar, mas não existem palavras no mundo que possam explicar como estou me sentindo. Desculpe por não atender às suas ligações, nem responder às suas mensagens. Você é meu melhor amigo e eu ainda não consegui processar muito bem o que aconteceu. Eu posso me esconder atrás do fato de que estava bêbada, mas eu não estava mais, e sei que você nunca faria nada comigo se eu não estivesse em plenas condições — não você. Eu lembro de tudo, de cada detalhe, de cada palavra dita, de cada toque, e isso está me torturando. Aquele havia sido um dia ruim, uma noite ruim, uma semana ruim, eu não estava pensando direito, não estava em condições de tomar boas decisões. E você sabe muito bem o porquê, sabe muito bem quem eu beijei e quem me rejeitou. Eu não estou legal, Diego. Não estou passando por uma fase legal, e talvez transar com você tenha sido algo que fiz para me sentir legal. Para estar com alguém que goste genuinamente de mim, mesmo que apenas como amigo. Para resumir, Diego, eu estou envergonhada. Por isso não consigo conversar com você. Por isso estou ignorando os seus contatos. Estou envergonhada por você saber o que sinto pelo João, envergonhada de ter agido de maneira tão impulsiva, envergonhada de que talvez você possa ter contado para ele, envergonhada por ter transado com o meu melhor amigo e por ter gostado disso, envergonhada por ter bagunçado a nossa amizade, envergonhada porque não sei como me sentir, envergonhada porque parece que estou apenas complicando mais e mais a minha situação. Estou envergonhada, Diego. Espero que você entenda isso. Eu prometo que vou te dizer quando pudermos conversar. Por enquanto, é melhor nos afastarmos. Fica bem. Eu te amo, tá? Não esquece nunca disso."

Penso em responder muitas coisas.
Muitas coisas mesmo.
Mas apenas travo a tela do meu celular.
Às vezes, a melhor solução é não dizer nada.

VIGÉSIMA TERCEIRA CARTA, OU O MISTÉRIO DO MEU PRIMEIRO TAPA NA CARA

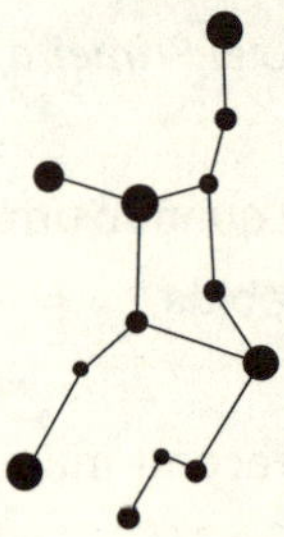

VIRGEM

O INÍCIO

Querida Valentina,

Eu te conheci em um dos momentos mais confusos da minha vida.

Eu deveria estar feliz. Deveria mesmo. Afinal, lá estava eu, cabeça raspada, os dizeres UNIFESP na testa, a primeira vez que via os meus pais genuinamente orgulhosos de mim. Primeira festa, primeiras possibilidades, gente nova, *garotas* novas, um curso que me permitiria exercitar o gosto pelos números, fórmulas e pelo *exato* (ou pelo menos era isso que eu dizia a mim mesmo para fingir que estava feliz com aquela escolha).

E você era a garota mais bonita daquela república lotada de calouros bêbados e veteranos sedentos por vingança.

Mas eu não estava feliz. Pelo menos não como deveria estar.

Acho que na época eu já sabia que aquela faculdade seria um erro gigantesco na minha vida, mas estava sedento por agradar aqueles que dedicaram a vida por mim, então apertei o botão do piloto automático e fingi que estava tudo bem.

Eu estava tímido. Não conhecia ninguém e o destino havia me separado do quarteto fantástico. Sem João como meu *wingman*, Larissa para me aconselhar e Pietra para atrair os caras para longe das outras garotas, eu me sentia quase pelado. E, apesar de toda a cachaça que haviam me feito ingerir, eu não conseguia me soltar.

Não completamente.

"A Valentina é uma grande companheira! Das que bebe, é a primeira! Se és covarde, saias da mesa, se és meu brother, prove como é! Primeira bateria, vira-vira-vira! Vira-vira-vira! Vira-vira..."

"Não, não, eu não quero!", você recuou contra a parede quando um grupo de veteranos bêbado se aproximou com um funil de bebida.

E eu te vi pela primeira vez.

"Para de ser chata, bixete!", um deles berrou e você recuou mais ainda.

"Todo mundo já bebeu!", outro concordou.

"Bom, eu... Eu não bebo..."

"Porra, bixete, que careta!"

"Bixete freira!"

"Bixete virjona!"

"Eu..."

"Parou, gente!", eu me vi enfiado no meio da confusão, segurando o seu braço sem nem te conhecer. "Ela não quer beber."

"E quem é o Don Juan?", o presidente da Atlética estava entre os caras e pareceu achar graça naquilo tudo.

"É o bixo Don Juan!", alguém berrou ao fundo.

"Gostei", o presidente colocou o polegar na minha testa. "Está batizado o bixo Don Juan, que protege as pobres bixetes dos veteranos malvados para depois levá-las para a cama!"

"E o seu a gente ainda vai pensar, bixete", o cara do funil apontou para você, Valentina, virando a bebida para outro alvo que passou ali perto. *"Bixo Esgoto! Sua vez de tomar!"*

Logo a comoção nos deixou e você me olhou como se eu fosse ser o próximo a tentar te enfiar bebida goela abaixo.

"O quê?", soltei o seu braço.

"Você faz isso mesmo?", você quis saber, cruzando os braços na frente do corpo. "Forja esse teatrinho para tentar comer as bixetes?"

"Sou tão bixo quanto você, cara", estendi a mão. "Diego."

Você hesitou um pouco, mas estendeu a mão em seguida.

"Valentina."

"Ah!", exclamei, achando graça. "Que nem aquele blog, Os 12 Signos de Valentina!"

"Eu amo esse blog!", você suspirou.

"A minha cunhada que escreve. Acredita?"

"Mentira! Como ela é?"

"Ela é... Peculiar."

O MEIO

Querida Valentina,

Nós deixamos a república para trás depois de duas horas de conversa.

Não fazia mais sentido continuarmos ali. Você não bebia, eu não conseguia pensar em mais nada além de tirar a sua roupa, e a nossa conversa estava sendo constantemente interrompida por bêbados inconvenientes e veteranos insistindo que engolíssemos quantidades desumanas de pinga pura.

Você era bixete de Contabilidade, eu, de Administração. Você morava sozinha ali perto, e eu gostaria de conhecer o seu apartamento.

Quando chegamos, fiquei surprèso. Eu estava imaginando a sua casa como 99% dos apartamentos de universitários: pequena, imunda e cheirando à maconha. Mas a sua era... *Imaculada*. As paredes eram tão brancas que doíam os olhos, e, aparentemente, ninguém morava ali, porque nada estava fora do lugar.

Parece que deixar tudo em ordem faz parte de quem uma virginiana é. Não me culpe por esse comentário, quem me disse foi o João Bidu.

"Desculpe a bagunça", você pediu, caminhando até a sala e ajeitando a capa bege do sofá branco.

Eu pisquei os olhos algumas vezes. Algumas *muitas* vezes.

"Você só pode estar de brinc..."

"Vinho?", uma garrafa apareceu na frente do meu rosto.

"Eu pensei que você..."

"Eu bebo, só não bebo aquela porcaria que estavam oferecendo na festa", você parecia outra pessoa na sua casa, Valentina.

Alguém bem mais resolvida.

Deus!, você era sexy demais. Se toda virginiana for sexy como você, sortudo será o cara que conquistar uma.

Porque eu não consegui.

"Uau", concordei com a cabeça. "Por essa eu não esperava."

Você nos serviu em duas taças que deveriam custar mais que a minha roupa inteira e me entregou uma.

"Aos próximos quatro anos das nossas vidas!"

"A nunca entrarmos para a Atlética!"

Nós nunca mais ficamos depois daquela noite, Valentina.

E você se tornou presidente da Atlética.

O FIM

Querida Valentina,

O sexo foi... Incrível.

Não sei se foi o vinho, o edredom mais confortável em que eu já me enfiei, ou a maneira como você se movimentava em cima de mim, quase como se estivéssemos em um sonho. Mas sei que, quando deitei ao seu lado, ofegante, senti que talvez...

Só talvez...

"Você deveria cortar as unhas da próxima vez", a sua voz ecoou no meu ouvido, rompendo tudo de maravilhoso que nos rodeava.

Eu virei o meu rosto suado.

"Oi?"

"Suas unhas", você apontou para a minha mão entrelaçada à sua. "Me machucaram um pouco."

"Ah... Nossa... Foi mal, eu..."

"Não quero te ofender, o sexo foi maravilhoso. Só as unhas mesmo!", você riu de uma maneira doce, como quem não estava querendo ofender.

"Beleza."

Eu sabia que você só estava sendo honesta. Só estava me dando um *feedback* de como ser um cara melhor em futuras transas — afinal, que tipo de imbecil não corta as unhas antes do ato? Você só estava evitando que outras garotas fofocassem umas com as outras sobre as minhas unhas compridas.

Você só estava sendo uma virginiana legal. Aquela que te critica pensando no seu bem. Que gosta que o mundo esteja em harmonia para seguir girando. Que fala na cara, e nunca pelas costas.

Mas eu não gostei. Porque, porra, que tipo de pessoa termina de transar e te joga na cara o que não foi legal?

Uma pessoa que nasceu sob o signo de virgem, segundo a Valentina.

"Você deveria gemer mais baixo da próxima vez", comentei, me arrependendo amargamente no mesmo instante que as palavras saíram da minha boca.

Eu estava sendo mimado.

"O que isso quer dizer?"

"Que você geme muito alto."

Era mentira, Valentina. Você gemia perfeitamente bem. Se eu fechar os olhos agora, ainda consigo ouvir.

"Que tipo de comentário babaca é esse?"

"Igual ao comentário sobre as minhas unhas!"

"Eu só falei das suas unhas porque gostaria de transar com você sem sentir que estou sendo esfaqueada por dentro!", você exclamou, sentando-se na cama e cobrindo os seios com o edredom. "Eu não quis te ofender."

"Nem eu. Desculpa."

Nós ficamos em silêncio, Valentina.

E eu deveria ter ficado em silêncio.

Mas esse cara sou eu. Sempre falando merda quando não deve, e ficando calado quando preciso dizer algo.

"Você deveria tomar cuidado com os dentes no boquete."

Eu só estava zoando. Eu pensei que já tínhamos superado aquele pequeno diálogo passivo-agressivo e talvez até pudéssemos transar de novo depois da minha piadinha.

Mas, quando o tapa atingiu o meu rosto, percebi que você não tinha levado na esportiva.

Fiquei parado no mesmo lugar, sem acreditar que aquilo estava de fato acontecendo. O tapa não doeu, mas a surpresa de que havia estragado tudo com uma menina legal, sim.

"Tomei cuidado o suficiente com o tapa?", você se levantou, começando a colocar as peças de roupa de maneira agressiva. "Vaza do meu apartamento, seu babaca."

E eu vazei, ainda atônito com o tapa que havia recebido.

Eu ainda te vi muitas vezes no campus, Valentina — a UNIFESP não é exatamente uma universidade enorme. Era comum te ver sempre coordenando os eventos, festas e palestras.

Confesso que tentei, por muito tempo, desfazer aquele mal-entendido. Mas você parecia melhor sem mim, e eu pelo menos aprendi uma lição: nunca criticar uma virginiana de volta.

VIGÉSIMA QUARTA CARTA, OU O MISTÉRIO DOS PRATOS VOADORES NO RESTAURANTE MAIS CARO DE SÃO PAULO

Hoje é aniversário da minha mãe.

Por conta de tudo o que está acontecendo, parece que faz um ano que não lido com todo o drama Larissa-Andrei-Isadora. Na verdade, eu meio que esqueci do fato de que talvez o meu irmão esteja traindo a namorada com a minha melhor amiga — que, por acaso, diz estar apaixonada por mim e que, por acaso, é o grande amor do meu melhor amigo —, porque os meus pensamentos parecem estar todos controlados pela noite que passei com Pietra e como eu gostaria de poder deletar tudo.

Não deletar de uma maneira "foi horrível, apaga", mas sim de uma maneira "foi tão bom que essas memórias vão torturar o meu coração apaixonado pelo resto da vida, porque sei que nunca mais terei outra chance".

Só de pensar na maneira como Pietra sussurrou o meu nome naquela noite, eu fico excitado e triste, tudo ao mesmo tempo.

É, foda-se, eu não sou esse cara romântico que você está achando. Sou movido por hormônios e pela cabeça de baixo, e passou da hora de quem está lendo esse não-diário aceitar isso.

Todos já estão se arrumando. Até a minha irmã vai comparecer à grande noite com o marido e as crias — nas palavras dela, "faz 200 anos que eu não saio de casa". Nós vamos a um restaurante que poderia muito bem alimentar um país de terceiro mundo com cada conta cobrada, mas até os meus pais gostam de assumir o papel de burgueses de vez em quando. Fica um pouco difícil fugir da própria natureza o tempo todo, não é mesmo? Afinal, onde mais eles gastariam os salários de um mês que pessoas não ganham em um ano? Existe um limite de benfeitorias que pessoas ricas conseguem administrar, passando disso elas precisam ostentar um pouco.

A minha mãe apareceu no meu quarto agora a pouco e sugeriu que eu vestisse um terno, ao que respondi que só por cima do meu cadáver decomposto — ela não se importou muito com a resposta engraçadinha, principalmente porque comprei um par de brincos de ouro de presente para ela.

Não dá pra ficar bravo com alguém que acabou de te dar ouro.

Eu estou um pouco nervoso. Nunca acreditei nessas merdas de premonição, sexto sentido, energia, mas acredito cegamente no poder da probabilidade, e elas estão muito altas para que dê alguma merda tão fodida nesse jantar que eu talvez vomite em cima da mesa.

O meu estômago costuma ficar irritado em situações de grande estresse.

— Você ainda está de cueca, Diego? — A minha mãe enfia a cabeça pela porta, terminando de colocar os brincos novos.

— Quando o Diego não está de cueca? — disse o meu pai ao passar por ela e beijar o seu pescoço. — Está linda, amor.

A minha mãe cora.

Trinta e dois anos de casados e a minha mãe ainda cora quando meu pai a elogia.

Isso é amor. O resto é mentira.

— Você vai ficar nesse celular o jantar inteiro? — pergunta Tatiana, cutucando-me carinhosamente na costela.

Acho que ela está tão acostumada a lidar com crianças o tempo todo que acaba tratando todos ao redor do mesmo jeito.

Não posso julgá-la. Gosto do meu cunhado, mas ele e um peso de papel são a mesma coisa dentro de casa. Ele só sabe assistir futebol na TV e reclamar que está cansado, enquanto a minha irmã faz a janta, limpa a casa, recebe ligações do hospital onde trabalha como médica e cuida de três capetas.

Digo, crianças.

— Ele tá no Tinder — diz Andrei do outro lado da mesa.

Eu dou uma risada anasalada sem olhar para ele.

O encontro com ele e Isadora foi um pouco esquisito. Os dois estão estranhamente sorridentes, quase como se alguém tivesse passado cola nos cantos das bocas. Eu sei que tem algo errado, porque Isadora não está bebendo, e Andrei está bebendo demais.

Eles também não estão de mãos dadas, e eles estão sempre de mãos dadas — e não sei como, porque a mão de Andrei costuma ficar suada. Sei disso porque, sempre que ele me deixava jogar videogame, eu tinha que secar o controle.

Talvez as mãos de Isadora acalmem as glândulas sudoríparas das mãos de Andrei.

Só pode ser essa a explicação.

— Deixa o seu irmão em paz, Andrei — minha mãe vem em minha defesa.

Como sempre.

Às vezes, gostaria que ela não fosse tão superprotetora. Acho que seria menos imbecil se ela me deixasse quebrar a cara. Até os 17 anos eu tinha medo de atender o telefone, veja só.

— Como você sabe que ele está no Tinder? — pergunta Isadora. — Você encontrou com ele por lá?

Eu quero levantar o rosto, mas não consigo. Por isso, sigo digitando.

Quando foi que um jantar com a minha família passou a ser um martírio?

— Foi uma piada — murmura Andrei, quase como se se sentisse culpado. — De qualquer jeito, eu não veria o Diego no Tinder, a menos que a opções "homens" estivesse ligada, e você sabe que não é a minha praia.

— Você parece estar bem por dentro do que rola no Tinder, Andrei.

— Isadora, não viaja.

Acho que chegou a hora.

Vou levantar o rosto.

Isadora está com a mandíbula marcada, como se estivesse mordendo com força. Andrei está piscando. Muitas vezes. E eu consigo ver isso mesmo através das lentes dos seus óculos.

— Que fome — comenta o meu cunhado, como quem não percebeu o clima tenso da mesa. — Pelo preço que cobram, pensei que o atendimento seria mais rápido.

— Melhor você parar com o vinho então, amor — disse Tatiana, tirando o vinho da frente do marido.

Os meus pais estão trocando olhares silenciosos. A minha irmã está observando Andrei como se ele fosse um paciente. Os meus sobrinhos estão sendo crianças e correndo por todos os lados (menos o mais novo, que está dormindo no carrinho). E Isadora...

Isadora está puta. Está com cara de quem vai voar na garganta de Andrei. E eu acho que ela deveria.

— Andrei, eu...

— Aqui não, Isadora...

— ...não acredito...

— ...a gente conversa em casa...

— ...que você...

O celular de Andrei vibra em cima da mesa. Eu estico a cabeça para ler. É uma mensagem de Larissa. O começo da mensagem diz "Eu adoro quando você..."

Isadora olha paralisada para a mensagem. Andrei ofega.

Acho que preciso desligar o celular agora.

Aparentemente, acabei com o relacionamento do meu irmão.

Bom, se a gente for analisar isso de maneira fria e racional, ele mesmo acabou com o próprio relacionamento. Eu só joguei a última pá de terra no túmulo.

Mas não posso dizer que estou feliz por ter feito isso, nem por ter tirado tudo o que sei do peito — pensei que fosse me fazer bem, mas o efeito foi exatamente o oposto. Mesmo que esteja novamente de cueca no meu quarto, fumando o meu tão merecido cigarro e sem guardar mais nenhum segredo (pelo menos não para a minha cunhada), eu não estou feliz.

— Amor, pera aí, não é... — Andrei foi o primeiro a romper o silêncio causado pela mensagem de Larissa, tentando segurar as mãos de Isadora, que fugiram dele como o diabo da cruz.

— O que é isso, Andrei? — Ela se virou em minha direção. — O que é isso, Diego?

— O que diabos *eu* tenho a ver com isso? — perguntei, nada mais do que já era esperado de mim.

Diego, o cão covarde.

— Ela é sua amiga! — Os olhos da minha cunhada estavam cheios de lágrimas.

Aquilo partiu o meu coração. Mesmo porque, naqueles milhares de anos que eu a conhecia, nunca havia visto Isadora chorar.

— E ele é seu namorado — disse, dando de ombros.

— Não tem nada a ver, Isadora — Andrei tentou de novo.

— Então me mostra a mensagem! — Isadora retornou a ira para o meu irmão, estendendo a mão na frente dele e olhando para o celular.

Andrei o retirou de cima da mesa, guardando-o no bolso.

Ninguém piscava ao nosso redor. Até as crianças haviam parado de correr, e uma delas chorava no colo do meu cunhado. Os garçons, sem perceber o que estava acontecendo — ou percebendo e sendo sádicos filhos da puta —, começaram a trazer os nossos pedidos de maneira pomposa.

O prato de risoto que pedi parecia rir de mim.

— Anda, Andrei, se não é nada, me mostra a porra da mensagem! — insistiu Isadora.

— Porra! — repetiu o meu sobrinho mais velho.

Tatiana respirou fundo.

— Eu... Isadora, por favor...

— Mostra a mensagem!

— Eu não posso.

— Por que não?

— Porque eu só... Não posso!

Os dois se olharam longamente.

— PUTA QUE PARIU, ANDREI! — Isadora finalmente estourou, abrindo os braços de maneira expansiva e derrubando no chão o prato que o garçom deveria ter colocado na sua frente. — EU NÃO ACREDITO QUE VOCÊ ESTÁ FAZENDO ISSO COMIGO!

— Pula qui paliu — repetiu a minha sobrinha do meio rindo.

Tatiana respirou mais fundo ainda.

— Eu não estou fazendo nada com você! — Andrei tentou, mas Isadora estava fora de controle.

— VOCÊ NÃO VAI ME FAZER PASSAR POR ISSO! NÃO DE NOVO! NÃO VOCÊ! — Minha cunhada se levantou de supetão, derrubando uma bandeja inteira de copos que outro garçom trazia, não dando nem uma foda para o prejuízo que estava dando.

— Dá pra você me ajudar aqui, cara? — Andrei se virou para mim com uma mistura de ódio e desespero. — Ela é sua amiga! Você sabe que nós não temos nada! Explica isso para a minha namorada?

E todo mundo na mesa me olhou.

Isadora apoiou as duas mãos na cadeira, os olhos estreitos em minha direção.

Mente. Não fala nada. Deixa que eles se resolvam. Tira o corpo fora dessa, Diego.

— Eu não consigo te ajudar — falei, olhando para a cara de cachorro sem dono do meu irmão. — Eu vi vocês dois juntos.

VIGÉSIMA QUINTA CARTA, OU O MISTÉRIO DA MINHA CONFUSÃO MENTAL

Nós estamos dentro do carro.

Andrei está com a gente, como nos velhos tempos em que éramos todos crianças e nos estapeávamos no banco detrás do carro do meu pai em viagens longas e tediosas até a praia — Tatiana adoraria participar desse *revival*. Era sempre ela que recebia um tapão quando o meu pai perdia a paciência e levava o braço para trás, para fazer com que calássemos a boca. Eu e Andrei éramos mais rápidos, e Tatiana sempre recebia o golpe.

Depois da discussão, Isadora pegou a chave do carro que ela e Andrei dividiam e foi embora, deixando-o sozinho e confuso. Depois disso, não tinha clima nenhum para o jantar continuar; a minha mãe chorou e disse que nós havíamos "arruinado o aniversário dela", o meu pai pagou a conta dos pratos que não chegamos a comer e nós fomos embora com fome e irritados. O meu irmão queria pegar um Uber, mas havia bebido demais e os meus pais decidiram que seria melhor levá-lo para casa.

"Não podemos deixá-lo sozinho!", quase posso ouvir a minha mãe sussurrar para o meu pai depois que ele disse "o Uber que vai dirigir, não ele!"

Andrei está sentado ao meu lado, com o espaço de uma pessoa entre nós dois. A sua cara não é das melhores e ele não para de me lançar olhares de quem planeja uma vingança lenta e dolorosa.

Talvez eu mereça. Ou talvez ele só esteja se sentindo culpado.

— Você não quer passar a noite lá em casa, filho? — pergunta meu pai, observando o meu irmão mais velho pelo vidro retrovisor.

— Não — balbucia.

— É melhor dar tempo para ela, querido — insiste a minha mãe.

— Eu preciso resolver essa merda — fala, e olha para mim novamente.

Eu decido que não vou dizer nada, porque sei que posso piorar tudo abrindo a boca.

Por outro lado, fico irritado que os meus pais não se metam na vida de Andrei, perguntando o que diabos ele estava fazendo trocando mensagens com Larissa e porque ele não nos conta logo a verdade, mas se eu peido eles querem me levar ao psicólogo.

— Você só vai ficar aí parado com essa cara de idiota? — Andrei se volta para mim.

O seu bafo de cachaça atinge o meu rosto. Permaneço calado.

— Hein, seu imbecil?

— Andrei! — exclama minha mãe.

— Você vai ferrar o meu relacionamento e agir como se nada tivesse acontecido? — Ele empurra o meu braço; teria sido com força, se ele não estivesse completamente embriagado.

— Sem agressão física — decreta meu pai.

— Você mesmo ferrou o seu relacionamento — comento.

— Você não sabe nada sobre o meu relacionamento — responde ele, parecendo o personagem principal de um monólogo sobre um velho alcoólatra. — Você não sabe nada da minha vida. Você é só um cara mimado que optou por não crescer e não se importar com ninguém. Por que não ficou quieto? Por que não sai DA PORRA DESSE CELULAR?

Nunca ouvi Andrei gritar na vida. Nem quando ele perdia para mim no FIFA.

E ele sempre perdia.

— Andrei! Para com isso! — insiste minha mãe.

— Calem a boca vocês dois — acrescenta o meu pai. — Essa briga não vai levar vocês a lugar nenhum.

— Ela é uma mina da hora, cara — eu resolvo abrir a boca, porque foda-se, Andrei precisa ouvir algumas verdades. — A mina mais da hora que já conheci. E você tá fazendo ela de idiota. Qual é o seu problema?

— Eu não estou fazendo ela de idiota — murmura Andrei, parecendo mais calmo.

Percebo que ele está com a voz embargada.

— Então por que você não conta o que está acontecendo? Por que está trocando mensagens com a Larissa?

— Eu não quero falar sobre isso — responde. — Não existe nada que você simplesmente não queira falar sobre?

Enquanto digito, o meu celular vibra. É uma ligação de Pietra.

Andrei olha para o visor do meu celular, e depois para a minha expressão de idiota. Uma lágrima cai pela sua bochecha esquerda.

Eu recuso a ligação.

Ele assente com a cabeça.

E eu também.

Conforme o carro se aproxima da minha casa, posso ver Larissa sentada nos degraus da frente.

Ela é uma das poucas pessoas que tem liberação na portaria para entrar no condomínio quando quiser.

Quando ela nos vê, olha fixamente para Andrei. É como se eu não existisse.

Não sei por que, mas sinto o meu peito arder quando percebo isso.

Então eis o que aconteceu: magoei a minha melhor amiga.

Agora já estou deitado de cueca na minha cama, fumando o terceiro cigarro do dia, e confesso que não consegui acalmar a minha mente até abrir o computador e começar a escrever esse relato.

Talvez Isadora esteja certa, e escrever realmente ajude.

Andrei foi o primeiro a sair do carro. Larissa correu na direção dele.

— Recebi sua mensagem, Andrei. Desculpa, eu não quis...

— Não é culpa sua — murmurou ele, passando por ela e entrando em casa sem dizer mais nada.

Os meus pais o convenceram a passar a noite por aqui.

— Boa noite, Lari — desejou minha mãe, mas algo na frieza da sua voz demonstrava que ela não estava feliz com o que estava acontecendo.

— Boa noite, Sra. Neves. Sr. Neves — ela acenou para os dois, que passaram por nós e foram atrás de Andrei.

Eu olhei para Larissa. Ela olhou para mim.

— Que porra que está acontecendo entre vocês dois, Larissa?

— Eu não posso falar.

— Eu sou o seu melhor amigo!

— Eu prometi para o Andrei. Não posso falar.

— Uma promessa para o meu irmão é mais importante que a nossa amizade? — eu joguei baixo.

Larissa parecia uma estátua de mármore, a expressão de quem sabia algo que poderia mudar as regras do jogo. Eu tinha vontade de chacoalhá-la até que ela me dissesse o que caralhos estava acontecendo, mas eu não era o tipo de pessoa que conseguia o que queria por meio de força física.

— Não é assim que promessas funcionam, Diego — negou com a cabeça. — Uma promessa é uma promessa.

— Vocês estão estragando a vida de uma pessoa boa — foi o que eu respondi, passando pela minha amiga, com a intenção de entrar em casa e deixá-la sozinha.

Muito maduro, eu sei.

— Beleza, foge de qualquer conversa minimamente séria que nós possamos ter! É o seu *modus operandi*, não é? — exclamou nas minhas costas.

Percebi que a minha mãe nos espiava pela janela. Quando ela viu que reparei, fechou a cortina.

— Que conversa séria que nós podemos ter? Você e o Andrei estão escondendo alguma coisa e não querem falar. O que você quer que eu faça? Aja naturalmente, como se não estivesse passando diariamente pela minha cabeça que o meu irmão está traindo a namorada com a minha melhor amiga?

Foi como se Larissa tivesse recebido um chute no estômago. Ela se retraiu toda, cruzando os braços na frente do corpo.

— É isso o que você acha? Ou é isso o que você tem medo?

— O que você quer dizer com isso?

— Eu quero dizer que não é possível que eu esteja tendo um caso com o seu irmão, Diego, porque é você que eu amo.

Assim.

Do nada.

Beleza, eu já sabia. Ter ouvido ela se confessando para Pietra foi muito diferente de ouvir sendo o remetente daquele sentimento.

Não vou dizer que foi o que pensei na hora, porque naquele instante eu apenas fiquei sem palavras, sentindo o peito apertar, mas agora, analisando o ocorrido, só consigo me lembrar de uma vez em que nós dois combinamos de correr pelo Ibirapuera.

Larissa me disse, naquela ocasião, que queria fazer algum exercício físico, porque precisava perder não sei quantos quilos — ela sempre aumentava ou diminuía a quantidade que tinha que perder dependendo do humor —, e eu topei, porque precisava perder a palidez da pele.

Naquele dia, depois que ela correu por 5 minutos e atestou que mais meio metro e ela morreria, nós nos deitamos na grama, observando os patos e tomando um sorvete que deveria valer uma corrida de duas horas em calorias. O sol já começava a dar sinais de que iria embora, deixando o céu alaranjado.

Larissa estava suada, mas sorria.

"Você acredita que nós amamos apenas uma pessoa ao longo da vida?"

"Como assim?", apertei os meus olhos em sua direção, porque havia esquecido os óculos escuros.

"Que tem aquela uma pessoa especial, e que, se não der certo, todas as outras que virão só estarão tapando um buraco que nunca será preenchido."

"Cacete, Lari, eu não estou bêbado o suficiente para uma conversa sobre sentimentos e essas merdas."

"É sério, Diego."

"Não", foi o que respondi. "Acredito que existem pessoas que nos tocam mais do que outras, mas não somos um buraco que precisa ser preenchido — aquele momento com aquela pessoa foi especial, mas isso não impede que eu conheça outra pessoa que faça outro momento ser especial também. Uma pessoa não anula a outra. Um sentimento não anula o outro. São fases, idades e momentos diferentes da vida."

"Mas não existe alguém na sua vida que, quando vocês estão juntos, você sente que nada nunca mais vai fazer tanto sentido?"

Larissa me olhava de um jeito que nunca tinha olhado.

Naquela época, eu ainda não sentia o que sinto pela Pietra.

"Não. Nada é insubstituível."

Mas quando Larissa disse que me amava, nos degraus de entrada da minha casa, eu soube que sim, existiam coisas insubstituíveis. E a possibilidade de perder a minha melhor amiga era uma dessas coisas.

— Eu também te amo, Lari — o rosto dela se iluminou por um momento —, mas não do jeito que eu acho que você me ama.

VIGÉSIMA SEXTA CARTA, OU O MISTÉRIO DO TAMANHO DO MEU INSTRUMENTO

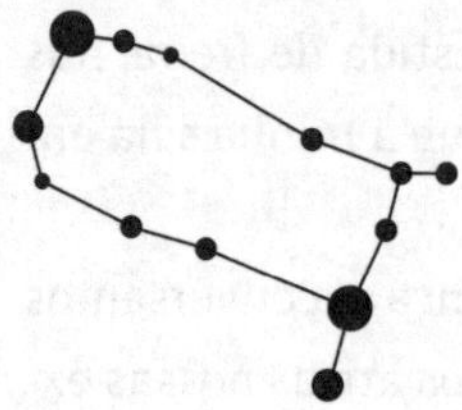

GÊMEOS

O INÍCIO

Querida Gabriele,

Começo essa carta afirmando que nunca mais fui o mesmo depois que você passou pela minha vida.

Eu gostaria de classificar como um "caso" o que nós tivemos, mas, para ser completamente honesto, até hoje não sei o que caralhos rolou entre nós dois naqueles seis dias intensos e mágicos de INTERUNIFESP; se naquela época eu soubesse que geminianas passam pela sua vida como um furacão e te transformam para sempre, acho que eu teria ido com mais calma.

No começo, foi como se estivesse me apaixonando novamente, deixando o meu coração se apegar a alguém depois de um longo período na cachorragem, na putaria, na vida louca. Porém, depois que os jogos acabaram e eu passei a viagem inteira de volta para São Paulo com a cabeça apoiada no vidro como o protagonista de um filme indie sobre amores líquidos, cheguei a uma conclusão que não surpreende ninguém: não era amor (era cilada), mas apenas a minha constante busca pela adrenalina que "estar apaixonado" provoca.

De acordo com o Personare (site que descobri por causa dessas cartas e que agora está no meu menu de portais mais acessados), geminianas não costumam atender às nossas expectativas, mas sim nos mostrar novas perspectivas que nem sabíamos ser possíveis. E acho que você foi isso pra mim, Gabi: uma nova perspectiva.

Eu te conheci no primeiro dia dos jogos universitários, na festa à fantasia — eu usava uma saia verde, você estava vestida de freira, nós nos trombamos na barraca de cerveja e eu te disse que a minha saia era muito mais bonita que a sua.

Naquela noite, nos afastamos da pista de dança e conversamos sobre tudo, desde os nossos relacionamentos passados até as nossas expectativas quanto à faculdade. Você cursava história e me contou que gostaria de trabalhar para a ONU; eu admirei a sua inteligência e as suas aspirações, até as invejei. Porque, veja bem, você tinha um plano. Um sonho. Um objetivo. E eu? Bom, eu tinha a necessidade infantil de agradar a todos a minha volta, menos a mim mesmo.

Depois de mais algumas cervejas, você me ensinou a dançar forró, apesar dos meus dois pés esquerdos. Dois *shots* de vodca depois, e eu te disse que você era a garota mais bonita da festa. E você era mesmo, com os seus óculos modernos, o cabelo escuro e a prosa de uma contadora de histórias.

E, depois de mais alguns drinques e conversar sobre a vida, acabar aquela noite especial na minha barraca não foi inusitado, Gabriele. O inusitado foi acordar e não te encontrar nela.

O MEIO

Querida Gabriele,

Eu não anotei seu número, muito menos peguei seu sobrenome.

Muito porque não esperava que você fosse desaparecer de manhã e me deixar sozinho naquela barraca quente que só o diabo. Logo, foi pura coincidência te encontrar na quadra de vôlei na manhã seguinte, jogando contra o meu campus. Era o primeiro jogo do dia, eu estava de ressaca e vontade de voltar a dormir, vomitar ou morrer, o que viesse primeiro. Mas, quando te vi de uniforme, treinando levantamentos, foi quase impossível não sorrir.

Quando você enfim me notou, depois de ter passado meia hora te encarando como um psicopata, fingiu que não me conhecia e ignorou o meu aceno de cabeça. Eu tomei a atitude como uma mensagem clara e cristalina: "estamos no maior evento de putaria do ano e eu ainda quero provar outros pratos, favor não se apegar". Mas não posso dizer que fiquei feliz com o fora silencioso, porque havia gostado de ficar com você.

Muito.

Porém, quando o jogo acabou e eu estava prestes a sair dali para encher a cara e tentar esquecer os maravilhosos momentos que passamos na minha barraca, você subiu na arquibancada rival para me cumprimentar.

"Me diz" você começou, "hoje o seu short é mais bonito que o meu?"

Olhei para baixo, analisando a minha bermuda surrada. Depois, olhei para o short minúsculo que cobria as suas coxas.

"Não tem nem disputa aqui" sorri. "É claro que o meu é mais bonito. Olha como valoriza as minhas panturrilhas."

Você riu, me beijou no rosto e desceu para comemorar a vitória com as suas colegas. E eu parti em busca de outro par romântico, já que você não parecia disposta a voltar para a minha barraca tão cedo e, bom, nós estávamos *mesmo* no maior evento de putaria do ano.

De noite, na segunda festa, observei de longe enquanto você dançava com outros caras, e até te vi beijar um deles perto do palco, mas não tive coragem de te abordar novamente. Era óbvio que você não estava querendo "casar" nos jogos. Dessa forma, procurei eu mesmo beijar outras bocas e esquecer o nosso lance; eu não sabia por que estava tão encasquetado com você, Gabriele, afinal, havia sido só uma noite. Mas algo nas horas em que passamos juntos fez com que, de tempos em tempos e de maneira quase irracional, os meus olhos, a noite toda, se voltassem para você.

Depois de beber o rio Nilo em cachaça, voltei sozinho para o alojamento, completamente chapado, e demorei meia hora para encontrar a minha barraca. Algumas horas depois (ou talvez apenas minutos, as lembranças turvas não me deixam saber), você abriu o zíper, colocou a cabeça para dentro e perguntou:

"Tem espaço para mais um?"

Eu pensei que estivesse delirando.

Passamos outra noite juntos. E, no dia seguinte, o ciclo se repetiu: você desapareceu durante os jogos, me desprezou na festa e beijou outros caras, mas acabou a noite novamente na minha barraca.

Você era uma incógnita, Gabriele.

E eu estava adorando.

O FIM

Querida Gabriele,

O círculo vicioso se arrastou por todos os seis dias de INTERUNIFESP.

Eu só consegui fazer com que você ficasse na barraca no último dia, isso porque acordei antes que você pudesse tomar a decisão de ir embora. Consciente de que aquela seria a minha última oportunidade, abracei-a e encostei a boca na sua nuca.

O seu corpo estava quente contra o meu.

"Fica mais um pouco."

"Eu preciso ir, nosso ônibus sai meio-dia."

"Cinco minutos."

"Diego..."

Você riu e virou-se para mim. Os nossos narizes estavam encostados.

"Você não ficou nenhum dia. Quero te mostrar que também sou legal pelas manhãs" baforei na minha mão. "Apesar do bafo de cachaça de ontem."

"Eu tenho certeza que você é tão legal de manhã quanto é de madrugada" a minha boca encostou na sua, e você continuou falando. "Você é com certeza o cara mais legal que conheci aqui."

"Por isso sempre acabava a noite aqui comigo?"

"Isso. E também porque você tem o tamanho ideal."

"Tamanho ideal?", levantei a sobrancelha.

Eu estava rindo, mas a minha vontade era de arrancar a sua roupa e te mostrar que sóbrio eu podia ser até melhor.

"É. Não é pequeno para ser constrangedor, nem grande o suficiente para me machucar", você colocou a mão nele. "Tamanho ideal."

"Gabi... Que palavras lindas...", tirei a sua mão dali e a trouxe para a minha boca, sentindo a bermuda apertar. "Acho que estou apaixonado."

Você riu e me beijou, e nós nos olhamos por algum tempo. Eu não sei dizer se aquilo durou cinco minutos ou duas horas. De repente, você beijou a ponta do meu nariz e perguntou:

"Sabe por que eu não fiquei aqui com você nenhum dia?"

"Por quê?"

"Porque eu tenho medo de que isso se torne algo que não nasceu para ser", você passou o dedo pela minha cicatriz, e foi a primeira vez que alguém teve a coragem de fazer aquilo, de maneira despretensiosa, sem a curiosidade de saber o que havia acontecido comigo.

"E por que não poderia se tornar?"

"Porque amor de jogos universitários é o mesmo que amor de verão", você sorriu, os caninos maiores que os outros dentes, um sorriso certeiro no meu coração. "Amor de verão não sobe a serra. Amor de jogos universitários não entra no campus."

"Nós somos de campus diferentes", tentei. "Pode funcionar."

Você beijou o meu queixo.

"Eu vou agora, tá bom?"

"Tudo bem."

Observar você sair da barraca, Gabriele, foi como se eu estivesse desperdiçando a chance da minha vida. Ao mesmo tempo, senti como se pudesse estragar todas aquelas boas memórias que dividimos se forçasse a barra.

Talvez você estivesse certa. Talvez o que rolou entre a gente nasceu para ser apenas um amor de jogos universitários, e nada mais. Mas, vez ou outra, me pego pensando no que teria acontecido se tivesse te pedido para ficar.

Acho que a indecisão geminiana acaba se instalando em todos os envolvidos.

Algumas horas depois, eu estava com os meus amigos perto do ônibus que nos levaria de volta para São Paulo, guardando as malas, e o seu passou por nós. Você colocou a cabeça para fora, o cabelo voando e os óculos de sol escondendo os olhos, e berrou:

"MENINAS! DIEGO NEVES TEM O PINTO MAIS BONITO DA UNIFESP!"

Todo mundo caiu na gargalhada, eu te mandei um beijo no ar, observando o seu ônibus desaparecer.

E, dias depois, após segurar o máximo que consegui para não parecer desesperado, te enviei uma mensagem pelo WhatsApp.

"Obrigado por aumentar drasticamente a minha popularidade entre as mulheres do meu campus".

Alguns minutos depois, você respondeu:

"Faça bom proveito, Diego Neves".

Nunca mais nos falamos.

Esses dias, entediado, entrei no seu Facebook e vi que você está namorando um engenheiro químico e estagiando na ONU. Na sua biografia, você diz "geminiana e historiadora, não necessariamente nessa ordem".

Fiquei orgulhoso. Mas não de você, Gabriele, porque de você já esperava grandes feitos. Fiquei orgulhoso de mim, por ter conseguido passar preciosos momentos ao seu lado.

VIGÉSIMA SÉTIMA CARTA, OU O MISTÉRIO DO PESO NA CONSCIÊNCIA

Já é a trigésima terceira vez que ligo para Larissa só essa semana.

Eu não estou exagerando — de sábado a sábado, liguei 33 vezes. De uma maneira poética, gostaria de chegar a 46 ligações, e gostaria mais ainda que ela me atendesse na quadragésima sétima; dessa forma, eu poderia me sentir pela primeira vez na vida representado pela canção "47" do New Found Glory, um dos meus hinos emo favoritos.

I called you 46 times!
And you answered on the 47th...

Será que a minha conexão com essa música está prevendo algo?

É sábado, e tenho a sensação de que não vejo os meus amigos há muito tempo — talvez seja pelo fato de que *eu não os vejo há muito tempo.* Não sei o que está acontecendo. Não sei se Pietra já superou o que rolou entre nós. Não sei se João está em alguma balada *topzera* com os amigos do Mackenzie. Não sei se Larissa algum dia vai me perdoar.

Eu acho que não. E também acho que não mereço ser perdoado.

Se eu fecho os olhos, ainda consigo ver a cara de decepção da minha melhor amiga depois que eu disse que não a amava de um jeito romântico. Eu sinto que, pela primeira vez desde que comecei com essas cartas, fui completamente honesto com alguém com quem me importo. E olha o que a honestidade me causou: perdi a minha melhor amiga.

Por isso, se você estiver passando por um dilema moral enquanto lê essas cartas, eu te dou um conselho: minta.

Mas como eu poderia ter mentido para Larissa? Nós sempre fomos honestos um com o outro. Sempre. Ela sabe das minhas dores mais profundas, eu conheço os seus maiores medos. Como poderia ser desonesto ao ponto de alimentar algo que não é verdadeiro? Ao ponto de iludi-la e magoá-la mais ainda no futuro? Não é melhor arrancar logo o band-aid do que mentir e falar a verdade quando já estamos emocionalmente dependentes demais?

Claro que, no papel, tudo isso que acabei de falar faz todo o sentido. Mas as lágrimas que brotaram nos olhos de Larissa depois que eu disse a verdade não saem da minha cabeça. Não consigo parar de pensar nisso. Não consigo me perdoar por não ter ido atrás quando ela saiu correndo. Não consigo parar de repassar a cena e pensar em mil coisas que poderia ter dito que não iriam magoá-la tanto.

Não consigo entender o que ela pode ter visto em mim.

Eu sou um babaca. Sou mesmo, não é demagogia. Estou tentando não ser, esse é o propósito de todas essas cartas a ninguém, mas, às vezes, é mais forte do que eu. O que Larissa viu em mim? Como ela pode me amar quando, muitas vezes, nem eu mesmo me amo?

Que merda, cara...

Ligo novamente. Trigésima quarta vez.

Toca. Toca. Toca. Toca. Toca. Toca.

Sua mensagem está sendo encaminhada para a caixa de mensagem...

Não consigo me concentrar. Passei a semana inteira pensando em maneiras de resolver isso — eu nunca fiquei tanto tempo assim longe de Larissa. É quase como se estivesse sofrendo de abstinência! Talvez eu deva me trancar no quarto com latas de sopa e engradados de cerveja, como naquele filme, *Trainspotting*.

Eu não estou falando coisa com coisa. Mas acho que, talvez, você já tenha percebido isso.

Eu não consigo nem bater punheta. Há uma semana não bato punheta. Abro o xvideos, mas eu estou tão... *triste*.

Estou triste o suficiente para não conseguir bater punheta.

Penso em enviar essa mensagem: "faz uma semana que não consigo bater punheta". Conheço Larissa bem o suficiente para saber que isso a faria rir. E ela me conhece bem o suficiente para saber que, se for verdade, o nosso afastamento está *mesmo* acabando comigo.

Mas Larissa não aparece online no WhatsApp desde a noite do jantar falido. Nem ela. Nem Isadora. Nem Andrei. Nem Pietra.

E João me mandou um compilado de cabritos caindo duros no chão após tomarem sustos.

Esse silêncio está me matando.

Liguei 46 vezes.

Larissa não atendeu na 47.

— Você tem falado com o Andrei?

Minha mãe entra no quarto com um cesto de roupas lavadas.

Admiro minha mãe por ter dinheiro o suficiente para contratar 500 funcionários para trabalharem na casa, mas continuar fazendo as tarefas domésticas sozinha, mesmo que sua carreira como advogada consuma a maior parte do seu tempo.

Isso mesmo, eu disse sozinha. Eu não ajudo. Meu pai não ajuda. Andrei não ajudava. Tatiana ajudou enquanto morava aqui.

Somos uns bostas. Fomos programados para ser uns bostas. Enquanto minha mãe ficava furiosa se Tatiana não lavasse a louça, eu e Andrei podíamos passar as tardes inteiras jogando videogame e sendo uns bostas. Tatiana não tinha o direito de ser uma bosta. Tatiana tinha *deveres*. Deveres reforçados pela minha mãe, que nunca falou um só "a" pela folga dos homens da casa.

Eu honestamente espero que Isadora tenha colocado Andrei em seu devido lugar. Também espero que Tatiana perceba que o marido precisa contribuir para o bem-estar de um lar. E espero que eu pare de ser um hipócrita enquanto julgo os meus irmãos e sigo deitado digitando, enquanto minha mãe guarda as roupas limpas.

— Não — respondo.

Ela crispa os lábios.

Engraçado como mães acham que irmãos escondem segredos em comum dos pais. Do mesmo jeito que Andrei sumiu para eles, sumiu para mim também. Mas ela sempre achou que, se não soubesse algo de algum dos filhos, um dos irmãos deduraria. Como se nós fôssemos uma coisa só. Ou uma facção criminosa que se defende das ameaças.

Mas eu sei tanto do meu irmão quanto ele permitiu. Ou seja: pouco. E uma vasta gama de palavrões.

— Espero que esteja tudo certo entre eles — comenta. — Formam um casal tão bonito...

— É.

— E eu já estava até planejando o casamento... — continua ela.

— Não são eles que deveriam pensar nisso?

— ...naquela chácara que passamos o ano-novo de 2017. Lembra?

— Hm.

Ela continua tagarelando sobre o casamento hipotético de Andrei e Isadora. Eu continuo deitado de cueca na cama. É domingo. Ela está arrumando a casa. Eu estou sendo um babaca.

Não consigo parar de pensar em Larissa. Não consigo.

Minha mãe está prestes a sair do quarto quando eu a chamo de volta.

— Mãe.

— Sim?

— Você me acha uma pessoa ruim?

Ela me olha com aqueles olhos ásperos e carinhosos ao mesmo tempo, de advogada e mãe. De alguém que sabe mais sobre a vida do que eu jamais saberei.

— Não, Diego — responde e aponta para mim com o cesto de roupas sujas que segura. — Só um pouco folgado.

Decidi visitar o meu tio novamente. Só não esperava encontrar Andrei lá também.

Ele parecia péssimo, como se um caminhão tivesse passado por cima das suas bolas e dado ré no que restou do corpo.

Quando eu o vi sentado no túmulo, com as costas encostadas na lápide, resolvi imediatamente ir embora. Aquele era um momento íntimo do meu irmão, não tinha por que me intrometer, eu poderia voltar outro dia.

Mas ele me viu. E acenou para que me aproximasse.

Andrei nunca teve barreiras quanto aos seus sentimentos. Ele nunca ligou de ser visto chorando, e nunca escondeu nada do que sentia. Eu admiro isso nele.

— Dia ruim? — indagou, porque sabia que eu visitava o meu tio sempre que estava passando por algum momento difícil.

Ele sabia disso porque fazia a mesma coisa.

Achei curiosa a abordagem informal, como se nada tivesse acontecido, como se nós não tivéssemos brigado feio poucos dias atrás.

— Dia não. Semana — respondi.

Andrei concordou com a cabeça. Os olhos dele estavam vermelhos e eu me senti mal por ter contribuído para aquilo.

Sentei-me ao seu lado, com as costas na lápide.

— Ele sempre dizia que era melhor prevenir do que remediar — comentou o meu irmão. — Acho que nós não estamos ouvindo esse conselho muito bem.

— E quando não dá pra prevenir?

— A gente tenta remediar.

Rimos pelo nariz.

— Como estão as coisas? — perguntei, mais preocupado do que curioso.

Talvez um pouco curioso.

— Boas. Fui promovido. Consertei o amassado no meu carro. Ontem comi um hambúrguer muito bom no centro. Finalmente terminei *Friends*.

Ficamos algum tempo em silêncio, eu olhando para os meus tênis, Andrei observando o horizonte.

— E a Isa saiu de casa — disse enfim.

Merda.

Merda, merda, merda.

Eu causei tudo isso.

É como se fosse o responsável pelo término do casal real. O peso de ser o responsável pelo rompimento de Kate e William brasileiros pesou sobre os meus ombros.

Merda.

— Onde ela está?

— Na casa da mãe.

— Porra... — murmurei, subindo o rosto; Andrei merecia que eu o olhasse nos olhos. — Eu sinto muito. Eu não queria...

— Você não fez nada — disse Andrei, negando com a cabeça. — Eu sou o culpado. Já estávamos brigando havia algum tempo. Ela está desconfiada, eu não tenho coragem de... Bom, eu causei isso. E descontei em você.

— O que está rolando, Andrei? — perguntei, esperando que ali, longe dos ouvidos curiosos de terceiros, ele pudesse se abrir, ser honesto, assumir que cometeu um erro, admitir a traição.

Mas ele apenas sorriu de maneira triste e negou com a cabeça, afirmando de maneira silenciosa que não queria conversar sobre aquilo.

Respirei fundo.

Eu queria contar para Andrei o que Larissa havia dito, sobre a nossa briga. Sobre o que sentia por Pietra. Sobre os poemas de João. Sobre a minha desmotivação na faculdade. Sobre o meu sonho de ser compositor. Sobre as minhas frustrações, os meus medos, as minhas inseguranças. Queria poder abraçar o meu irmão e dizer que tudo daria certo. Que a Isa voltaria para casa. Que eles se ajeitariam. Que viveriam felizes para sempre.

Mas nós dois havíamos sido criados na base do "seja homem, engole o choro, levanta a cabeça", então permaneci em silêncio, esperando que ele me perdoasse por ser fraco. Por ser humano.

— Bom... — Ele quebrou o silêncio após algum tempo, levantando-se subitamente e batendo as mãos nos joelhos para limpá-las da grama. — Preciso voltar para o computador. Tenho alguns projetos para terminar.

— Você quer... Que eu... Você não quer...

— Eu vou ficar bem sozinho. — Ele entendeu o que eu estava falhando em oferecer, apertando a minha mão no nosso cumprimento de sempre. — Hoje tem Faustão. Não tem como ficar triste. A gente se fala.

— A gente se fala.

Mas a gente não se falaria tão cedo.

VIGÉSIMA OITAVA CARTA, OU O MISTÉRIO QUE EU NÃO SEI EXPLICAR

Estou digitando no celular, dentro do ônibus.

Eu não gosto de escrever essas cartas no celular, porque a minha cabeça pensa em uma frequência infinitamente maior do que a rapidez dos meus dedos. Porém, se eu não transformar os meus pensamentos em algo "palpável", sinto como se eles pudessem me sufocar.

Só tem um cara aqui dentro, porque já passou das onze e essa é uma linha fretada; a passagem custa 12 reais e o ar-condicionado faz com que eu me sinta na porra do Alasca. Os pelos dos meus braços estão todos arrepiados e a música do outro cara está tão alta que consigo ouvir como se estivesse compartilhando o fone.

Sempre fui um grande amigo seu, só que não sei mais se assim vai ser! Sempre te contei segredos meus, estou apaixonado por você...

Estou voltando da casa da Larissa. Em tempos normais, realizando viagens de ônibus normais, eu tentaria me distrair, tentaria não pensar no trânsito, ouvir música, ler um livro, pensar na minha vizinha gostosa tomando sol sem a parte de cima do biquíni.

Hoje não.

O que aconteceu foi que desisti de esperar que Larissa me atendesse, porque, depois de uma semana tentando, era meio óbvio que ela não me atenderia tão cedo. Então, um pouco influenciado pela conversa que tive com Andrei no cemitério, e depois de pedir conselhos ao meu tio morto, decidi que o melhor a se fazer era tentar pessoalmente.

Na minha cabeça, pareceu um ótimo plano.

Então eu peguei um Uber, luxo que só utilizava quando estava com muita preguiça de andar de transporte público, e fui até a sua quitinete localizada em um prédio exclusivamente ocupado por alunos de Medicina.

Nunca me incomodei em andar de transporte público, mesmo porque, depois de ter falhado na quarta tentativa em tirar a carta de motorista, aceitei o destino como não-motorista; além disso, era mais barato. Porém, sempre que ia visitar a minha amiga, me odiava por não ter um carro, porque, enquanto esperava que o segurança me deixasse entrar, os carrões importados dos garotos de ouro, os diferenciados "alunos de Medicina", passavam voando ao meu lado. Todos de jaleco, claro, porque o mundo precisa tratá-los como os semideuses que eles acham que são. "Olha lá o pobretão a pé", deviam pensar, e aquilo me deixava extremamente irritado. Por quê? Eu não sei.

Bom, sei sim. Porque a ideia de que "ter" é melhor do que "ser" sempre me incomodou. E ali, naquele condomínio de luxo lotado de filhos de ricos, o "ter" predominava. E eles me julgavam por não ter. E, não me leve a mal, nunca liguei para carros de luxo, roupas de marca e celulares caros, nunca almejei essas coisas. Até, é claro, ficar parado na portaria de Larissa e observar a superioridade com a qual agiam aqueles alunos, confortáveis atrás de seus volantes de couro e seus privilégios.

Mas acho que é assim que o capitalismo funciona. Te constranger até você ceder.

Dei sorte de ser atendido por um segurança antigo e conhecido; por mais que eu estivesse liberado permanentemente na portaria, tinha medo de que Larissa tivesse revogado as minhas regalias de melhor amigo.

— Boa tarde, Diego — desejou animado, já abrindo a cancela. — Você pode avisar à dona Larissa que chegou um pacote para ela aqui?

— Boa tarde, Elias. Posso sim.

E eu entrei. Fui até a Torre B, apertei o décimo segundo no elevador e esperei. Minutos depois, já que o elevador era mais demorado que um idoso andando na sua frente na calçada quando você está com pressa, me vi batendo na porta da minha amiga, esperando...

Esperando o quê?

Que ela me abraçasse e dissesse "vamos esquecer essa bobeira de estar apaixonada por você! Que loucura, não é mesmo? Entra aqui, vamos assistir série e agir como se nada tivesse acontecido!"

O que eu estava esperando?

Larissa abriu a porta instantes depois. Usava um short de ginástica e uma camiseta larga, o cabelo preso no alto da cabeça e o rosto sem maquiagem. Ela segurava um livro entre o dedão e o indicador, como se esperasse que fosse ser algo rápido, com medo de perder a página que havia parado. O título do livro terminava com "dade" e eu me peguei pensando se ela estaria lendo alguma autoajuda. "O Segredo da Felicidade" ou qualquer merda genérica do tipo.

Ao me ver, Larissa, que até então tinha uma expressão neutra no rosto, deixou a boca abrir levemente, como se acometida por um desejo imenso de desaparecer.

— Como você entrou aqui? — perguntou, antes que eu pudesse dizer qualquer coisa.

Não que eu estivesse ansioso em iniciar aquela conversa.

— Eu sou liberado. Lembra? — Eu não tinha motivo para mentir.

— Isso não significa que você pode aparecer aqui quando quiser — disse. Ela fechou o livro e o colocou de cabeça para baixo em cima do aparador, mas não fez menção de que me deixaria entrar.

— Estranho, eu tenho feito isso há alguns anos já... — comentei.

— O que você quer? — disparou ela mais uma vez.

— Conversar.

Era? Era só *conversar* que eu queria?

— Diego... — suspirou ela, um suspiro dolorido.

Os olhos de Larissa tinham a cor do tronco das árvores que nos escondíamos do sol na praia do Félix, em Ubatuba, quando éramos menores. Escuros. Acolhedores. Nostálgicos. Convidativos.

— Me desculpa — deixei escapar.

— Pelo que, exatamente? — Ela se apoiou no batente.

— Não sei. Por ter deixado você sair daquele jeito. Por não ser um bom amigo. Por não ser quem você gostaria que eu fosse. Por não... *Corresponder*?

Larissa negou com a cabeça, várias vezes. Os seus olhos se encheram de lágrimas.

— Você veio aqui reforçar que não sente o mesmo que eu? — quis saber. — Porque eu já ouvi da primeira vez.

— Não, não... — Aproximei-me quase instintivamente, passando o dedão por uma lágrima que ela deixou escapar; ela não desviou os olhos dos meus. Eu odiava vê-la daquele jeito. Eu me odiava por ter causado tudo aquilo. — Não chora, Lari. Por favor.

— Por quê? Os meus sentimentos te incomodam? Minhas emoções? — Ela retirou a minha mão do seu rosto, repentinamente irritada. — Acha que estou tentando te manipular com lágrimas de crocodilo? Acha que estou chorando porque quero? Acha que eu também não estou odiando cada segundo desde que abri a minha maldita boca para dizer o que sinto?

— Não, Lari, eu...

— Eu já sabia que você não sentia o mesmo. Já sabia que seria um desastre, mas precisei falar para me defender, sendo que, se você realmente fosse meu amigo, acreditaria na minha palavra. Eu só não sabia que ia ser um golpe tão grande na minha autoestima — continuou ela, como se não estivesse disposta a ouvir mais nenhuma palavra minha. — E desde então eu venho me questionando o que pode ser. O que pode ter levado você a sentir repulsa, a não tolerar a ideia de nós dois, a nem *cogitar*. É porque eu sou gorda? Feia? Meus peitos não são bons o suficiente? São as minhas celulites? As estrias nos joelhos? Não sou inteligente o suficiente? Não sou engraçada o suficiente?

— O que isso tem a...

— Ano após ano, Diego! Ano após ano eu te vi entregar o coração a uma coleção de meninas diferentes, com uma facilidade invejável, sem nem pensar duas vezes. Mas não eu! Nunca eu... O que tem de errado comigo?

— Não tem nada de errado com você! — exclamei. — Você é linda! Você é incrível, a mulher mais incrível que conheço! A mais inteligente, a mais divertida! Eu só não... Eu não...

— Você o quê, Diego? Me diz de uma vez! Por favor, me diz logo o que passa nessa sua cabeça, porque não consigo ficar nem mais um segundo desse jeito! —pediu ela. — Eu não consigo mais cumprir o papel de melhor amiga, não dá mais, dói demais! Eu não consigo mais...

Os nós dos dedos de Larissa estavam esbranquiçados de tanto que ela apertava o batente da porta. A boca, sempre vermelha, havia perdido um pouco o tom vivo. Os olhos buscavam em mim a confirmação da qual ela tanto precisava. O pescoço remexia-se com a respiração ofegante, como se a minha resposta fosse a definição de algo. A definição de uma vida nova.

Uma vida nova longe de mim. Longe de todos os problemas que eu havia causado. Ela só precisava que eu a rejeitasse mais uma vez, e partiria rumo a alguém que a valorizaria como eu não consegui.

E aquela música imbecil que fez muito sucesso alguns anos atrás e tocou em absolutamente todas as festas da faculdade, "Medo Bobo" da Maiara & Maraisa, resolveu tocar na minha cabeça como se ela fosse uma vitrola.

Só dá pra saber se acontecer!

Puta merda, eu lembro de ter pensado, antes de envolver a cintura de Larissa e beijá-la.

Não sei o que deu em mim. Não sei mesmo. Só sei que eu precisava... Eu *tinha* que tentar agir de maneira emocional. Tinha que esquecer um pouco a razão, o bom e velho "isso pode estragar a nossa amizade". Porque, no fundo, ela já estava estragada; se eu não tentasse, Larissa desistiria de mim. E ela não podia desistir de mim.

A minha amiga foi pega de surpresa, talvez influenciada pelo meu próprio espanto. A pele dela estava quente e o meu antebraço roçou a sua barriga. E eu não sei por que, mas esse encontro em particular ainda está rodando pela minha cabeça.

Eu sou da opinião de que não existem beijos ruins; existem apenas beijos que não se encaixam. Mas não foi esse o caso — acho que eu e Larissa nos conhecemos tão bem que até o nosso beijo teve certa familiaridade, como se soubéssemos o que o outro gosta e estivéssemos agindo de acordo com o script.

Pode parecer idiota, mas o nosso beijo teve gosto de... Natal.

Foda-se, eu escrevi isso mesmo.

No começo, mantivemos os nossos olhos abertos, de uma maneira bem esquisita. Mas, logo que percebemos que aquilo estava mesmo acontecendo, os fechamos. Larissa envolveu a minha nuca de maneira quase agressiva e nossos corpos estavam juntos dos pés à cabeça.

Durou mais do que o necessário, e menos do que eu gostaria. E digo isso com toda a honestidade do mundo: eu teria continuado. Por muito, muito tempo. Talvez porque eu sou homem e, na minha cabeça, qualquer beijo deveria se transformar em corpos pelados no colchão. Ou talvez porque algo escondido dentro de mim sempre soube que aquilo algum dia aconteceria, e o meu subconsciente esperou tanto tempo que, quando acabou, a reclamação espalhou-se como músculos contraídos por todo o corpo.

— O que você está fazendo? — Larissa me empurrou no momento em que percebeu que estávamos nos beijando.

Demorou 5 minutos.

— Não era... Não era isso o que você queria? — perguntei, confuso.

Eu não estava sendo capaz de formular frases coerentes, consigo perceber agora. "Não era isso que você queria" não é o que toda garota sonha em ouvir depois de ser beijada.

— Não, Diego! Eu não queria um beijo por piedade! — Larissa parecia furiosa. — Qual é o seu problema?

— Eu estou confuso — admiti.

— Então vai dar uma volta para colocar as ideias no lugar, seu babaca! — disse ela ainda, empurrando-me para trás e batendo a porta na minha cara.

Eu ainda tentei que ela abrisse novamente, e fiquei 15 minutos plantando na frente do apartamento em vão, mas fui embora quando os vizinhos dela chegaram e fizeram uma cara de quem chamaria a polícia se eu continuasse ali.

E aqui estou aqui. Dentro do ônibus. Sem saber como me sentir.

Como eu estou me sentindo?

Diga você.

VIGÉSIMA NONA CARTA, OU O MISTÉRIO DA MAIOR CARTA QUE RECEBI NA VIDA

CÂNCER

O INÍCIO

Querida Juliana,

Se vou mesmo ser honesto, como disse que seria quando comecei esse projeto, eu nunca na vida recebi outra carta além da sua, porque, convenhamos, quem ainda escreve cartas?

Então, é, ela foi mesmo a maior carta que já recebi, e a única também. Logo, ela não era tão grande assim, era uma carta normal. Bem curta, aliás! Mas, em prol do sensacionalismo, vou manter o título.

Bom, agora que tiramos esse elefante da sala, vamos ao que importa: me desculpa.

Não que algum dia você vá ler isso, suspeito inclusive que tenha me deletado completamente da sua memória, mas, mesmo assim, eu repito: me desculpa.

Eu queria poder dizer que tive algum motivo, ou que você fez algo para que eu perdesse o interesse, mas acho que só não estava em uma boa fase da vida. Ou nós apenas não estávamos no momento certo. Ouvi dizer que o *timing* é muito importante para que o relacionamento dê certo — estou aprendendo isso na pele, se te serve de consolo.

Mas o jeito como eu agi com você foi covarde e imbecil, e você pode não acreditar, principalmente depois do nosso último encontro, mas eu me arrependo sim. Me arrependo porque te tratei como nunca gostaria de ser tratado. E agora eu vejo.

Mas agora eu vejo tanta coisa, Juliana, que você nem acreditaria...

O MEIO

Querida Juliana,

Então vamos lá.

Depois de Gabriele, o tamanho do meu pau virou assunto na faculdade. Claro que não de maneira pejorativa, porque, afinal, eu não sou mulher e os meus órgãos sexuais não são punidos por existirem. Mas estava sendo um pouco incômodo lidar com os comentários e as piadas, principalmente porque sempre fui uma pessoa mais reservada.

Você pode pensar que não, principalmente pelo conteúdo dessas cartas, mas lembre-se que você está dentro da minha cabeça e isso significa que eu sou falante aqui, mas, na vida real, sou mesmo reservado.

Tímido, diriam os que não me conhecem. Ardiloso, diriam os que não gostam de mim.

De qualquer maneira, quando você chegou no segundo semestre, transferida da UNICAMP, com o cabelo branco de loiro e jeito de quem nunca havia peidado na vida, eu me encantei. Porque era justamente o que eu estava precisando depois do furacão Gabriele e tudo o que aqueles jogos universitários haviam me causado: alguém que não me encontraria em uma festa e faria piada do meu pinto. Alguém que não estava inserido no contexto social do campus. Alguém que transparecesse calmaria e normalidade. Alguém... Novo.

“Oi, menina nova”, tomei coragem para te abordar depois de passar horas te observando, enquanto os seus olhos passavam rapidamente pelo mural de avisos. Você se voltou para mim, um pouco assustada. Os seus olhos eram tão azuis quanto uma piscina com muito cloro. “Já conhece o campus? Já te disseram de quem você deveria manter distância? Já te avisaram que a coxinha da lanchonete dá caganeira?”

E eu te fiz rir. E te fazer rir me trouxe uma paz de espírito tão boa que, naquele instante, eu quis te fazer rir pelo resto da vida.

“Como você sabe que eu sou nova?”, você quis saber.

“O seu rosto jovial, esperançoso, otimista. Dá uns seis meses e você vai ter olheiras do tamanho das minhas e estar falando sobre a inevitável morte do ser”, disse e dei de ombros. “E também porque eu nunca te vi por aqui.”

Você sorriu, sem tirar os olhos de mim.

“Fiz um *tour* no dia da prova de transferência”, você explicou. “Mas não me incomodaria de saber todo o resto. São questões importantes, essas que você mencionou. Principalmente essa da coxinha.”

Estendi a minha mão de maneira formal, como minha mãe me ensinou, porque você parecia ser uma menina apegada a tradições e cavalheirismos.

“Diego Neves.”

“Juliana Moreira.”

“É um prazer, Ju.”

Passei a tarde inteira na faculdade com você, coisa que eu nunca faço, porque, veja bem, eu odeio a faculdade, e passar mais tempo do que o necessário por lá era sempre uma tortura. Mas você era tão doce e linda que eu nem vi as horas passarem. No final daquele dia, peguei o seu telefone. No final de semana seguinte, te levei para jantar. No outro, saímos para dançar, e eu, enfim, consegui te roubar um beijo.

Você tinha os melhores conselhos e o abraço de um coala — se eu posso te dar um prêmio, Juliana, seria o prêmio melhor abraço. Você também era muito maternal e eu me sentia cuidado, sentia que você realmente se preocupava comigo, e, depois que eu li a descrição de câncer, entendi por que me sentia tão seguro ao seu lado.

Você era vida, Juliana. Era sentimento. Entrega.

E eu fui o otário que traiu a sua confiança.

O FIM

Querida Juliana,

Eu queria ser seu namorado.

Claro que a vontade durou exatos dois minutos, mas acho que te passei a impressão errada. A impressão de que queria um relacionamento sério. E de que você era a escolhida.

E, por uns dois meses, você realmente foi.

Mas então comecei a me sentir estranho. Não foi nada que você fez, ou deixou de fazer... Apenas os sintomas da paixão foram dando lugar a um sentimento paranoico de incerteza. Eu me peguei pensando no relacionamento falido que tive com Lyli e como nunca mais consegui me envolver profundamente com ninguém depois dela. Me peguei pensando se eu estava seguro de que queria que o meu próximo relacionamento fosse com você. Me peguei pensando que tudo estava indo rápido demais, com uma intensidade desregulada. Me peguei pensando na promessa que havia feito a mim mesmo: não me envolver.

Somado a tudo isso, Juliana, estava o fato de que você não era muito boa em demonstrar o que sentia. Eu suspeitava que você pudesse estar apaixonada, mas você nunca de fato me disse isso. E, entre achar uma coisa e ter certeza disso, existe um abismo. E esse abismo, além da minha babaquice, também acabou nos separando.

Aos poucos, depois de muitos encontros apaixonados, muitas noites em claro aproveitando o corpo um do outro, muitas quase promessas de amor, eu comecei o processo de separação. Mas, em vez de ser sincero e ter uma conversa honesta com você, Juliana, eu apenas parei de responder as suas mensagens, mudava a direção quando te via nos corredores e respondia de maneira vaga toda e qualquer interação. Cancelava encontros, remarcava datas, me escondia dentro de casa para não ter que lidar com você.

Como todo homem que insiste em achar que se distanciar aos poucos é a melhor estratégia para que nenhuma das partes se machuque, eu fui covarde, insensível e escroto. Não tive nenhuma responsabilidade emocional e agi como uma criança, sem me dar conta de que, do outro lado, você passou dias sofrendo com a minha mudança da água para o vinho, sofrimento que poderia ter sido evitado com uma simples conversa; porque, se tivesse sido honesto e dito que achava que não queria um relacionamento naquele momento, eu poderia ter evitado muita mágoa.

Hoje eu entendo que a melhor maneira de terminar um relacionamento é falando a verdade, só que na teoria isso é muito mais fácil que na prática. Principalmente quando estamos falando de um cara covarde como eu.

Você ainda insistiu bastante. Manteve-se presente. Deu a entender que perdoaria a minha infantilidade se eu resolvesse voltar. Mas aquilo não aconteceu, e a cada "você é um babaca mesmo" que Pietra me dizia, ou "pelo amor de Deus, Diego, só fala a verdade para a menina" que Larissa aconselhava, eu me sentia mais e mais enfiado em um buraco do qual não era capaz de sair.

Só João me entendia. Porque João é homem e já havia passado pelo terror que é terminar um relacionamento. Ele também já havia passado pelo processo de desaparecer como fumaça para evitar o término. Ou seja, a minha régua de comparação estava bem baixa...

Por fim, você entendeu que eu não valia nem uma moeda de cinco centavos e acabou se afastando. Porém, quando achei que havia feito um bom trabalho com aquela separação, recebi a sua carta. Ela chegou pelo correio e a minha mãe jurou que não tinha aberto, mas, quando me entregou, estava com cara de poucos amigos e o lacre parecia meio rasgado.

Sentei-me no quarto para ler, sentindo-me um pouco esquisito por ter recebido uma carta. Mas depois o sentimento passou de "que esquisito" para "eu sou um bosta", em apenas poucas linhas.

Ela dizia:

Querido Diego,

Não sabia se te escrevia isso, ou se deixava passar. Porque eu já estou bem, mas estar bem demorou algumas semanas de terapia e lágrimas, depois dos dois meses que passamos juntos e que eu pensei que significaram algo para você. Pensei mesmo em deixar para lá, mas, no final, achei que você deveria se sentir pelo menos um pouco mal pelo que fez comigo.

Se essas palavras te deixarem uma só noite sem dormir direito, já fico feliz. Se te fizerem refletir antes de fazer o mesmo com outra garota, eu me dou por vencedora.

Porque o que você fez comigo, eu não desejo a ninguém. Não sei se você já ouviu falar de "responsabilidade emocional", mas, pelo jeito, você não é responsável nem pelo próprio quarto, quem dirá por outra pessoa, não é? Eu sei que você tem toda essa ideologia igualitária, e as suas ideias são muito legais, mas se elas só ficam no papel, isso te torna o quê? Um hipócrita sádico? Ou apenas uma pessoa que não percebe que não age de acordo com aquilo que prega?

Porque é muito bonito falar sobre igualdade, sobre irmandade, ou sobre qualquer outra coisa que você gosta de falar, mas quando você precisa ser honesto e dizer para outro ser humano que não quer mais estar com ele, que ele precisa ir buscar a própria felicidade em vez de ficar em um limbo no qual não sabe o que está acontecendo, você se acovarda.

Foram dias e noites ao lado do celular, tentando entender o que havia de errado comigo, odiando-me por ficar decepcionada sempre que o online embaixo do seu nome desaparecia e você não me dizia nada. Até entender que o errado era você, Diego Neves. Foi sempre você. Você sumiu porque é covarde. Você não foi honesto porque não consegue. Você não me amou de volta porque ainda não é capaz de amar alguém mais do que a si próprio.

E, quando isso acontecer, eu desejo, do fundo do meu coração, que ela te ame de volta. Que ela seja honesta com você. Que ela esteja presente, e assuma a própria responsabilidade de ter o seu coração na mão.

Porque você tinha o meu. Sabia que tinha. E, mesmo assim, o jogou fora.

Você foi um babaca, Diego.

E eu espero que saiba disso.

Porque, se não souber, além de babaca, é um psicopata.

De quem já te esqueceu, Juliana Moreira.

Acho que teria preferido que você tivesse gritado comigo. Me dado um tapa na cara, talvez. Porque aquela carta, Juliana... Aquela carta abriu os meus olhos para tudo o que eu havia feito com você e com as outras garotas que passaram pela minha vida.

E agora eu vejo. Eu vejo tudo, e mais um pouco. E por isso eu peço desculpas. Por talvez ter feito você duvidar de que existem caras legais no mundo. Porque eles existem, eu só não era um deles. Eu ainda precisava de mais um empurrãozinho para, enfim, perceber a maneira errática com a qual estava me comportando e, quem sabe, me tornar um cara legal. Um cara genuinamente legal, não um cara que diz coisas legais, mas não age de acordo com elas.

Eu não consegui responder a sua carta, porque não fazia ideia do que te falar. E, no nosso último encontro, dois dias depois de ter lido as suas palavras, eu caminhei decidido em sua direção, querendo justificar o injustificável, mas você olhou bem no fundo dos meus olhos e saiu pelo portão da faculdade, como quem não tinha mais absolutamente nada a tratar comigo.

E então, uns dois ou três meses depois, descobri que você estava namorando um cara da minha sala, um que eu sempre via te olhando como se você fosse uma deusa. Um que te tratava como você merecia ser tratada. Vocês ainda estão juntos, e eu vejo vocês pelos corredores às vezes, de mãos dadas e sorrisinhos, vivendo tudo aquilo que um dia eu te prometi e não fui capaz de cumprir.

E talvez eu entenda que estar sofrendo agora faz parte de todo um crescimento pelo qual eu tenho que passar por ter feito você e algumas outras se sentirem como merda.

Mas, pelo menos, você está feliz.

E, no final do dia, é isso que importa.

TRIGÉSIMA CARTA, OU O MISTÉRIO DA LOUCURA DE JOÃO

Você sabia que existe uma vasta gama de teorias sobre a administração de empresas? Pois é, acredite se quiser, não é só aparecer um dia lá e falar "produz aí o que quer que seja que a nossa empresa produz" e, se alguma coisa der errado, você vai lá e faz não dar errado e o ciclo se repete até você se aposentar e morrer após anos e mais anos de mais-valia explorada.

Não... Existem teorias. Milhares delas. Artigos, monografias, teses, a porra toda. De como administrar uma empresa.

Não é engraçado?

Se você não acha engraçado, parabéns, você provavelmente deve ser aluno de Administração. Ou deveria ser.

Mas se você acha engraçado, até um pouco vergonhoso, bem-vindo à minha vida. A vida de quem odeia o que estuda.

É isso o que eu estou tentando fazer. Ler algo sobre as cinco forças de Porter ou qualquer merda do tipo, enquanto imagino cada uma delas como um Power Ranger e tento, em vão, impedir que a minha mente vague para lugares distantes a cada parágrafo.

Como você pode perceber, eu estou falhando miseravelmente.

Alguém bate de leve na porta e, pela maneira leve e contida como bate, sei que é minha mãe. Peço para que entre e, assim que ela abre a porta, o seu rosto se ilumina ao perceber que estou estudando, e eu me sinto um lixo por ser a pessoa que deixa a mãe feliz quando decide, *finalmente*, estudar.

— Diego, o João está na portaria.

Estranho, porque ele sempre avisa quando está vindo.

— Pode liberar.

Enquanto espero João chegar, depois de checar no WhatsApp se ele me avisou que viria (não), ainda tento ler mais um pouco, dessa vez incentivado pela felicidade da minha mãe, mas é em vão. É tudo em vão.

Ao fundo, a melodia de uma das minhas composições favoritas parece não querer desgrudar da minha cabeça, relembrando-me de que deveria estar fazendo outra coisa que não aquilo.

Cause I'm a creep... I'm a weirdo... What a hell am I doing here? I don't belong here...

Eu deveria estar decidindo sobre como me sinto em relação a Larissa, mas, depois que tudo aconteceu, simplesmente não consigo pensar em mais nada que não seja música. Melodias estranhas me acordam no meio da noite, no meio do trânsito, ou enquanto tomo banho, percebo que sei exatamente que letra escrever para essas melodias.

O meu caderno de composições, que estava largado às traças, agora está lotado de rabiscos e ideias e inspirações. E o meu celular continua intacto, sem sinal de vida, nem de Pietra, nem de Larissa.

Isso já faz três dias.

O nosso grupo morreu, assim como a nossa amizade, aparentemente. E agora João resolveu aparecer. Nesse exato momento, ele está na soleira da porta.

— Fala aí, seu cu de bode. — É como ele me cumprimenta, entrando no quarto e se sentando na cama.

"Cu de bode" é de uma poesia refinada.

— Fala — digo.

— Desde quando você estuda?

Desde quando todo o resto da minha vida está tão caótico que estudar me traz alguma paz de espírito.

— Desde quando seu pau diminuiu 10 centímetros.

— Por isso que você nunca estuda.

— Estou estudando agora.

— Eu duvido muito.

— Por quê?

— O livro está de ponta-cabeça.

Olho para baixo. Ele está mesmo.

— Você tem um bom argumento.

João sorri para mim, e eu percebo que tem algo estranho. Ele parece meio pálido. O sotaque carregado do Rio Grande do Norte desaparece nas palavras, quando costuma ser muito presente.

— Você não tem treino hoje?

— Você decorou a minha agenda?

— Estamos jogando o jogo das perguntas?

— Estamos?

Ficamos algum tempo em silêncio, decidindo internamente se levaremos aquilo na piada ou se falaremos sério.

— Cancelaram o treino, o filho do técnico nasceu — diz João de maneira desinteressada. — Pensei que a gente poderia jogar FIFA. Você vai continuar fingindo que está estudando a tarde toda?

— Tenho prova amanhã.

— E desde quando isso é uma preocupação na sua vida?

Suspiro. João está munido de bons argumentos até os dentes. E sorri de uma maneira estranha, como se estivesse feliz e triste.

Fiste.

Ou treliz.

— Beleza. Pode ser.

Assim que coloco o livro de lado, minha mãe passa novamente pela porta, espia para dentro e, quando vê que desisti de estudar, os seus ombros caem um pouquinho.

Bom, mãe. Eu tentei.

Então olha só o que está acontecendo: estou sentado na escrivaninha, com um livro de economia que custou 110 reais aberto ao meu lado, escrevendo em uma folha de papel, porque faz duas horas que o meu computador está atualizando e eu preciso escrever.

Que ironia. No começo desse projeto, cheguei a dizer que não gostava de escrever. Que achava idiota, sem sentido, que Isadora não sabia do que estava falando. E hoje, algumas semanas depois, chegamos ao ponto em que eu *preciso* escrever, ou... Ou o quê? O que vai acontecer se eu não escrever? Meu corpo vai implodir? Vou ter sete anos de azar? Os meus dentes vão cair?

Não. Acho que só vou me sentir mal. E eu estou meio cansado de me sentir mal. Mesmo porque, decidi reler algumas cartas que escrevi, e isso piorou o quadro.

Estou me sentindo um hipócrita. Uma farsa. Um cara que fala coisas bonitas, mas não vive de acordo com absolutamente nenhuma delas. Eu falo sobre machismo, mas permito que minha mãe limpe o meu quarto e lave minhas cuecas. Eu falo sobre como qualquer homem poderia ser um possível assassino, mas entro no apartamento da minha melhor amiga com ajuda do porteiro. Eu digo como o Brasil é desigual, mas não levo a sério a vaga na universidade que muitos jovens dariam tudo para entrar e ter a oportunidade de mudar de vida.

Afinal, quem eu sou? Sou o que digo ser, o que gostaria de ser, ou o que de fato sou?

Ou uma mistura dos três?

Eu não sei. Mas acho que João acha que eu sou um idiota. Só pode ser. Porque não tem outro motivo para ele achar que acreditei em uma só palavra do que ele disse.

Já estávamos jogando FIFA havia algumas horas e eu estava perdendo feio — e, com perdendo feio, quero dizer que não ganhei uma só partida. Mas eu não me importava, nunca fui o tipo de cara padrão no que diz respeito a jogos: extremamente competitivo, que quer ganhar de qualquer jeito e em qualquer oportunidade, até no quão rápido mija quando vê que tem outro homem no mictório.

Além disso, era divertido ver como João ficava descontrolado jogando. Afinal, qualquer coisa era melhor do que não estudar quando a gente precisa estudar.

Depois de fazer o terceiro gol (contra um total de o gols que fiz de volta), João encostou-se na base da minha cama — ele estava sentado no chão e eu no colchão — e disse, de maneira despretensiosa:

— Aquilo lá da Lari, sabe? Acho que desencanei. Peguei uma mina esse final de semana que puta que pariu... Aquela bunda, eu...

Não prestei muita atenção no que ele falou depois disso, já que João tinha a irritante mania de ser extremamente gráfico ao contar sobre as suas noites de sexo. Além disso, eu finalmente entendia o porquê ele havia aparecido na minha casa em dia de treino de rúgbi com uma cara esquisita.

João estava deliberadamente desistindo de Larissa.

Mas por quê?

Ela havia dito algo para ele sobre mim? Sobre o que havia acontecido? Sobre eu não retribuir os seus sentimentos? Sobre o nosso beijo?

Ele havia percebido que ela gostava de mim? Ele achava que eu gostava dela?

Porque, de todas as respostas possíveis, "eu desencanei da Larissa" não se encaixava. Ele não podia estar escrevendo poemas em um dia e desistindo no outro, só porque encontrou uma bunda bonita.

— ...e aí ela sentou de costas e...

— Mano, cala a boca, você tá falando merda — falei, pausando o jogo. João voltou-se com a cabeça para cima, com cara de quem não havia entendido. — Que história é essa? Ninguém desencana fácil assim. Nem a Gretchen desencana fácil assim. Nem o Fábio Jr. Nem o...

— Eu já entendi a referência. — Ele voltou-se para frente, e continuou a falar sem olhar para mim. — Eu só cheguei à conclusão de que somos melhores como amigos. E, bom, não ia rolar, né? Ela é muito... *Mulher* para mim. É isso.

— E aí você só não quer mais?

— Não, eu quero. Mas até então, eu queria querer. Agora eu não quero mais querer. E, partindo desse princípio, daqui a pouco eu esqueço e encontro outra mina. Isso se chama superar. Você deveria aplicar um pouco na sua vida, em vez de ficar esperando que tudo aconteça conforme suas expectativas. Aplica com a Pietra, ou sei lá, com essa obsessão em ser músico. Ninguém ganha dinheiro sendo músico.

— Essa foi a maior asneira que eu já ouvi na vida — resmunguei.

— Por quê? A cada Ed Sheeran rico, tem um milhão de artistas frustrados tocando "Evidências" para bêbados em barzinhos por uma caixa de cerveja e...

— Não, porra, esse seu papo de superar. Se fosse fácil assim...

— É fácil. — Ele deu de ombros e tirou o jogo do pause. — A gente que complica, tá ligado?

E mais nada foi dito.

E agora eu estou aqui. "Estudando", mas, na verdade, estou relatando a minha conversa de mais cedo com João. E pensando em Larissa. E pensando em música. E letra. E a minha cabeça dói.

Minha mãe acabou de entrar no quarto. Ela está com o pijama que dei a ela de Natal e segura uma xícara de chá quente. A expectativa está estampada em seu rosto novamente. De longe, consigo ouvir a TV do quarto dela passando a novela das nove — o meu pai é viciado em novela.

— E aí, filho, estudando muito? — pergunta.

Eu sorrio, ainda escrevendo.

— Muito, mãe. Vou tirar um 10!

— Que bom, filho! Fico muito feliz em te ver assim, com a cara nos livros! Você é muito inteligente, se se esforçasse então...

Ela deixa a frase morrer no ar. Quando sai do quarto, olho para alguns gráficos na minha frente e tenho certeza absoluta de que vou tirar um 0, mas também sinto que a deixei feliz.

Pelo menos alguém está feliz hoje.

TRIGÉSIMA PRIMEIRA CARTA, OU O MISTÉRIO DAS MINHAS MEMÓRIAS

Memórias.

Deitado na cama, depois da prova (em que obviamente fui muito mal), tudo o que eu tenho são memórias que se embaralham na minha cabeça e não me deixam pensar, não me deixam dormir.

No andar debaixo, na sala, meus pais estão com algumas visitas, e meu pai resolveu colocar Sidney Magal para tocar.

Eles obviamente estão bêbados.

A música alta e as memórias que não me deixam em paz.

Memórias minhas.

Delas.

Teu, todo teu,
minha, toda minha,
juntos, essa noite,
quero te dar todo meu amor!

— Você o quê? — berrei por cima da música que reverberava pelo salão e vibrava abaixo dos meus pés.

— Me ajuda a fugir daquele cara! — berrou Larissa de volta, apontando com a cabeça para um garoto perto de nós dois, que lançava olhares lascivos para o decote da minha amiga e tomava longos goles da cerveja que segurava nas mãos. — Ele já tentou me agarrar umas três vezes!

Tínhamos 18 anos, talvez 19. Estávamos no primeiro ano da faculdade, aquele período mágico da vida de (quase) todo jovem adulto. Tudo o que nos importava era o preço do primeiro lote da festa mais comentada do momento. E lá estávamos nós, na "melhor festa mexicana do primeiro ano de Medicina da USP" ou qualquer merda do tipo, porque era sempre "a melhor", final de semana após final de semana.

Vou te dizer uma coisa que não era "a melhor" naquelas festas: a bebida contrabandeada e falsificada que tomávamos ao pagar 50 reais em um *open bar*.

— Eu vou lá falar com ele! — gritei novamente.

— Não! Só dança comigo que ele vai embora! — Larissa abanou o ar com as mãos, acostumada com aquela situação.

É triste pensar que toda mulher precisa aprender a lidar com homens invasivos, desde aquele tio cheio de comentários desagradáveis, até os caras em festas que não sabem ouvir "não". É algo que elas aprendem desde cedo e aprimoram ao longo da vida, assim como a inserção correta de um absorvente interno e a tentativa de ignorar todos os questionamentos de "quando você vai casar?" de absolutamente todo mundo depois que elas passam dos 18 anos.

Então, se Larissa estava dizendo que dançar comigo era a melhor forma de resolver aquele problema, eu tinha que concordar. Envolvi a sua cintura e me aproximei.

Nós já estávamos bêbados, mas quando não estávamos naqueles dias?

— Eu tô ridículo — resmunguei de dentro do provador.

— Sai logo daí, deixa eu ver — pediu Pietra, a voz atravessando a cortina que nos separava.

Mas eu não saí.

Aquela era uma época em que Pietra era só minha amiga, e nada além disso. Uma boa época, em que nós quatro podíamos sair, beber, dar risada e ser nós mesmos sem que nenhum sentimento nos podasse ou envergonhasse. Éramos nós mesmos, o tempo todo, e isso era incrível.

Tínhamos 16 anos. Era a primeira vez que eu provava um terno depois que usar ternos deixou de ser "fofo", já que eu não era mais criança. Tínhamos um casamento para ir, nós quatro, do nosso professor de física do colégio — estranhamente, ele havia convidado toda a nossa sala.

— Será que precisa mesmo ir de terno? Não posso colocar, sei lá, uma camiseta preta e uma calça jeans?

— Deixa de ser chato, Diego. — Pietra invadiu o provador, abrindo a cortina e fechando-a em seguida.

Ela parou de frente para mim, analisando-me. Eu me sentia estúpido e esquisito dentro daquela montanha de tecido preto. Desejei que João estivesse ali fazendo piadas, mas éramos só nós dois.

Pietra sorriu.

— Você tá muito gato, Dieguito!

— E agora a gente faz o quê? — gritei no ouvido de Larissa.

— Para de gritar, meu ouvido tá doendo! —berrou ela de volta, fazendo uma careta. — Age como se nós estivéssemos juntos! Daqui a pouco ele vai embora, homem só respeita homem.

— Como você espera que eu faça isso? Lamba a sua cara? Faça xixi na sua perna? — questionei, fazendo-a rir.

— Apenas aja como se você quisesse me pegar, ué. Você faz isso com toda garota que passa pela sua frente!

— Você tem um bom argumento.

Então, na graça, puxei-a para mais perto, encaixando os nossos corpos. João e Pietra foram buscar mais bebida minutos antes, então éramos só Larissa e eu.

Ela riu e jogou a cabeça para trás. Na mesma hora, "Taste", do Tyga, começou a tocar.

— Sugestivo — brinquei.

— Vamos dar um show, Bustamante! — sugeriu Larissa.

Ela virou-se de costas, enquanto todo mundo berrava animado com a música que começava. Em um primeiro momento, eu não entendi o que "dar um show" significava, mas assim que ela curvou o corpo para frente e encostou a bunda na minha virilha, eu entendi.

"É sua amiga, é sua amiga, é sua amiga" eu pensava a cada curva que o corpo dela fazia, rindo. Afinal, o que mais eu poderia fazer? O cabelo dela ia de um lado para o outro enquanto ela se esfregava em mim, e segui no ritmo da música, com as mãos bem longe dela.

As pessoas estavam olhando, porque eu também olharia se estivesse de fora daquela situação. Larissa sabia dançar, era uma dançarina de primeira, e ser o alvo daquele rebolado talvez fosse o maior privilégio da nossa amizade. O cara que a estava perseguindo nem estava mais lá, havia vazado no momento em que ela encostou o corpo ao meu, mas nós continuamos a dançar.

Por que não? Tínhamos um show para dar.

Então a minha mão foi até ela como se guiada por um ímã, sem que eu conseguisse me controlar. Mas eu mal encostei, apenas senti os pelos da sua nuca na ponta dos meus dedos, hipnotizado pelo formato do corpo dela conforme ela se mexia, ainda pressionada em mim. *Taste, taste, she can get a taste*, e os meus dedos deslizaram da nuca pelas costas, primeiro sentindo o tecido da blusa, depois a pele suada da lombar, alcançando o começo do quadril.

"Meu Deus do céu".

"Ela é sua amiga!"

Taste, taste, do you love the taste?

Larissa olhou para trás, rindo, e piscou para mim, e eu não conseguia respirar. Eu estava... Em transe. Mas, de alguma forma, consegui ver Pietra se aproximando com dois copos na mão, acompanhada de João, e logo a música acabou, junto com a tensão dos meus músculos. Larissa endireitou o corpo, as pessoas aplaudiram a música que começou a tocar em seguida (como faziam com todas) e os nossos amigos se aproximaram.

— O que vocês estavam fazendo? — berrou Pietra por cima da música, rindo.

— Dando um show! — foi Larissa quem respondeu.

— Cala a boca — neguei com a cabeça.

— Não, sério! — Pietra segurou a lapela do terno dos dois lados e olhou para mim. — Se você não fosse você, eu te dava uns beijos na balada depois de algumas cervejas.

— Caramba, estou lisonjeado — sorri. — Obrigado!

— De nada! —sorriu ela também.

— Você acha que vai ser um desses empresários que vivem de terno e berrando com as pessoas pelo telefone em espaços públicos? — perguntou Pietra, sem se afastar. — Porque combina com você.

— Você vai falar alguma coisa legal pra mim hoje? — indaguei, fazendo-a rir.

— Esse terno ficou legal e é o mais barato que você provou — respondeu ela.

— Esse é um elogio para o cartão do meu pai, não para mim — provoquei.

— Eu falei sério, ué — Pietra me soltou, ficando envergonhada subitamente —, se você não fosse meu amigo, eu te dava uns beijos. Real oficial.

— Mas o que tem eu ser seu amigo?

— É tipo beijar um irmão, sabe? Ou uma porta. Ou um sapo. Ou um...

— Beleza, entendi.

Nós ficamos em silêncio, dentro daquele provador minúsculo. Olhei-me no espelho mais uma vez e, pelo reflexo, meus olhos encontraram os de Pietra.

— Mas quem sabe um dia não seja assim tão esquisito, né? — disse ela, antes de sair.

— Você alguma vez já sentiu que estivesse presa em uma situação merda e não pudesse fazer nada para mudá-la e deixá-la menos... Merda? — perguntei.

— Me sinto assim agora — respondeu Pietra e se levantou, andando pelo meu quarto e observando os meus objetos inúteis espalhados.

Ela caminhou para mais perto. O boneco do Snape na mão.

— Depois de todo esse tempo?

— Sempre.

Ela nunca, em todos aqueles anos, havia me olhado daquela maneira. E então... O cheiro dela na minha pele, os gemidos dela nos meus ouvidos, o gosto dela na minha boca.

— O que você está fazendo? — Larissa me empurrou.

— Não era... Não era isso o que você queria? — perguntei, confuso.

Eu não estava sendo capaz de formular frases coerentes.

— Não, Diego! Eu não queria um beijo por piedade! — Larissa parecia furiosa. — Qual é o seu problema?

— Eu estou confuso — admiti.

— Então vai dar uma volta para colocar as ideias no lugar, seu babaca! — ela ainda disse, empurrando-me para trás e batendo a porta na minha cara.

Ahhhh, eu te amo!
Ahhhh, eu te amo meu amor!
Ahhhh, eu te amo!
O meu sangue ferve por você!

TRIGÉSIMA SEGUNDA CARTA, OU O MISTÉRIO DA TAPIOCA

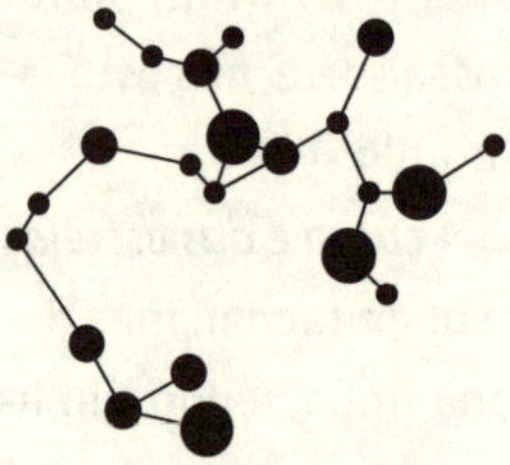

SAGITÁRIO

O INÍCIO

Querida Helena,

Existe uma divisão clara na minha vida no que diz respeito a relacionamentos. "Antes de Pietra" e "depois de Pietra". AP ou DP, como também pode ser definido. E você foi a última garota com quem me relacionei antes de entrarmos na maravilhosa e angustiante fase DP.

Não é incrível?

É, eu também acho que não.

Mas, infelizmente, não posso ir contra ou negar a história. E a história é essa. Mesmo porque, fui para Bahia um cara e voltei outro — não por sua causa, mas também por sua causa.

Talvez eu esteja me adiantando aqui.

O fato é que todos os anos eu e minha família íamos para o resort no qual te conheci; era a nossa pequena tradição de férias. E, todos os anos, eu dizia que era a última vez que iria — só para me sentir mal com a manipulação emocional da minha mãe. "Meus filhos! Os meus próprios filhos não querem mais viajar comigo! Onde foi que eu errei?" e lá ia eu novamente, o único a ceder. Já fazia alguns anos que Andrei e Tatiana não iam com a gente, e acho que, talvez, o fato de eu também não querer mais ir era visto como o último prego no caixão do sentimento de "ninho vazio" que minha mãe estava sentindo. E eu posso ser um babaca, mas não consigo ver minha mãe triste ou infeliz, então eu abria mão da minha própria vontade para deixá-la contente.

Porém, para a minha sorte, os seus pais também gostavam muito de ir para o mesmo resort todos os anos. E, para a nossa sorte, nós estávamos lá na mesma semana. E de saco cheio de tudo aquilo.

Quando te vi no quiosque perto do bar, lendo *A culpa é das estrelas* com o rosto todo vermelho, pensei que fosse pelo sol de rachar, mas depois percebi que você estava chorando. Uma morena linda, lendo um livro adolescente na praia e chorando embaixo do quiosque no meio das férias de verão... Claro que eu já supus que éramos almas gêmeas.

Mas a verdade é que estranhos só abordam uns aos outros em filmes hollywoodianos, pautados em roteiros muito bem escritos, então, em vez de conversar com você, fiquei só te observando de longe, tentando não parecer um predador sexual.

Muito daquilo também se dava ao fato de que eu estava um pouco traumatizado depois da minha última experiência — quis fingir que a carta magoada de uma ex-namorada não havia me atingido, mas eu pensava nela todos os dias. "Você foi um babaca, Diego. E eu espero que saiba disso". Se o objetivo da carta era acabar com a minha autoestima e confiança, havia conseguido! E o pior de tudo era o sentimento de que mereci ouvir todas aquelas verdades doídas...

Além disso, estávamos perto do meu aniversário de 20 anos, e eu já começava a perceber que, talvez, o mundo não estivesse contra mim. Talvez, eu que fizesse de tudo para parecer injustiçado, incompreendido, quando, na verdade, era apenas um cara branco, rico e privilegiado pra caralho.

Eventualmente você fechou o livro e se levantou, Helena, esfregando os olhos por debaixo dos óculos de sol e voltando para dentro do prédio, e eu permaneci no mesmo lugar, te observando ir embora e pensando em todas essas questões existenciais enquanto os meus pais se embriagavam de caipirinha no bar da piscina.

Foi essa fusão de diversos fatores que fizeram com que eu não te abordasse naquela tarde. Mas então nós nos vimos no jantar daquela noite, e você pareceu me notar pela primeira vez. E Deus abençoe as sagitarianas, porque você não demorou um só segundo para tomar uma atitude.

O MEIO

Querida Helena,

Depois que cruzamos olhares algumas poucas vezes no salão abarrotado de famílias com cinco crianças e senhores da terceira idade em excursão, você decidiu me seguir até a fila da tapioca de uma maneira nada discreta.

Enquanto os meus pais conversavam com um casal de sociólogos na nossa frente, e que podiam ser muito inteligentes, mas simplesmente não tinham a capacidade de decidir qual sabor de tapioca queriam, você decidiu romper o nosso silêncio.

"É sabor de tapioca, não voto para Senador", você comentou, negando com a cabeça de maneira impaciente, logo atrás de mim.

"Do jeito que as coisas estão, acho mais importante escolher o sabor da tapioca do que em quem votar para o Senado", rebati, fazendo com que você me devolvesse um sorriso encantador, mostrando suas covinhas.

"Tão jovem e já desiludido com a política?", você questionou.

"Ah, não, não é privilégio da política a minha desilusão", respondi.

"Ah! Desiludido com a vida, então?"

"Menos com os sabores de tapioca. Esses sempre suprem as minhas expectativas."

"Próximo!", o homem que fazia as tapiocas finalmente se livrou do casal de sociólogos e minha mãe se virou para mim.

"Vai querer de beijinho, amor?"

"Claro que ele vai querer de beijinho", meu pai resmungou logo à frente. "Onde esse garoto vai que não come beijinho?"

Ouvi você rindo atrás de mim e senti como se pudesse entrar em combustão espontânea. Era realmente ótimo ter quase 20 anos e ainda ser tratado como criança pelos meus pais, principalmente na frente da garota mais bonita daquele hotel que, para o meu espanto, estava me dando bola.

Em silêncio, prometi a mim mesmo que aquela era a última vez que viajava com os meus pais, independentemente da chantagem emocional feita.

(Voltei para o resort no ano seguinte, porque não sei dizer não aos meus pais).

Em voz alta, respondi:

"Sim, de beijinho."

"Pode pedir uma de beijinho pra mim também?", você sussurrou atrás de mim.

Virei-me, surpreso, encontrando novamente as suas covinhas; imaginei que, depois da demonstração de que eu tinha 5 anos, você havia broxado, mas o seu sorriso dizia outra coisa... Então, voltei-me para os meus pais, que não haviam percebido aquela interação, e acrescentei:

"Duas de beijinho, pode ser?"

Alguns minutos de malabarismos do cara que preparava as tapiocas depois, meus pais saíram da fila com os pratos em mãos, mas eu fiquei — parte porque eles estavam com as mãos lotadas, parte porque queria conversar mais com você.

Depois que eles se afastaram, voltei-me para você mais uma vez.

"Você quer..."

E você disse, ao mesmo tempo:

"Será que..."

Nós paramos de falar. Você fez sinal para que eu continuasse, e respirei fundo para tomar coragem. Deus!, aquela carta havia mesmo me traumatizado.

"Você quer dar uma volta depois do jantar? Faz quatro dias que eu não converso com alguém da minha idade, daqui a pouco vou começar a andar devagar na frente das pessoas e tricotar capas para galões de água."

"Sim! Eu ia justamente te chamar para dar uma volta na praia depois do jantar", você sorriu. "Também vim sozinha com os meus pais, tá um porre isso aqui."

"Beleza. Te encontro no bar daqui a uma hora?"

"Fechado."

Levei a tapioca de beijinho até a mesa com os meus pais e tive um jantar agradável, principalmente porque, do outro lado do salão, você me olhava a cada cinco minutos.

Dei uma pesquisada aqui e vi que sagitarianas vão atrás do que querem e não se deixam intimidar por nada, nem ninguém. Acho que podemos escrever isso no seu epitáfio, Helena.

O FIM

Querida Helena,

Quando cheguei no bar no horário combinado e te vi segurando duas margaritas, soube que era amor.

Tá, mentira, não amor. Mas soube que aquela seria uma noite divertida.

"Pedi duas margaritas, mas então pensei que talvez você não gostasse de margaritas, mas tudo bem, porque aí eu tomo as duas", foi como você me recebeu.

Peguei um dos drinques da sua mão e fiz sinal para brindarmos.

"Adoro margaritas."

Então nós nos pusemos em marcha. Conforme andávamos pela faixa de praia que fazia parte do resort, chutando a areia sob nossos pés e tomando nossas margaritas, você me contou que havia nascido e sido criada no Ceará e que os seus pais eram engenheiros. Me contou também que cursava Engenharia, mas que o seu sonho mesmo era viver viajando o mundo com apenas uma mochila nas costas. E então eu te contei que era de São Paulo e que tinha o mesmo problema — cursava Administração, mas o meu sonho era ser compositor.

Um pouco antes de voltarmos ao ponto inicial, chegamos à conclusão de que poucos eram os jovens que estudavam o que realmente gostavam, e que aquilo era muito triste.

Pegamos outra rodada de bebidas no bar, dessa vez mojitos, e nos sentamos nas espreguiçadeiras. Então você fechou os olhos, o que foi ótimo, porque pude te observar à vontade. Sua pele morena, bronzeada pelos dias exposta ao sol. O cabelo escuro, ondulado, comprido. A boca vermelha, cheia, chamativa.

"Mas quem está realmente feliz nos seus 20 e poucos anos?", você perguntou, ainda de olhos fechados.

"Herdeiros", comentei, te fazendo rir.

"Sim, talvez os herdeiros..."

Quando você abriu os olhos escuros, me pegou no flagra, mas eu não desviei o rosto.

"Você tem namorada em São Paulo, Diego?", você quis saber, transparente como água nas suas intenções. "Ou namorado, talvez?"

E algo na sua verdade me encantava como o canto da sereia.

"Não. E você? Tem namorado no Ceará? Ou namorada?"

"No Ceará, não", você respondeu, me fazendo rir.

"E nos outros estados?"

"Também não."

"Como uma menina bonita e gente boa como você está livre?", perguntei.

"É justamente porque sou bonita e gente boa que eu estou livre", você rebateu, levantando a sobrancelha em desafio. "E como um menino bonito e gente boa como você não tem uma namorada?"

"Não sou muito bom com relacionamentos", e dei de ombros, optando por ser tão honesto quanto você. "Acho que não nasci com a capacidade de amar. Pelo menos não de uma maneira decente."

"Ah! Que bom... Ninguém gosta de amores decentes", você disse, antes de me beijar.

Dizem que o beijo de uma sagitariana é uma experiência única — eu gostaria de reformular um pouco essa frase: o beijo de uma sagitariana é uma viagem inesquecível.

Passamos a noite toda enroscados naquelas espreguiçadeiras, trocando beijos e risadas, conversando sobre o mundo, sobre os nossos sonhos, sobre a cor do mar. Tomamos todos os drinques disponíveis, e, depois, partimos para as cervejas. Perto das cinco da manhã, já bêbados, decidimos voltar. E, conforme eu cambaleava para o meu quarto, me peguei pensando sobre o que havia dito mais cedo naquela noite, sobre a minha incapacidade de amar.

Será que eu era incapaz mesmo, ou apenas gostava de imaginar que sim? Será que a última garota com quem tentei me relacionar havia aberto os meus olhos para o quão babaca estava sendo com as garotas da minha vida? Será que eu queria muito amar e ser amado de volta, mas não permitia que acontecesse por medo da rejeição? Será que eu apenas não me permitia amar? Será que aquele era um personagem criado pela minha imaginação fértil, o artista transtornado que não sabia lidar com sentimentos?

E, o mais importante, será que eu queria continuar sendo aquele personagem?

Ainda nos vimos mais duas vezes antes de você ir embora — ambas de noite, conversando madrugada adentro, com as nossas mãos passeando por lugares permitidos para o horário e por estarmos sempre em locais públicos. No final das contas, nos tornamos amigos, e vira e mexe eu curto suas coisas no Instagram, e você responde os meus stories.

Porém, depois que aquela curta estadia na Bahia terminou, nós dois percebemos que aquilo não seria nada além de uma curta e intensa história de verão; eu percebi que você era um espírito livre, você percebeu que eu ainda estava preso às minhas próprias questões.

De alguma maneira, naquelas noites que passamos juntos, consegui, ao mesmo tempo, colocar a minha cabeça no lugar e perder-me na sua com a mesma intensidade. Eu não sabia o que havia de errado comigo, mas sabia que havia algo de errado, o que já era um início.

E, algumas semanas depois de voltar para São Paulo, percebi que estava apaixonado pela minha melhor amiga.

TRIGÉSIMA TERCEIRA CARTA, OU O MISTÉRIO DA RESILIÊNCIA

Eu sempre gostei de Pinheiros, porque Pinheiros reflete um pouco o que é ser paulistano, na minha opinião. Em Pinheiros, existe uma cacofonia de cenários; são diversos tipos de entretenimento, para todos os tipos de gostos e bolsos, além da mistura esquizofrênica de empresas de tecnologia rodeadas por moradores de rua, bares superfaturados com artistas tocando em troca de moedas em suas portas e, eventualmente, refugiados vendendo todo tipo de objeto a jovens ricos e bêbados, desde pulseiras coloridas até halls contrabandeado. Tudo isso enfeitado pelas luzes do Largo da Batata (conhecido pelos empresários coxinhas por Potato Valley), que abriga os botecos sujos mais caros da cidade e os melhores bares "risca faca" para jovens de classe média que, depois de algumas cervejas, já perderam o pudor — e o medo.

Pinheiros também é onde fica o novo apartamento de Isadora, apenas algumas ruas de distância do antigo que dividia com Andrei. Assim que ela saiu de casa, foi morar com a mãe, mas descobriu que não consegue mais ser tratada como adolescente, alugando em seguida o próprio espaço.

E é para lá que eu estou indo.

O motorista do ônibus parece ter cheirado 37 carreiras de cocaína e sinto que está procurando se envolver em um acidente, então chacoalho de um lado para o outro dentro do veículo, e sei que alguns roxos aparecerão na minha perna direita amanhã, já que é a quarta vez que ela se choca violentamente contra a janela, e a minha pele tem a cor do que podemos chamar de "folha sulfite A4".

Mas tudo bem, porque isso me distrai do que estou indo fazer. Me distrai do caos que causei na vida do meu irmão e da minha cunhada. Me distrai dos meus próprios problemas e demônios. E me distrai do homem próximo ao motorista, gritando sobre a salvação de Jesus Cristo para um público de 12 pessoas.

"ELE ESTÁ VOLTANDO!", o homem berra a plenos pulmões, recebendo a atenção de um total de o passageiros.

Mas eu espero mesmo que ele esteja. Precisamos de um comunista amado pelos conservadores entre nós. Só assim para unir o Brasil novamente.

Fumo em uma sacada diferente da qual estava acostumado, menor e um pouco empoeirada, enquanto Isadora ajeita a câmera para o próximo vídeo que irá gravar, dentro da pequena sala de estar do novo apartamento. O fundo que ela usava para os vídeos no apartamento que dividia com Andrei era azul, então ela colocou um lençol da mesma cor na parede vermelha atrás de si e está torcendo para que ninguém note.

Tudo mudou, enquanto certas coisas nunca mudam.

Isadora está diferente. O cabelo parece mais rebelde, antes ondulado e comportado, agora quase cacheado e crescendo em todas as direções, como se ele fosse a sua última preocupação, ou um atestado de uma nova vida. Além disso, a minha cunhada (ou ex-cunhada?) engordou um pouco — reparo nisso porque seu rosto está mais cheio e dois potes de Ben & Jerry's estão largados na mesa de centro, como se tivessem sido consumidos há pouco tempo.

Gosto mais dela assim. É como se toda a dor que está sentindo fosse o combustível necessário para gerar energia para algo incrível, que ainda está por vir.

Ela não está o caos completo que eu pensei que fosse estar. Sempre admirei Isadora pela força que ela demonstrava ter, e vê-la aplicando a teoria na prática me deixa até um pouco mal por ter passado tanto tempo reclamando da vida nas últimas semanas.

Aqui está uma mulher mais perto dos 30 do que dos 20, tendo de recomeçar tudo de novo, engavetando planos e lidando com um coração partido. E ela não desiste. Ela não se deixa vencer. Ela trabalha, e sofre, mas segue em frente.

Isadora é uma das criaturas mais incríveis que já conheci na vida.

— ...ainda está bagunçado, parece que os antigos donos tinham uns 3 cachorros ou, sei lá, um pônei — segue falando, concentrada em ajustar a câmera —, mas estava com um ótimo preço e o contrato é bem flexível. Posso sair a hora que quiser, sabe? No caso de... Bom, no caso de encontrar algo melhor!

Aqui. Um pequeno ato falho. "No caso de eu e Andrei voltarmos a morar juntos", era o que ela estava prestes a dizer. Mas logo se recompôs.

Sinto o meu peito arder.

— Eu gostei bastante, é bem acolhedor — concordo.

— E tem uma varanda para você continuar bronzeando os pulmões — sorri, um sorriso triste.

— Eu sinto muito, Isa — murmuro, sem conseguir conter as palavras que se acumulam no céu da boca.

— Tudo bem, é difícil lidar com um vício, eu não consigo nem imaginar como...

— Não por isso. Pelo o que aconteceu. Por você e Andrei. Eu... Queria poder ajudar. Queria entender o que está acontecendo com ele, com a Larissa, mas eu não sei. Eu e ela brigamos, eu e ele não estamos mais nos falando direito, então eu também estou perdido.

Isadora fica em silêncio, as bochechas avermelhando-se conforme as palavras saem da minha boca. Por fim, ela diz:

— Ele precisa de um tempo. Eu preciso de um tempo.

— Vocês conversaram? Depois que... Depois que você saiu de casa?

— Não. Eu... Não quero conversar com ele — suspirou ela, deixando a câmera de lado e sentando-se no sofá. — O Andrei está mudado. Parece outra pessoa. Não sei o que está acontecendo entre ele e a Larissa, mas sei que ele está com muita... Raiva. De mim. De nós dois. E não consigo descobrir o motivo.

— Você desconfia de algo?

Isadora fica em silêncio, olhando para as próprias unhas. Depois de algum tempo, ela nega com a cabeça.

— Podemos mudar de assunto?

— Sim. Claro. Desculpa, eu não quis...

— E as suas cartas? — Ela se anima repentinamente. — Como estão? Algum progresso? Você se sente melhor?

— Continuo escrevendo, mas não sei se me sinto melhor — quando Isadora parece ficar desanimada novamente, eu adiciono: — Mas com certeza se tornou um hábito do qual não consigo mais me livrar. Assim como os cigarros.

Ela ri. Penso em dizer que, além das cartas, estou escrevendo sobre o meu dia-a-dia, inclusive transcrevendo nossa conversa no celular conforme ela se desenvolve. Mas não digo nada disso.

— Sente que faz com que você coloque as coisas em perspectiva? — pergunta ela.

— Muito. Antes eu achava que era um babaca. Agora eu tenho certeza.

Isadora ri novamente, o que me deixa feliz.

— Você não é um babaca, Diego. Está apenas um pouco perdido.

— Existem pessoas perdidas que não magoam os outros deliberadamente — deixo os ombros caírem.

— Eu não conheço nenhuma — rebate ela, e sei que está pensando em Andrei.

— Eu só acho que passei a vida inteira defendendo coisas pelas quais não vivo de acordo. E isso faz de mim o quê? Um hipócrita? Falso? Moralista?

— Você é muito duro com você mesmo, Diego — diz Isadora, voltando a mexer na câmera. — Todos nós temos um diabinho e um anjinho em nossos ombros. Você precisa parar de ouvir só o diabinho.

É minha vez de rir, enquanto apago o cigarro no copo com água que Isadora cedeu para esse propósito.

— Acho que o anjinho está em coma — comento.

— Então acorda ele!

Conforme volto para casa — dessa vez em um ônibus conduzido por um motorista são —, com a barriga lotada dos burritos que pedimos no iFood para a janta, tenho um sentimento agridoce enquanto imagino a vida que gostaria de ter.

Um pequeno apartamento em algum centro urbano. Um contrato bom com alguma grande gravadora, ou com várias delas. Composições minhas tocando no Spotify e bombando no YouTube, executadas por grandes artistas comerciais, e também tocadas nos clubes *underground* da cidade por artistas desconhecidos; palavras que combinei com melodia alojadas no coração das pessoas, como remédio que cura a dor, o estresse e a ansiedade. Um cachorro vira-lata chamado Sirius e um gato persa chamado Snape. E um amor para quem retornar todas as noites, esperando por mim.

A minha musa inspiradora. Alguém que me faça sorrir no meio do dia só de lembrar que irei vê-la à noite, no lar que compartilhamos. Alguém que seja o meu alívio em dias complicados e o meu combustível em dias felizes. Alguém que faça todo o esforço de uma vida difícil valer a pena. Alguém que corra ao meu lado, mas que também puxe o freio quando perceber que estou perdido, indo a lugar nenhum. Alguém com quem eu possa compartilhar uma vida inteira.

Alguém como...

"Larissa" vibra na tela do meu celular, indicando uma mensagem no WhatsApp. Desbloqueio no mesmo instante.

"A gente pode conversar?"

Meu coração pesa dentro do peito.

"Sim. Quando?"

"Quando você pode?"

"Agora?"

Larissa demora cerca de cinco minutos para responder. Mas então me envia:

"Pode ser."

Sinto vontade de pular da cadeira e berrar "motorista, pare este ônibus agora!", mas guardo esse impulso imbecil para mim mesmo e espero o próximo ponto.

Não sei por que, mas estou suando frio.
Não sei no que pensar. Nem sei se quero pensar.
A única coisa que quero é resolver isso.
Quero a minha amiga de volta.

TRIGÉSIMA QUARTA CARTA, OU O MISTÉRIO DA MUSA INSPIRADORA

Ouço os meus pais conversando no quarto ao final do corredor, enquanto permaneço deitado na cama, com o notebook no colo. Pela primeira vez em muito tempo, tenho vontade de ir até eles e me deitar entre os dois. Contar tudo o que tem de errado comigo, botar para fora toda a angústia que venho sentindo. Tentar me reconectar com um tipo de cumplicidade que perdi conforme fui crescendo — não porque quis perder, mas porque mantê-la significava escolher um caminho diferente daquele que meus amigos estavam tomando.

Liberdade. Autonomia. Fortaleza.

Não sei se todo esse orgulho juvenil alguma vez me serviu de algo. Mas sei de uma coisa: sinto uma tremenda falta de ser protegido pelos meus pais.

Desde que comecei esse diário — acho que já passou da hora de parar de negar que isso aqui seja um —, nunca me senti tão perdido. Tão impotente. Tão sozinho. É como se eu tivesse atingido o final do segundo ato de um filme, o *low point*, quando o mocinho precisa ter uma epifania e tomar uma decisão.

Nos filmes, parece um momento tão impactante, tão libertador. Na minha vida, é uma mistura de ansiedade, insegurança e medo.

O trajeto da portaria até o apartamento de Larissa durou 27 anos, durante os quais eu pensei que não fosse conseguir.

O que eu diria a ela? O que diabos eu poderia falar para remediar tudo o que havia causado? Por que eu havia aceitado aquele encontro de maneira impulsiva? Por que não havia colocado um prazo maior e me preparado para o que viria a seguir?

Ainda fiquei como um imbecil parado na frente da porta dela por algum tempo, sentindo as mãos formigarem. Larissa era a minha melhor amiga da vida toda, mas era também o foco de muita tensão ultimamente.

Se ao menos a gente pudesse voltar ao que éramos antes de todos aqueles sentimentos serem jogados no liquidificador, junto a algumas pitadas de orgulho e uns dois litros de álcool...

Quando enfim decidi bater na porta, o meu cérebro desligou gradativamente a cada batida. Quando Larissa atendeu, o cabelo molhado do banho, o rosto sem maquiagem e roupas casuais, eu parecia incapaz de formular uma só frase.

— Di.

Ela usou um dos meus muitos apelidos, e aquilo pareceu dissipar a névoa de nervosismo entre nós dois.

— Oi.

— Oi.

— Oi.

Minha melhor amiga estava ali, parada na minha frente, mas algo me dizia que não éramos mais melhores amigos.

— Posso entrar? — perguntei, porque estava me sentindo desprotegido no corredor, como se ela pudesse mudar de ideia a qualquer instante.

Larissa abriu passagem e entrei no apartamento. Olhei em volta, como se quisesse constatar que tudo estava no mesmo lugar e que não havíamos nos distanciado tanto assim.

— Você quer tomar alguma coisa? —perguntou atrás de mim, puxando a porta da geladeira. — Tem Coca-Cola, suco, vinho...

— Vinho — concordei, porque talvez aquilo me ajudasse a voltar a ser um ser humano funcional.

Ela tirou o vinho barato da geladeira e serviu em dois copos americanos, do jeito que o jovem brasileiro está acostumado a degustar bebidas alcoólicas. Tomei um gole generoso, rezando aos deuses da bebedeira para que fizesse efeito rápido. Larissa apontou para o sofá e nós nos sentamos de frente um para o outro, cada um em uma extremidade.

— Sobre o que quer conversar? — perguntei, quebrando o gelo e tomando outro gole do vinho.

— Sobre física quântica — respondeu Larissa, fazendo com que nós dois soltássemos risadas nervosas. — Sobre o que você acha?

— Sobre o fato de que sou um babaca? — tentei.

— Nós já conversamos muito sobre isso ao longo dos anos. — Ela abanou o ar com a mão, me fazendo rir novamente. — Não adiantou muito.

— Sobre... Nós dois, então? — Eu soltei de uma só vez, emendando outro gole nervoso.

— Aí que está, Di... Eu acho que não existe um "nós dois", no final das contas — rebateu ela.

— Claro que existe! — exclamei, quase como se ela tivesse me ofendido. — Sempre existiu um "nós dois".

— Mas de maneiras diferentes para cada um de nós. — Larissa parecia extremamente racional, diferente da última vez; era como se ela tivesse pensado muito sobre tudo e aquilo não a atingisse mais.

Mas me atingiu. Pela primeira vez, me atingiu.

— Eu sempre... Soube... Dos seus sentimentos — falei, tentando escolher bem as palavras, porque não queria mais magoá-la. Pelo menos não mais do que já havia magoado. Mas havia algo diferente em Larissa, algo que me fazia não ter mais certeza de nada. — Mas eu tinha medo de que fosse coisa da minha cabeça, ou, não sei, que colocar as cartas na mesa pudesse nos afastar de alguma maneira.

— Eu fiz errado em exigir algo de você, Di. — Larissa negou com a cabeça, enchendo nossos copos de vinho novamente. — Ninguém pode ser forçado a sentir algo que não sente. E eu sinto muito por ter feito isso com você.

— Também sinto muito por ignorar que tudo isso estava acontecendo.

Eu me aproximei de Larissa, imaginando que estávamos próximos de nos abraçar e resolver aquilo de uma vez por todas; o cheiro do shampoo dela, tão conhecido e familiar, invadiu os meus sentidos no instante em que segurei a sua mão, e a combinação fez o meu coração acelerar.

— Tudo bem — disse ela, concordando com a cabeça e acariciando os meus dedos.

Sua pele macia contra a minha. Os olhos escuros presos aos meus.

Não sei se foi o efeito do álcool que relaxou todo o meu corpo, ou o efeito de finalmente perceber que algo havia mudado dentro de mim. Perceber a mulher linda sentada na minha frente. Perceber que, durante todo aquele tempo, eu não estava com medo de perder Larissa como amiga — eu estava com medo de me apaixonar.

Por isso Pietra. Pietra era inatingível. Pietra estava apaixonada pelo meu melhor amigo, e eu sabia. Pietra era a segurança que eu tinha de nunca me permitir sentir qualquer coisa. Pietra era a muralha que me deixava preso do lado de fora do mundo dos relacionamentos estáveis e que me permitia manter o personagem de jovem artista incompreendido e atormentado.

Larissa, por outro lado, era o bilhete dourado para tudo o que eu não sabia que queria, mas que desejava com todo o meu coração.

Larissa. Minha Larissa.

— E eu sinto muito por nunca ter olhado para você como você merecia — sussurrei, desligando toda a racionalidade do corpo, deixando que os sentimentos daquele momento falassem por mim. — Sinto muito por nunca ter percebido a mulher linda que você é. Sinto muito por ter sido um idiota que não viu que nós dois poderíamos ser incríveis juntos. Sinto muito por ter perdido minha oportunidade com você.

Larissa piscou diversas vezes, surpresa e emocionada. Então ela negou a cabeça.

— Você não precisa fazer isso, Diego.

Sem pensar duas vezes, coloquei nossos copos em cima da mesa de centro e me aproximei mais ainda, acabando com a distância entre nós dois. Passei a mão pelo rosto de Larissa, sentindo algo que eu não sou capaz de explicar.

Ela fechou os olhos.

Aproximei os nossos rostos e a beijei. Dessa vez porque queria. Queria muito.

Queria poder dizer que do emocionado beijo nós partimos para a cama e, de lá, para uma versão sem roupa de nós mesmos. Mas não foi isso que aconteceu... Em vez disso, trocamos um beijo devagar e intenso, como tardes de verão que parecem ter mais horas do que realmente têm e se arrastam vagarosas e cheias de vida, e depois separamos os nossos rostos.

Larissa sorriu, apesar de tudo. Eu entrelacei as nossas mãos.

— O quê? — perguntei.

— É só que... Por mais que as suas palavras tenham sido o que estou esperando ouvir há bastante tempo, não posso deixar de pontuar que você costuma tomar decisões impulsivas — eu abri a boca para refutar, mas ela não deixou que eu continuasse —, especialmente quando está confuso. Não adianta tentar negar, sou sua amiga há tempo demais, Dieguito.

— Não é uma decisão impulsiva — murmurei, contrariado.

— Você sabia que diria essas coisas e me beijaria antes de chegar aqui ou decidiu agora?

Fiquei em silêncio, e acho que ele disse tudo.

— Eu acho melhor que a gente durma em cima disso — adicionou Larissa.

— Juntos? — tentei, esperançoso.

— Bela tentativa.

E aqui estou eu. Enxotado da casa de Larissa sob o argumento de que não tenho controle sobre minhas próprias decisões.

E, bom... É mentira?

Mas pelo menos uma coisa boa saiu de tudo isso: estou com vontade de compor.

Garota, o que aconteceu entre nós?
Garota, como vamos desfazer todos esses nós?
Eu não sei,
Eu preciso saber.

Garota, como eu nunca vi?
Garota, quais sinais eu perdi?
Eu não sei,
Eu preciso saber!

Nós temos todo o caminho da juventude a percorrer,
e já passamos por tanta coisa juntos,
Esquece tudo o que eu já fiz de errado,
E fica ao meu lado.

Nós temos todo o caminho da juventude a percorrer,
e já passamos por tanta coisa juntos,
Eu assumo tudo de ruim que já aconteceu,
Se você me deixar ser seu.

Garota, eu sei que agora não tenho o direito,
Garota, de tentar fazer tudo direito,
Eu sei,
Mas eu não quero saber!

Nós temos todo o caminho da juventude a percorrer,
e já passamos por tanta coisa juntos,
Esquece tudo o que eu já fiz de errado,
E fica ao meu lado.

Esquece tudo garota,
Esquece tudo,
Menos de mim,
Não esquece de mim.

Sabe tudo aquilo que eu disse sobre música ser matemática e que devemos jogar a inspiração no lixo? Besteira. Música é alma.

Eu preciso dar um jeito de sair da confusão na qual me meti. Preciso colocar as coisas no eixo. E isso só vai acontecer se eu parar de jogar a culpa das decisões erradas que tomei nas outras pessoas, no destino ou no mundo cruel e impiedoso. Eu tenho que, de uma vez por todas, assumir as rédeas da minha vida.

Eu preciso de mudanças drásticas.

Preciso ser quem acredito que nasci para ser.

Preciso consertar todos os meus erros. Tanto os que alteraram meu destino, quanto os que magoaram as pessoas que eu amo.

E precisa ser agora.

Já.

TRIGÉSIMA QUINTA CARTA, OU O MISTÉRIO DOS RUMOS INESPERADOS

Quando cheguei da faculdade, encontrei tudo estranhamente silencioso.

Mesmo depois que Tatiana e Andrei se mudaram, o nosso lar permaneceu barulhento — sempre tem alguém gritando, ou aspirando alguma coisa, ou gritando enquanto aspira alguma coisa. Porém, nesse dia em particular, pareceu que eu estava entrando em um cemitério.

Talvez fosse coincidência. Ou talvez fosse o prelúdio do que estava por vir.

Quando saí pela manhã, minha mãe ainda passava o café, enquanto meu pai lia as notícias pelo tablet — nem sempre nossas manhãs eram tão calmas, e nem sempre eles ainda estavam em casa quando eu saía para a faculdade, mas, nos dias de home office, era comum vê-los por ali — também era comum ver o meu pai em alguma reunião usando terno na parte de cima e pijama na parte debaixo. Não sentei para comer, porque sabia que o roteiro que seguíamos naquelas manhãs atípicas não me serviria de nada para o que eu estava indo fazer — se tivesse que enfrentar mais um diálogo sobre como o Brasil estava em crise, como meus irmãos eram bem-sucedidos e como eu tinha que me focar em um plano B (conhecido como "carreira formal") além da carreira como músico, eu não conseguiria colocar em prática a decisão que demorei anos para tomar.

Fui forte e passei direto por eles. Quando terminei todo o processo burocrático que tomou boa parte da minha manhã, senti como se 15 toneladas tivessem saído dos meus ombros. No ônibus de volta para casa, até cantarolei a música que ouvia nos fones de ouvido.

"I Want to Break Free", do Queen.

Porém, nada disso me preparou para o confronto final.

— Filho! Chegou cedo! Aconteceu alguma coisa na faculdade?

Foi como a minha mãe me recebeu assim que eu dei as caras na cozinha.

Não era nem meio-dia e o cômodo já cheirava a comida. Comida boa.

Aquela mulher era um anjo.

— Eu queria conversar com você e com o pai — disparei de uma só vez, porque, se não o fizesse, corria o risco de mentir e me afundar em uma mentira que perduraria por meses, ou até mesmo anos.

— Aconteceu alguma coisa? — repetiu a Sra. Neves, o rosto transformando-se de bondade em preocupação. — Você está bem?

— Não aconteceu nada. Bom, aconteceu, mas não é nada com o que você precise se preocupar — comentei, mesmo sabendo que ela se preocuparia imensamente com o que havia acabado de fazer. — O pai está em casa?

— Está lá em cima conversando ao telefone com os amigos do partido — os "amigos do partido" eram os coordenadores da campanha do meu pai; eu achava adorável o eufemismo que a minha mãe utilizava para disfarçar a situação, mesmo que estivesse lidando com três filhos adultos que sabiam muito bem onde o pai estava se metendo.

— Vou lá chamar então — disse.

Eu saí da cozinha e subi as escadas, sentindo o coração martelar no peito.

Meu pai estava no escritório, sentado na cadeira giratória e rabiscando algumas coisas enquanto ouvia alguém do outro lado da linha. Ao me perceber parado no batente da porta, acenou e pediu um minuto.

Eu aguardei.

— ...Tudo bem... Tudo bem, eu entendo... Sim... Formalizo por e-mail tudo isso... Sim, eu entendo, é o melhor a se fazer no momento... Uhum... É... É... Sim... Tudo bem, falamos depois da resposta dele então... Perfeito... Obrigado, Beto! Tchau, tchau. — Ele desligou e voltou-se para mim. — Filho! Voltou cedo da faculdade! Aconteceu alguma coisa?

Era simples perceber como os meus pais haviam sido feitos um para o outro.

— Não aconteceu nada... Pode descer um pouquinho pra gente conversar? Preciso falar com você e com a mãe.

Meu pai franziu o cenho, mas não disse mais nada. Acompanhou-me escadaria abaixo em silêncio e entrou na cozinha. Minha mãe parecia tensa.

— Pode nos contar agora e acabar com esse mistério? — disparou ela, levantando-se da bancada. — Você não engravidou ninguém não, né? Porque eu juro por Deus, Diego Neves, se você engravidou alguma menina, eu...

— Eu não engravidei ninguém, mãe — cortei-a. — Na verdade, eu queria comunicar a vocês que tranquei a faculdade.

Os dois ficaram em silêncio, olhando para mim como se ainda esperassem que eu dissesse alguma coisa. Algo como "Pegadinha do Malandro! Não é nada tão sério assim, eu realmente só engravidei uma garota..."

Como não disse mais nada e eles perceberam que eu não diria, minha mãe sentou-se na bancada — mais como um desabado do que uma sentada — e meu pai abriu levemente a boca.

— E quando você pretende voltar? — questionou minha mãe, procurando uma luz no final daquele túnel alagado na hora do rush de uma sexta-feira.

— Eu não pretendo voltar — disse, dando de ombros.

— Por que você fez isso, filho? — quis saber meu pai, as palavras flutuando para fora da sua boca.

— Porque estou cansado de tentar ser algo que eu não sou, pai — disse, querendo tirar aquelas palavras do meu peito havia muito tempo. — Eu infelizmente não sou um administrador de empresas, ou um médico, ou um economista, ou um advogado. Eu sou músico. Eu sempre soube disso, minha vida sempre foi a música. De algum tempo para cá eu venho tentando ignorar isso, negar o profissional que quero me tornar, negar o futuro que quero ter, mas eu não quero mais fazer isso.

— Filho, você quer morrer de fome? É isso? — exclamou minha mãe, o desespero começando a tomar conta dela. — Para ser músico, você precisa ter...

— Uma Plano B, eu sei. Mas honestamente, por quê? Por que eu preciso ter um Plano B? Não vejo outras profissões com Planos B. Todo mundo se dedica exclusivamente a apenas um ofício. Por que eu preciso viver uma jornada dupla e estar o tempo todo cansado e infeliz e não tendo tempo para me dedicar ao que eu realmente quero?

— Porque outras profissões são mais fáceis de entrar no mercado de trabalho e ganhar dinheiro e... — minha mãe continuou falando, mas eu a cortei pela segunda vez naquela conversa.

— Será que são mesmo? Com essa economia? Vejo uma pequena parcela dos meus amigos recém-formados trabalhando na área, sendo explorados e ganhando uma miséria, e, para ser bem sincero, a grande maioria deles está desempregado! E sabe o que mais eu vejo? Gente se formando e desistindo do que estudou na faculdade para seguir os próprios sonhos, e ganhando dinheiro com isso!

— Desistindo de uma faculdade pública, onde foi que eu errei, onde foi... — minha mãe começou a falar com ela mesma, e meu pai assumiu as rédeas da situação:

— E como você pretende se manter como músico? — questionou. — Nós não vamos poder te bancar para sempre, Diego.

— Eu sei disso. Mas o problema é me bancar como músico? Se eu for um administrador de empresas desempregado, aí não vai ter problema? — continuei quando percebi que eles não responderiam nada. — Eu não vou ficar aqui para sempre, pretendo sair de casa em breve, assim que algum dinheiro começar a entrar. Eu vou dar um jeito. Mas só vou conseguir dar um jeito se puder me focar naquilo que realmente gosto. Naquilo que eu sou realmente bom. Não adianta nada dividir minhas energias entre algo que odeio e não tenho o menor interesse em crescer profissionalmente e algo que eu amo, mas estou cansado demais para me dedicar porque tenho que manter outra coisa que detesto. Entende? Faz sentido? Eu nunca vou crescer em nenhuma das duas carreiras desse jeito!

— Eu trabalho desde os 15 anos e nunca tive esse tipo de dúvida, porque a minha vida não foi fácil como a sua — disparou meu pai, parecendo extremamente decepcionado.

— Você trabalhou para que eu tivesse oportunidades diferentes das suas — comecei, tentando não parecer atingido, por mais que estivesse. — E agora que eu tenho, você quer que eu faça a mesma trajetória que a sua? Quer que eu fique estressado e infeliz como você ficou a vida inteira?

— Filho, você não entende como o mundo é injusto... — choramingou minha mãe. — Como pretende construir uma vida? Tocando em barzinhos?

— Nós somos de gerações diferentes, mãe, temos aspirações diferentes. Eu quero me manter, sim, mas eu também quero ser feliz — respirei fundo —, não quero construir um patrimônio, ter mansões e carros de luxo. Quero ter uma vida simples. Quero ser reconhecido pelo o que faço. Quero trabalhar com o que amo!

— E morrer de fome! — repetiu meu pai.

— Eu tô cansado, pai! — exclamei, sentindo o peito arder. — Cansado! A minha cabeça está cansada! Eu passo o tempo todo ansioso pensando no meu futuro, o tempo todo odiando no que a minha vida se transformou depois que decidi cursar algo apenas para agradar vocês. Eu estou adoecendo. A minha cabeça está adoecendo. É isso o que vocês desejam para mim?

— Nós queremos que você não se arrependa das suas decisões no futuro — respondeu ele.

— Que diferença faz, se eu já estou arrependido agora?

Os dois ficaram em silêncio, me olhando. Foi quando percebi que uma lágrima solitária havia escorrido pelo meu rosto, e eles não estavam sabendo lidar com o filho insensível chorando pela primeira vez na frente deles.

Irritado, sequei-a com a palma da mão.

— Eu tô infeliz e não quero mais isso pra mim. Espero que vocês possam me apoiar nessa decisão, mas, se não apoiarem, eu vou seguir mesmo assim. Me desculpem.

E então eu saí da cozinha.

Estou no meu quarto desde que tudo aconteceu. Meus pais não tentaram entrar aqui, nem se pronunciaram sobre o ocorrido. Mas, apesar de ter sido um desastre, eu me sinto bem. Me sinto muito bem.

Já comecei a pesquisar universidades públicas que oferecem cursos de música. Além disso, também comecei a traçar planos objetivos e práticos de como ganhar dinheiro com a minha arte. Pensei em abrir um canal no YouTube, procurar lugares nos quais eu possa vender as minhas composições e encontrar alguns bares para tocar no final de semana — por enquanto, esses são os meus planos.

Estou empolgado. Nunca me senti mais assustado e feliz na vida.

No meio das divagações e picos de animação, meu pai bateu na porta. Pedi que ele entrasse. E aqui está ele.

— Filho — começa. — Podemos conversar?

— Podemos — respondo.

Continuo digitando no computador, porque estou um pouco envergonhado de olhar para ele depois de ter chorado na sua frente — não quero que ele pense que sou fraco. Não quero que ele me ache "sensível".

A masculinidade é mesmo uma coisa muito frágil.

— Queria te pedir desculpas pela nossa reação mais cedo — diz, sentando-se na cadeira da minha escrivaninha. — Sua mãe e eu. Foi muita coisa para processar.

— Tudo bem.

— Não está tudo bem. Você não está bem há algum tempo, e nós estamos apenas ignorando isso, fingindo que é só "uma fase". — Ele negou com a cabeça. — Não sei quando foi que paramos de conversar...

Fico em silêncio, porque são muitas verdades em apenas uma frase.

— Queria que você entendesse que não somos contra a sua felicidade. Tudo o que fizemos até hoje foi justamente para impedir que você se machucasse.

— Isso não faz o menor sentido — digo, porque realmente não faz. — Eu preciso me machucar para entender o mundo, preciso viver as minhas próprias frustrações. Vocês não podem me tratar como o Jimmy Bolha a vida inteira.

— Não queria usar o clichê de "quando você tiver filhos, vai entender", mas, infelizmente, é verdade. Quando somos apenas nós e o mundo, nos focamos em nossa própria felicidade, não queremos ouvir os conselhos dos outros e temos certeza absoluta do que irá nos fazer feliz; eu sei que é assim, já passei pelos mesmos conflitos que você, eu já tive certeza absoluta de muitas coisas que não deram certo — diz meu pai em uma só tacada, sem respirar. — E aí quebramos a cara e passamos por situações que não desejamos a ninguém. Sofremos, choramos, queremos desistir da vida. Depois, encontramos alguém especial, e temos filhos com essa pessoa especial, e então nascem aquelas coisinhas frágeis e pequenas e nós só queremos que o mundo não as machuque como nos machucou. Tempos depois, essas coisinhas frágeis crescem, e têm os próprios sonhos e as próprias vidas, mas, para nós, os pais, elas sempre serão coisinhas frágeis que queremos defender do mundo. Da tristeza. Das frustrações. De investir energia, tempo e dinheiro em algo e quebrar a cara depois. E, independentemente do que elas façam e conquistem, sempre serão coisinhas frágeis para nós.

— Você acha que não tenho talento? — questiono, porque é isso que o seu discurso me passa, que eu não serei capaz.

— Não, acho que tem talento. Muito talento. Mas também acho que determinadas coisas não dependem apenas de talento. — Ele se levanta da cadeira da escrivaninha e senta-se ao meu lado. — Eu também queria ser músico quando mais jovem, sabia disso?

— Sei que você toca guitarra, não que queria ser músico — falo, ajeitando-me na cama.

Eu e meu pai temos isso em comum?

— Queria, sim. Mas meu pai me colocou para trabalhar ainda adolescente e me mandou desistir dessa "ideia de vagabundo".

Suspiro.

— E por que você está repetindo esse mesmo padrão? — questiono.

— Como você mesmo disse, filho, nós somos mesmo de outra geração. Uma que trabalhou muito e se divertiu pouco. Escravos do dinheiro, e da rotina — suspira meu pai e coloca a mão no meu joelho. — Mas eu queria desesperadamente que o meu pai tivesse aceitado os meus sonhos quando eu era mais jovem. Ou queria ter sido forte o suficiente para não o obedecer e seguir meu coração. Para ser honesto, admiro pessoas que se lançam na vida por um sonho. Pessoas como você.

— O que você quer dizer com isso?

— Quero dizer que aceito as suas escolhas. E vou te apoiar no que for necessário.

Parei de escrever porque fechei o computador e abracei o meu pai, já que aquele momento pedia um abraço. Agora ele já saiu do quarto, mas preciso transcrever aqui o final da conversa, porque foi um belo *plot twist*.

— Também tenho algo para revelar, filho — disse meu pai assim que nos separamos; dessa vez eu não chorei, pelo bem da minha masculinidade. — Eu desisti de concorrer a vereador.

— O quê? Por quê? — perguntei, um pouco chocado; a campanha corria a todo o vapor fazia semanas, aquilo não fazia sentido.

— Porque vocês quatro eram contra, e decidi que preciso ouvir mais a minha família, em vez de pensar que sei muito mais do que vocês.

Concordei com a cabeça, um pouco transtornado com aquela notícia. Meu pai deu dois tapinhas na cama e levantou-se, encaminhando-se até a porta. Porém, antes de sair do quarto, ele ainda completou:

— Você ainda vai precisar convencer a sua mãe, Diego. Ela está muito impactada que não terá sua formatura para ir.

TRIGÉSIMA SEXTA CARTA, OU O MISTÉRIO DE COMO EU TIVE O CORAÇÃO PARTIDO

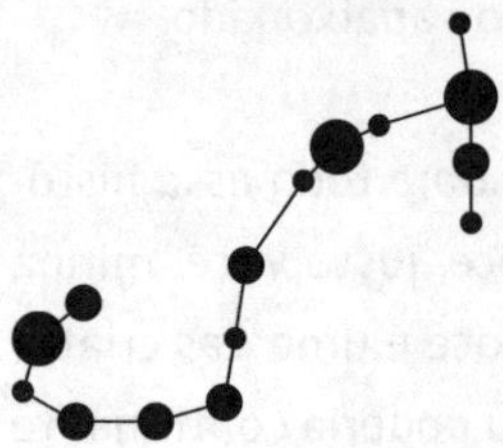

ESCORPIÃO

O INÍCIO

Querida Pietra,

O próximo item na lista de "coisas que preciso fazer para quem sabe assim resolver a minha vida" tem o seu nome nele.

Já resolvi a situação do meu futuro profissional, já resolvi (mais ou menos) a situação com os meus pais e agora tenho outros problemas para resolver, dentre eles, lidar com a separação do meu irmão e da minha cunhada, descobrir se Andrei está mesmo ficando com a minha melhor amiga, que se diz apaixonada por mim e, finalmente, decifrar meus próprios sentimentos em relação a tudo isso. Por isso, resolvi te chamar para vir aqui em casa e colocar tudo à limpo — em uma semana de decisões que podem mudar o rumo da minha vida, acho que não poderia te deixar de fora.

Nós não nos falamos direito desde aquela mensagem que você me enviou, depois que transamos, dizendo que estava tudo muito confuso e que precisava de um tempo. Eu te dei esse tempo, e um monte de coisas estranhas e surpreendentes aconteceram desde então, e agora sinto que alguns anos se passaram no intervalo de semanas, e que é hora de conversarmos.

Não posso mentir e dizer que estou tranquilo, porque eu não estou. Desde que percebi estar apaixonado por você, eu não fico mais tranquilo na sua presença, com as nossas conversas, com a nossa amizade. Seja com todo o seu mistério, acerca de si própria e dos seus sentimentos — o que descobri ser um traço importante da personalidade da escorpiana —, seja porque simplesmente não sei como agir quando estou apaixonado.

Se é que algum dia eu já estive de verdade.

Pela primeira vez, começo a me questionar sobre toda essa história. Sobre o porquê de ter ficado obcecado por você, justo você, minha amiga. Não que eu precise de um porquê, já que você é uma das criaturas mais lindas que já pisou na face da Terra, mas eu poderia continuar te achando a criatura mais linda que já pisou na face da Terra e ser apenas seu amigo, não poderia?

Eu não sei. Enquanto você não chega, abro e fecho o meu armário, observando minhas roupas categorizadas por cor e idade. Coloco e ponho de volta o meu violão no case, imaginando melodias, querendo tirá-las do peito e colocá-las no papel.

Eu ainda estou apaixonado por você? Ou estou apaixonado pela ideia de ser um eu lírico sofrido e atormentado por estar apaixonado por você?

Será que eu sei do que são formadas as verdadeiras relações humanas?

Vi Andrei e Isadora crescerem unidos, e depois afastarem-se. Vi meu tio, a pessoa que mais amava no mundo, ser tirado de mim e deixar para trás apenas uma cicatriz. Vi Larissa, minha melhor amiga, apaixonar-se gradativamente por mim e receber como resposta toda a minha imbecilidade.

Então como eu sei se o que estou criando com as pessoas é real?

Quando eu penso em você, o meu corpo se enche de algo que não sei muito bem explicar. Lembro dos nossos melhores momentos, editados de maneira a parecerem todos perfeitos, com trilha sonora romântica e montagens divertidas, mas não consigo me recordar exatamente se algum dia você demonstrou querer algo a mais, muito menos se esses momentos de felicidade foram todos apenas amigáveis e agora estão tomando outra forma na minha mente sob a ótica da paixão.

E então eu penso em Larissa, e sinto algo completamente diferente. É como se todas as nossas memórias estivessem em uma caixinha separada, com um laço vermelho e letras que dizem "essa é a história da nossa amizade", mesmo que agora, daqui pra frente, essa caixinha estivesse cheia demais, e outra se abrisse para criarmos novas memórias.

Memórias diferentes. Memórias que não se parecem muito com "apenas amigos".

É diferente, Pietra. Você e ela. É tudo muito diferente.

E é isso o que estou sentindo, e é isso que eu gostaria que você me ajudasse a entender. Será que é possível?

Não sei. Mas você acabou de chegar, e chegou a hora de descobrir.

O MEIO

Queria Pietra,

Queria poder dizer que correu tudo bem. Mas o que aconteceu a partir do momento que você chegou, até a sua saída, foi um caos de sentimentos e verdades talvez brutas demais.

"Oi, Dieguito", você me cumprimentou assim que entrou no quarto, mais linda do que nunca, beijando o meu rosto amigavelmente e fingindo que nada de estranho havia acontecido entre nós dois.

E então me dei conta de que o meu cabelo estava seco.

De fato, tudo havia mudado.

"Oi, Pi", sorri amarelo. "Quanto tempo... Tudo bem com você?"

"Tudo bem... E você?"

"Tudo bem também."

Nós nos encaramos como dois desconhecidos, e acho que foi o horror de perceber que a nossa amizade estava em risco que nos fez vomitar as palavras ao mesmo tempo:

"Olha, eu queria te pedir desculpas por tudo", você começou.

"Pietra, a gente precisa conversar", eu emendei.

"Você primeiro", disparei.

"Pode falar", você respondeu.

"Eu acho que estou apaixonado por você", eu disse, enfim.

Foi como se até aquele momento o meu corpo fosse uma bexiga, e, depois que as palavras que eu guardava a sete chaves dentro de mim foram ditas, ele murchou até a sua posição inicial. Porém, todos sabemos que nada que se expande volta ao normal — apenas diminui de tamanho, deixando vestígios de que um dia assumiu outra forma.

Pode parecer estranho, mas era exatamente assim que eu estava me sentindo.

"Di...", você murmurou, sentando-se em minha cama e negando com a cabeça. As suas mandalas balançavam nos braços e no pescoço, e o seu cabelo, que já havia assumido diversas formas, desde afro até trancinhas coloridas, agora brilhava quase rente à cabeça. Parecia ironia do destino que você nunca tivesse me parecido tão linda no dia que decidiu quebrar o meu coração em um milhão de pedacinhos. "Eu não queria que isso tivesse acontecido... Eu estou tão arrependida... Não deveríamos ter transado, nada disso teria acontecido..."

"Não foi porque transamos. Vem muito antes disso", admiti, sentando-me ao seu lado; se era para ser honesto, que eu fosse brutalmente honesto. "Transar foi só... A última pá de terra no caixão."

"Diego!", você negou com a cabeça, e eu ri, te abraçando pelos ombros de uma maneira que pudesse te confortar. Eu sabia que você estava se sentindo péssima, culpada, ansiosa. De uma maneira um pouco sádica, eu sabia o que estava por vir. "Você já se sentia assim quando te contei do João?"

"Já", dei de ombros.

"Aiiii... Eu sou uma imbecil! Uma imbecil insensível...", você negou várias vezes com a cabeça. "Me desculpa, Diego... Sério..."

"Tá tudo bem, essa comédia romântica já virou uma dramédia há bastante tempo", eu te consolei, apertando o abraço e depois soltando os seus ombros.

Você olhou para mim por alguns segundos, a expressão séria de uma incógnita que nunca entendi, nem vou entender, e então segurou o meu queixo entre os dedos finos de pianista.

"Você sabe que eu te amo, não sabe?"

Eu concordei com a cabeça, sentindo o coração bater muito rápido. Aquele era um "eu te amo, mas" ou apenas um "eu te amo, ponto"?

"E sabe que você é o meu melhor amigo, não sabe?"

Concordei mais uma vez.

Com certeza um "eu te amo, mas".

"Então eu espero que o que vou dizer agora não mude nada entre nós. Eu sei que vai te magoar, sei que vai doer, mas prefiro falar a verdade a perder um amigo", você sorriu, um sorriso lindo de quem estava prestes a dizer algo terrível. "Eu não me sinto da mesma maneira, Di. Eu te amo como um amigo, mas, infelizmente, não te vejo como algo além disso. Eu sei que nós transamos, e foi muito bom! Mas não mudou nada... Eu estava em um momento estranho da minha vida, foi uma noite bastante intensa, e eu sinto muito se passei a mensagem errada. Eu sinto muito mesmo."

Os filmes gostam de mostrar algumas cenas em câmera lenta. Explosões. Quando uma garota bonita entra no refeitório do colégio norte-americano. Carros caindo de pontes. Quando um casal que vai terminar junto se encontra pela primeira vez etc. Mas eles nunca mostraram o que de fato transforma a vida real em câmera lenta: um fora muito bem dado.

É como se todas as suas defesas ruíssem ao seu redor, e você se sente pelado e com frio. Mas, ao mesmo tempo, também se sente muito quente pela vergonha, e um pouquinho arrependido de ter aberto a boca. Sente que nunca mais vai poder "des-ouvir" as palavras ditas, e que preferiria a vida da dúvida à vida da rejeição. Tudo isso em câmera lenta, enquanto o objeto da sua obsessão olha para você e aguarda uma resposta que acalme o seu sentimento de culpa.

Taí. Eu quero ver um roteirista conseguir descrever isso no próximo romance de sucesso.

"Eu entendo", disse, porque era verdade.

Eu entendia. Não significava que eu gostava da resposta.

Eu me sentia mal. Mas, de uma maneira muito estranha, me sentia bem também. Demorei meses para conseguir tirar aquilo do peito e, quando finalmente fui rejeitado (como sabia que seria), eu não me sentia nem um terço mal como achei que ficaria.

"E se você quer mesmo saber, acho que você anda um pouco perdido, Dieguito", você soltou o meu rosto, mas segurou as minhas mãos nas suas; eu estava tremendo um pouco, sem saber muito bem o porquê. "Acho que você não está apaixonado por mim. Está apaixonado pela ideia de estar apaixonado. É a sua cara..."

"Você já se olhou no espelho, Pietra? Acha mesmo que não estou apaixonado por você?", questionei, e você riu de maneira triste, sem tirar os olhos de mim. "Tudo bem. Não precisa me consolar. Vai passar, eu sei que vai. Eu só precisava... Tirar isso do peito. Sabe?"

"Sei", você sorriu com certo pesar, e acho que algo no seu sorriso denunciava que a sua situação era bastante parecida com a minha. "Você me perdoa?"

"Claro que eu te perdoo, que tipo de psicopata não aceita levar um fora?"

"Eu diria que 87% dos homens."

Nós rimos, e então você se levantou e disse que precisava ir embora — acho que você não precisava de verdade, só queria se livrar daquela situação constrangedora, e eu te entendo, porque eu também queria.

Te acompanhei até a porta e, de repente, como se tivesse sido escrito em algum script, nós nos abraçamos. Um abraço demorado e cheio de significado. Quando você me soltou, me segurou pelos ombros e perguntou:

"Vai ficar tudo bem entre a gente, né?"

Ao que eu respondi:

"É claro que vai."

O FIM

Querida Pietra,

Como um dia disse o poeta Adam Levine, *"this love has taken its toll on me"*. Ou como um dia disse a poeta Vanessa da Mata, "é só isso, não tem mais jeito, acabou, boa sorte".

Por um lado, me sinto envergonhado pelo que acabou de acontecer. Rejeitado, deprimido, sentindo como se pudesse começar a chorar a qualquer instante e não parar mais.

Depois de todos esses meses de expectativas, a resposta foi a que eu esperava que fosse ser: um grande e sonoro “não”. Por outro lado, é um alívio gigantesco saber que não preciso mais guardar essa angústia dentro de mim. Por meses e mais meses o que eu sentia por você foi o protagonista da minha vida, mas agora não é mais.

Acabou.

Conforme observo o dia transformar-se em noite na sacada do meu quarto, fumando um cigarro que adorávamos dividir nas tardes preguiçosas da nossa adolescência, me pego pensando em como tudo isso pode se encaixar em um padrão astrológico.

Pois é. Parece que me tornei *essa* pessoa.

Mas a verdade é que, de tudo o que li sobre quem você deveria ser, nada encaixou-se exatamente à sua personalidade. Claro, você é linda, como dizem que escorpianos são. E você também é mais contida, misteriosa, na sua, fala pouco, mas fala com propriedade, além de possuir o maravilhoso dom de guardar rancores homéricos.

Mas Pietra, você também é luz! Você também é risada descontrolada em horas inconvenientes. Você também é garra desmedida. Você também é bondade verdadeira. Você também é tudo aquilo que a astrologia não conta.

Você é tudo aquilo que um dia eu desejei.

Você é todo amor que guardei e nunca demonstrei.

Você é minha melhor amiga.

Você é incrível.

Você é também aquela que partiu o meu coração pela primeira vez.

Será que agora eu estou quite com o universo?

TRIGÉSIMA SÉTIMA CARTA, OU O MISTÉRIO DE ANDREI

Esse é o primeiro dia que passo em casa depois que decidi trancar a faculdade — pelo menos o primeiro dia que tenho totalmente livre, sem nenhum drama marcado na agenda. A minha intenção era tocar violão, compor, escrever, deixar toda a criatividade dos últimos anos trancafiada dentro de mim por conta de outras prioridades ser extravasada na construção do início de uma carreira de sucesso.

Mas, em vez disso, eu acordei meio-dia, joguei videogame por horas a fio, fiquei de cueca o dia inteiro e, quando enfim decidi tentar produzir alguma coisa, Andrei me ligou.

Um dia de cada vez, não é mesmo?

Ele me chamou para jantar. A voz dele estava estranha. Ansiosa.

A última vez que nos vimos foi no túmulo do nosso tio. Ele me contou que Isadora havia saído de casa. Estava péssimo, mas, mesmo assim, se recusou a me contar o que estava acontecendo.

Eu ainda não sei o que está rolando e, honestamente, não sei mais se quero descobrir — tentar entender o mistério de Andrei já me trouxe problemas demais, e acho que consigo reconhecer um fracasso quando me deparo com um.

Por conta disso, também não sei se quero jantar com ele. Não enquanto ele continua magoando a Isa.

Mas sei lá... É o meu irmão.

Família não deveria vir antes de amizade?

Estamos nos aproximando do horário combinado, e ainda estou de cueca e não sei se devo ir.

Além de pensar muito sobre todas as merdas que o meu irmão andou fazendo nas últimas semanas, também me peguei imaginando Andrei e Larissa tendo um caso, os dois trocando beijos apaixonados no sofá do apartamento dela, onde eu sentei por tantas tardes preguiçosas e abri o meu coração, e acho que isso piora drasticamente a situação.

Até então, eu só conseguia olhar as coisas pela perspectiva de Isadora. Agora, no entanto, paro para pensar no meu lado, e em como seria a canalhice do ano se o meu irmão estivesse pegando a minha melhor amiga.

Por que a minha melhor amiga? E por que isso me afeta tanto?

Acho que vou dar um cano em Andrei.

Na moral? Ele que se foda.

Bom, então é isso. Eu estou no banheiro da casa do meu irmão. O meu coração está batendo muito rápido. Eu não consigo respirar. Não existe mais oxigênio entre nós. Os meus dedos estão tremendo. Talvez eu não faça sentido a partir de agora. Mas é o que temos para hoje.

Acho que esse conjunto de frases desconexas e extremamente exageradas deixa óbvio que, apesar de todas as minhas reflexões e "poréns", acabei aceitando o convite de Andrei. Não foi solidariedade fraternal, a verdade é que fiquei curioso demais sobre o motivo desse jantar e não consegui recusar. A curiosidade matou o gato, e todas essas coisas.

Além disso, Andrei cozinha muito bem e eu estava começando a ficar com fome.

O que eu não esperava era abrir a porta e dar de cara com Isadora e Larissa sentadas na sala de estar, uma em cada sofá, Isadora como se fosse ter um ataque a qualquer instante e Larissa constrangida, como se quisesse estar em qualquer lugar, menos ali.

Eu entendia muito bem o sentimento de Larissa, porque estava me sentindo da mesma forma. Apesar disso, também dava razão a Isadora — se o meu ex-namorado tivesse me convidado para um jantar com a sua amante, eu também não seria a pessoa mais feliz do mundo.

Ainda tentei sair correndo daquela situação merda e fingir que nunca havia estado ali, mas Andrei me viu parado na porta com cara de imbecil e me fez entrar, e eu nunca desejei tanto o poder de ficar invisível como desejei naqueles instantes de hesitação.

Eu não consegui nem ao menos olhar as garotas nos olhos, sendo eu o catalisador de tudo aquilo... Em vez disse, avisei que usaria o banheiro e estou aqui desde então, com certeza dando a entender a todos os convidados deste ilustre jantar que estou com caganeira.

Talvez eu esteja mesmo. O meu estômago está revirando.

No que Andrei estava pensando? Ele está tentando foder mais ainda a cabeça de todos nós?

E, o mais importante: como é que vou sair desse banheiro sem parecer que caguei o meu cérebro para fora?

— Diego, está tudo bem aí? — A voz de Andrei acabou de penetrar o meu forte de segurança, e eu tenho que segurar o ímpeto de abrir a porta na sua cara, quebrando assim o seu lindo nariz mentiroso

Acho que preciso sair.

Me desejem sorte.

Anotando aqui rapidinho enquanto participo da conversa mais surreal da minha vida que: eu estou mesmo apaixonado pela Larissa.

É isso. Até daqui a pouco.

Também quero deixar claro que nem os autores das novelas da Globo teriam previsto isso.

Sério.

Então eu estou de volta ao banheiro, e deixe-me colocar em apenas uma palavra o que acabou de acontecer: iowejriowe

Pois é. Não existem palavras.

Não existem palavras porque, depois que saí do banheiro, Andrei nos fez sentar na mesa de jantar em meio a um clima de guerra fria, nos serviu panquecas de carne, sentou-se na cadeira e sorriu como se nada estivesse acontecendo.

Mas Deus abençoe Isadora e a sua impaciência, porque ela logo soltou:

— Andrei, você pode explicar o que diabos está acontecendo aqui e por que nos chamou para esse jantar?

Andrei parecia hipnotizado pela boca de Isadora, e só falou quando Larissa adicionou:

— Andrei?

Então ela tinha aquele tipo de poder sobre ele, hã?

— Vocês sabiam que eu sou estéril? — soltou Andrei, quebrando todas as expectativas de onde aquela conversa poderia chegar em apenas uma frase, e as reações foram as mais diversas: Isadora arregalou os olhos, Larissa negou com a cabeça e eu devo ter feito cara de "o que caralhos está acontecendo aqui?"

É. Quase certeza que essa foi a minha cara.

— O quê? — sussurrou Isadora.

— Pois é — disse ele e deu de ombros. — Soube a minha vida toda. Bom, tecnicamente, desde os 17 anos. A verdade é que, como fui encontrado em uma caçamba de lixo, era de se imaginar que eu também não havia tomado todas as vacinas que deveria tomar. Dentre elas, a tríplice viral, que evita várias doenças. Para resumir toda uma novela, peguei caxumba quando ainda era criança, a caxumba "desceu", como dizem os mais velhos, eu fui tratado, *voilà*, tudo perfeito. *Flashfoward* para anos depois, eu estava fazendo alguns exames de rotina, e os médicos descobriram que a caxumba ter "descido" me deixou infértil, o que sinceramente não me afetou tanto, já que eu era um adolescente e uma das minhas maiores preocupações era engravidar alguém sem querer.

— Que bonita história de vida, Andrei. O que isso tem a ver com as panquecas? — questionei, porque não estava entendendo absolutamente nada.

— Tem a ver com a pequena criatura crescendo na barriga da Isadora. — Ele apontou para a minha cunhada, que estava mortificada na mesa.

— Ele cresce no útero, mas quem se importa, não é mesmo? — sussurrou Larissa.

— Você sabe? — sussurrou Isadora e a minha cabeça havia derretido ao ponto da minha fala ter feito as malas e dado adeus. — Como você sabe?

Isadora estava grávida? Isadora estava traindo Andrei? Eu seria tio? Ou eu não seria tio?

— Andrei, não aconselho que você continue com esse terror psicológico, não faria bem a ninguém, principalmente a uma mulher grávida — disse Larissa, assumindo o controle da situação e parecendo irritada. — Se você veio aqui fazer o que me disse que faria, faça de uma só vez.

— Ah, sim, claro, desculpe. — Andrei chacoalhou a cabeça, como se tudo aquilo fosse fascinante demais para ser revelado rapidamente. — Sim, Isadora, eu sei. Eu vi o teste de gravidez no lixo. E, quando descobri que você estava grávida, simplesmente surtei. Surtei real. Primeiro porque eu estava procurando maneiras de te contar que não conseguiria ter filhos havia meses, e segundo porque a possibilidade de estar sendo traído me atingiu em cheio na cara. Eu não conseguia te encarar! Não conseguia te questionar, não conseguia botar tudo à limpo. Toda vez que tentava, nada saía da minha boca... Eu ficava matando o tempo fora de casa, pesquisando no Google qualquer explicação para tudo isso, *stalkeando* as suas redes sociais para tentar descobrir quem era o seu amante...

— Eu não tenho nenhum amante! — exclamou Isadora, completamente ofendida.

— Eu sei disso agora, amor. Porque um dia, no meio do caos que virou a minha vida, eu decidi contatar esse anjo chamado Larissa que está entre nós, e juntos nós fomos atrás de algumas respostas.

Andrei segurou a mão de Isadora por cima da mesa, e ela estava tão transtornada que deixou.

Eu não deixaria.

— Por isso que eu não podia contar nada — sussurrou Larissa para mim, mas todos na mesa ouviram. E eu seguia sem conseguir formular uma só palavra. Era como se o meu cérebro tivesse dado tela azul.

— Por isso que, apesar de todos os desdobramentos horríveis desse silêncio, nós o mantivemos. Queríamos ter certeza do que estávamos fazendo. E, ao final de uma bateria de exames e encontros com diversos especialistas, descobrimos que Andrei estava dentro de um pequeno grupo de homens que não foram afetados pela caxumba escrotal...

— Ah, ótimo, evitei essa palavra até agora só para que você a use como se não fosse nada — resmungou Andrei.

— ... e que havia sido diagnosticado erroneamente na juventude. Então o filho é mesmo dele.

A mesa ficou em silêncio. A tensão podia ser empacotada. E então, em um rompante de fúria, Isadora levantou-se, derrubando o copo de refrigerante em cima da mesa e das panquecas e começou a estapear Andrei nos ombros.

A cada tapa que ele defendia, ela dizia:

— *E. Não. Passou. Pela. Sua. Cabeça. Conversar. Com. A. Sua. Namorada. Grávida. Seu. Filho. Da. Puta?*

— Ei, ei, ei! — exclamou Larissa, também se levantando e tirando Isadora de cima de Andrei; o rosto da minha cunhada estava vermelho. Eu estava paralisado. — Não faça isso, não é bom para você e não é bom para o bebê!

— Bebê que ele sabia que existia e, mesmo assim, não foi homem o suficiente para ter uma conversa honesta comigo? — Os olhos de Isadora se encheram de lágrimas.

— Eu estava com medo, Isadora! — Andrei puxou sua cadeira para mais perto da minha cunhada. — Eu estava morrendo de medo de descobrir a verdade e isso significar que eu havia perdido você. Mas, no final do dia, acho que perdi do mesmo jeito, não é mesmo? Acabei estragando tudo, tentando acertar.

Isadora começou a chorar copiosamente, sem responder nada, e eu me sentia um intruso ali, naquele momento tão íntimo.

— Eu posso te mostrar uma coisa? — questionou ele, e ela apenas concordou com a cabeça.

Andrei se levantou e a amparou pelos braços.

— Vocês podem ver também — disse, apontando com a cabeça para Larissa e eu.

Nós nos entreolhamos, tão amigos ao ponto de ouvir os pensamentos um do outro, "será que é prudente?", mas fomos atrás do meu irmão mesmo assim.

Quando enfim os alcançamos, estávamos parados na frente do antigo escritório dele, que agora era um quarto completamente diferente. A parede estava inteira forrada com um papel de parede roxo e estrelas cintilantes replicavam a galáxia. Aos poucos, percebemos que algumas dessas estrelas estavam conectadas, representando todos os signos do zodíaco. Ao fundo, um berço branco já estava inteiro montado, com travesseiros e cobertores e tudo o que tinha direito. No meio dele, havia uma girafinha de pelúcia.

— Depois que você saiu de casa, eu ainda não tinha certeza se o filho era meu ou não, mas decidi montar esse quarto mesmo assim — sussurrou Andrei. — Comprei uma girafinha, porque imaginei que um filho nosso vai ter 2 metros de altura.

— Como você pôde pensar que eu seria capaz de te trair, Andrei? — sussurrou Isadora, entre lágrimas de emoção e tristeza.

— Eu não pensei. A minha condição me levou a acreditar nisso, me enganou, colocou uma cortina de fumaça diante dos meus olhos, mas esse quarto... Esse quarto é a prova de que, no fundo, eu sempre soube a verdade! No fundo, eu estava buscando uma explicação médica, porque não nos amarmos mais não era uma possibilidade. — Andrei estava com os olhos marejados. Ele abraçou Isadora pela cintura e ela permitiu, fazendo com que os dois olhassem juntos para o quarto. — Me desculpa, Isadora. Por favor. Me desculpa por ter deixado você desamparada durante essas primeiras semanas de gestação. Me desculpa por não ter sido honesto. Esse é um erro que nunca mais vou cometer, e nunca mais vou me perdoar também. Eu prometo que, durante o resto das nossas vidas, eu não vou permitir com que isso aconteça novamente.

O meu irmão então se virou de frente para Isadora e segurou suas mãos entre as dele.

— Isadora Mônaco. Você quer casar comigo?

E então Isadora teve a reação mais surpreendente e "Isadora" de todas: ela começou a rir.

Andrei ficou confuso, mas sorriu também, e eu e Larissa estávamos parados ali como dois idiotas.

Eu tive vontade de segurar a mão de Larissa. Uma vontade muito forte. Foi nesse momento que tirei o celular do bolso e escrevi que estava apaixonado por ela.

Porque eu estava mesmo. E ainda estou.

— Você é doido, Andrei? — Isadora enfim falou algo, negando veemente com a cabeça. — Nós vamos ter um filho! Quem tem dinheiro para gastar com uma festa de casamento quando vai precisar gastar todos os centavos em fraldas e lencinhos umedecidos?

— A gente não precisa fazer uma festa. É só assinar alguns papeis no cartório para que você tenha direito a entrar no meu convênio — tentou Andrei, e Isadora enfim concordou com a cabeça.

— Isso eu posso aceitar. Por enquanto.

Os dois se abraçaram e se beijaram. Quando se separaram, a minha capacidade de fala voltou com tudo e exclamei, mais alto do que o necessário para o momento e local:

— *Eu vou ser tio de novo?* — Eu só não imaginei que lágrimas de felicidade acompanhariam aquelas palavras. — É sério isso? Eu vou ser *tio*?

— Você vai ser tio, Diego! — Andrei sorriu.

— O tio mais legal do mundo — completou Isadora.

Eu olhei para Larissa. Ela olhou para mim. E eu sorri.

TRIGÉSIMA OITAVA CARTA, OU O MISTÉRIO DO PIOR *TIMING* DA HISTÓRIA

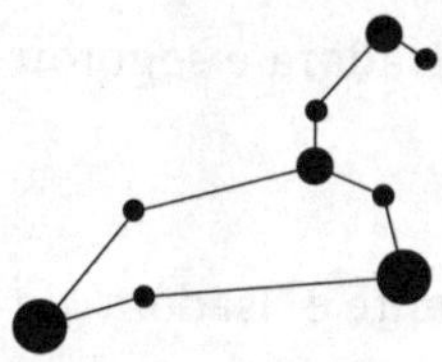

LEÃO

O INÍCIO

Querida Larissa,

Depois que a vida do meu irmão e da minha cunhada passou por todos os estágios de uma novela mexicana e nós estávamos lá para presenciar o desfecho — casamento, óbvio —, algo dentro de mim pareceu enfim entender o que eu não estava entendendo durante todo esse tempo: Você. Eu.

Nós dois.

Nós dois, Lari.

Eu e Pietra poderíamos funcionar. Você e João também. Mas nós dois?

Não teria igual no mundo.

Não teria, Lari. E quando você aliviou o meu coração ao explicar que não estava tendo um caso com o meu irmão, quando você se mostrou uma mulher de palavra, uma mulher inteligente e empática, como *sempre foi*, foi como se a cortina de fumaça que estava me impedindo de enxergar se dissipasse.

Eu estava apaixonado por você. Eu *estou* apaixonado por você.

E então, tudo mudou. De repente, eu estava me sentindo envergonhado por estar no mesmo cômodo que você, e o medo de ser rejeitado retornou. As minhas mãos começaram a suar. O coração disparou. E quando nos vimos cara a cara no hall do elevador, depois de nos despedirmos de Isadora e Andrei, lá estava ele. O momento da verdade.

E, Deus!, você estava tão linda...

"Que bom que tudo deu certo", você comentou, apertando o botão para chamar o elevador. "Eu disse a ele desde o início que o mais simples seria abrir o jogo, mas, sei lá, seu irmão parece que não vive nesse mundo..."

"Lari...", segurei o seu braço com certa urgência e você se virou em minha direção, energia emanando ao seu redor. O meu rosto estava quente, as minhas mãos geladas. Eu não conseguia entender o que estava acontecendo, nem como eu estava me sentindo, mas era intenso. Andrei e Isadora não importavam mais. O meu futuro sobrinho ou sobrinha não importava mais. Só você importava. "Lari, acho que a gente precisa conversar..."

"Não precisamos fazer isso, Di", você sorriu com tristeza. "Tá tudo bem".

Mas você não retirou o braço.

"Precisamos sim. Já deixamos isso se complicar por tempo demais! E eu queria me desculpar por ter desconfiado de você. Por ter sido o grande causador de todas essas complicações. Por ter sido um imbecil por tanto tempo. Enfim, queria pedir desculpas por... Por tudo?"

"Já foi. Já passou", o elevador chegou no hall e nós dois entramos, parando de frente um para o outro. "E, se ignorarmos todo esse drama, podemos voltar a ser o que éramos antes. Amigos. Nada além disso. Não acha?"

Foi como se eu tivesse derretido em uma poça de ressentimento no chão. Virei-me para as portas de maneira infantil, porque não conseguia encará-la por mais do que dez segundos, e você apertou o botão do térreo.

8º andar.

7º andar.

"Eu não quero ser o que éramos antes", sussurrei. "Não quero ser seu amigo."

6º andar.

5º andar.

"Não sei porque deveríamos perder uma amizade de anos só porque tivemos uma falha de comunicação", você rebateu, irritada. "Mas se é assim que você se sente, eu não posso fazer nada..."

4º andar.

3º andar.

"Não é isso, Lari."

2º andar.

"É o que então, Diego?"

1º andar."

"Eu quero você."

Térreo. As portas se abriram. Você me olhou. E eu te beijei.

O MEIO

Querida Larissa,

Foi perfeito. O beijo que você merecia desde o começo — não por pena, nem por tentativa e erro, mas sim porque eu queria. E você também.

O beijo que demorei demais para perceber que queria dar.

Nós nos abraçamos. Você envolveu os meus ombros, e eu, a sua cintura. Os olhos fechados. Os corações disparados. E o beijo.

O melhor beijo que eu já experimentei. Não tinha mais gosto de Natal, nem era familiar e amigável. Foi um beijo agressivo, um beijo com vontade, um beijo típico de duas pessoas que se desejavam.

E então as portas do elevador se fecharam novamente e nós dois levamos um susto. E todo aquele clima desapareceu com um estalar de dedos. Ou portas.

Você parecia assustada, magoada, excitada e ansiosa, tudo ao mesmo tempo. E eu... Bom, eu estava lá, com a única cara de idiota que tenho.

"Diego, a gente não pode continuar fazendo isso, eu..."

"Por que não?", segurei as suas mãos entre as minhas, tentando olhar no fundo da sua alma, querendo que você *entendesse*. "Nós tivemos os nossos problemas, eu sei, mas agora eu entendi, eu finalmente entendi que..."

"...você não está entendendo, não dá mais pra gente..."

"...é de você que eu gosto, é com você que quero..."

"...ficar junto, Diego..."

"...ficar... Mas por que não?"

"...porque eu estou indo passar um ano fora do Brasil!"

Silêncio. O silêncio mais doloroso que eu já presenciei.

"O quê?"

"Finalmente eu consegui a bolsa. Eles vão pagar tudo! E se você tivesse prestado atenção, se tivesse sido meu amigo, saberia disso, porque estou o semestre inteiro nesse processo, que quase me deixou doente! Foi a bolsa mais concorrida do meu curso, mais de 200 alunos tentando uma vaga, e eu consegui. Vou para os Estados Unidos passar um ano. Chicago. Embarco daqui a duas semanas."

Mais silêncio. Um silêncio agridoce.

E então eu abri os abraços e te envolvi pelos ombros.

"Puta que pariu, Lari, parabéns! Você merece tanto!"

Você apoiou a cabeça no meu ombro. E eu não sei muito bem o porquê, mas nós dois começamos a chorar. Copiosamente.

Você porque descobriu que eu tinha o pior *timing* do mundo. E eu porque finalmente entendi o que era estar feliz genuinamente e completamente por outra pessoa, sem nenhum traço de mágoa ou inveja ou ressentimento, mesmo que isso partisse o meu coração.

Eu finalmente sentia que estava mudando. Transformando-me em uma pessoa melhor. E foi você que causou tudo isso em mim. Você, com a sua amizade honesta, com o amor que sentia por mim, e com a sua iminente partida.

Você, Larissa.

O FIM

Querida Larissa,

Então é isso.

Agora eu estou aqui, no meu quarto, ouvindo Andrei e Isadora contarem as novidades aos meus pais no andar de baixo. Acho que a minha mãe está em prantos, porque ouvi alguns soluços, mas também pode ser o meu pai rindo, sons estranhamente muito parecidos.

Toda a nossa história parece rodar ao meu redor, Lari. É quase como se eu pudesse... Tocá-la. A nossa amizade, os conselhos, os melhores anos das nossas vidas, e os piores também. Você sempre esteve lá por mim, e eu sempre estive lá por você. Dizem que leoninos são os melhores amigos do zodíaco, e sabe de uma coisa? Isso não poderia estar mais correto.

E agora, quando eu penso em nós dois, uma tristeza tão atípica toma conta de mim. Eu estou tão feliz por você, *tão feliz*, mas, ao mesmo tempo, eu queria que você ficasse...

Não! Não é isso. Não me entenda mal, eu quero que você vá! Quero que seja feliz, quero que seja a melhor médica do Brasil, a melhor médica do mundo, porque potencial, inteligência e determinação você tem. A verdade é que eu só queria que você... *Entendesse*. Queria que você entendesse que não sou essa pessoa horrível que desprezou o seu amor, esse cara idiota que não tira a cabeça do próprio cu. Ou talvez eu seja! Talvez eu fosse, mas não quero mais ser.

Eu não quero mais ser essa pessoa.

Mas eu não conseguia entender o que estava acontecendo! Eu achava que era Pietra. Pietra, a linda Pietra, e realmente foi, por algum tempo. E depois João apareceu com aqueles poemas e sentimentos por você, e aí teve a complicação de Andrei e Isadora e eu achei que você estava tendo um caso com o meu irmão, e eu só... Sei lá, Lari, entrei em curto-circuito!

Mas depois que a névoa dissipou, só existia você.

Foi sempre você.

Com a sua risada contagiante, e o cuidado que sempre teve com todos nós. Os seus quadris largos, e o cabelo comprido. A sua inteligência extraordinária, e a maneira humilde com a qual você mostra isso às pessoas. A sua bondade. O seu coração. A sua boca. As suas mãos. Os seus seios. Você inteira.

E eu só queria que você entendesse.

Mas como? Como posso fazer você entender genuinamente que quero ser um cara melhor? Que eu estou apaixonado por você? Você teria que entrar na minha mente, dissecar os meus sentimentos e pensamentos, você teria que... Ler...

Essas cartas!

É isso! Você precisa me entender, entender todas as atitudes imbecis e insensíveis que tomei, mas também todos os meus sentimentos de amor e angústia. Precisa entender como tudo foi se transformando ao longo dessas semanas, e como fomos parar de amigos para estranhos e de estranhos para apaixonados.

Porque estou apaixonado por você. De verdade. De coração. E você precisa entender!

Então eu vou imprimir as cartas e te entregar. E pode demorar, porque é uma leitura longa, e nem sempre vai ser agradável. E você pode nem ler! Mas espero que leia. Para que essas cartas aos astros possam ter um significado, um motivo.

E esse motivo é você.

TRIGÉSIMA NONA CARTA, OU O MISTÉRIO DO AMOR

Faz uma semana que enviei todas as cartas para Larissa. E também faz uma semana que ela não fala comigo.

Nos primeiros dois ou três dias, imaginei que ela ainda pudesse estar lendo, afinal, foi uma verborragia de muitas páginas, que deixaria impressionado até o mais experiente dos escritores — não pela qualidade, mas pela quantidade escrita em tão pouco tempo.

Porém, aos poucos, comecei a me arrepender de não ter editado determinadas partes, como o relato da minha transa com Pietra, ou quando conto que João estaria apaixonado por Larissa. Na minha empolgação de ter descoberto uma maneira de reconquistá-la, acabei enviando tudo por impulso, o material bruto, e, no quarto dia, eu já queria dar um jeito de invadir o apartamento de Larissa e confiscar as cartas. Cogitei até contratar o porteiro do seu prédio para que ele fizesse isso, mas então logo me dei conta de que isso seria crime de muitas maneiras diferentes. Além de escroto.

No sexto dia, eu já havia me conformado que ela nunca mais falaria comigo e bati com a cabeça na parede de arrependimento. E hoje, no sétimo dia, João acaba de aparecer na porta do meu quarto.

Ele não parece muito feliz. E eu estou de cueca.

Por que os meus pais nunca avisam quando liberam alguém na portaria?

— Caralho, Diego, eu te conto um negócio na moral e você vai lá e conta pra mina? Que porra é essa?

É. Bom. Agora pelo menos eu sei que a Larissa leu as cartas.

— Eu posso explicar — rebato, porque sempre quis dizer isso, já que é a fala mais utilizada em filmes e novelas.

Mas será que eu posso mesmo explicar?

— Explica então.

João cruza os braços na frente do corpo e eu sorrio amarelo.

— Então. Eu meio que estou escrevendo essas cartas, desde que me peguei apaixonado pela Pietra, sugestão da Isadora, sabe? Para me fazer desencanar, ou, sei lá, entrar em contato com os meus sentimentos, qualquer merda do tipo. Acho que ela queria que eu fosse uma Valentina parte 2, ou Valentina, A Volta dos Que Não Foram. E aí eu estava escrevendo e escrevendo, e fui percebendo que, na moral, eu gostava mesmo era da Larissa, e que a Pietra foi só uma distração bizarra do meu cérebro para evitar que eu me apegasse e sofresse com toda essa situação. Só que agora a Larissa vai ficar um ano fora e achei que ela deveria saber como eu me sinto, então eu enviei todas essas cartas a ela, mas esqueci que no meio delas havia muita coisa pessoal, muitas conversas entre nós dois, então eu meio que acabei te fodendo, e estou me sentindo um lixo. Por tudo, na moral. Por estar apaixonado pela garota que você está apaixonado e por ter enviado essas cartas. Mas eu só faço merda, né? Mais uma para a minha coleção.

João fica em silêncio por muito tempo, me olhando. E então, lentamente, um sorrisinho se forma na sua boca.

— O quê? Por que você está rindo?

— Então... Eu meio que estava procurando uma maneira de te contar que eu meio que desencanei mesmo da Larissa, e que eu e a Pietra meio que estamos juntos, então essa sua merda colossal meio que anula a minha merda colossal e nós estamos quites, né?

João diz muitas vezes a palavra "meio" e eu estava confuso.

— E você já sabia de tudo disso quando chegou aqui me escrotizando?

— Sabia. Eu só queria ver a sua cara de idiota tentando se explicar.

— Babaca — falo, negando com a cabeça.

— É, os semelhantes se atraem.

E aí nós dois caímos na risada, com os bons idiotas que somos.

— Como assim você desencanou da Larissa e está com a Pietra, cara?

— Ah, bom... Sei lá, foi estranho, mas de repente tudo fez sentido, tá ligado? Ela já tinha me dito como se sentia e eu tentei ignorar, mas quanto mais pensava nisso, mais eu... Queria? Faz sentido?

Faz, João. Faz todo sentido.

— Você e a Pietra... Pelas minhas costas, huh? — questionei.

— Você e a Lari... Pelas minhas costas, huh? — rebateu.

— Mas vocês estão juntos. Eu e a Lari estamos...

— Sendo duas crianças — João me cortou. — Eu estive lá agora pouco. Foi uma conversa bem estranha. Tive que explicar aqueles poemas que você tão gentilmente transcreveu...

— ...merda, foi mal, João...

— ...e depois nós conversamos sobre a vida, e sobre como ela leu todas as cartas e está completamente mexida.

— E por que ela não me disse nada, então? — quis saber, sentindo o estômago embrulhar.

— Você perguntou, Diego?

Parece que o que eu mais faço ultimamente é esperar atrás de portas, sentindo como se pudesse vomitar o almoço da semana inteira.

Mas aqui estou eu, de novo, depois de tocar a campainha; Larissa sabe que sou eu, o porteiro ligou para pedir autorização, mas, mesmo assim, sinto que será uma surpresa.

Só não sei se boa ou ruim.

— Só um minuto! —berra ela do outro lado.

Seguro as flores nas mãos suadas. Rosas. Mulheres ainda gostam de rosas? Mulheres ainda gostam de flores? Flores são uma característica de opressão do patriarcado? Eu deveria jogar essas flores fora?

Eu deveria ter comprado uns chocolates, ou, sei lá, um saco de porradas com a minha cara...

Eu só faço merda.

Ouço barulhos na porta. Aí vem ela.

Aí vamos nós.

Escrevo na sacada. Fumo um cigarro. Observo o sol se pôr. Nunca estive tão calmo em toda a minha vida.

O meu tio uma vez disse que felicidade era passageira, mas eu não sei se algum dia esse sentimento vai me deixar — também não sei porque ele disse isso a uma criança de 8 anos, mas o meu tio era um cara bastante esquisito, e me passou os melhores ensinamentos em sua breve vida.

Então talvez isso seja amor. Esse sentimento de estar completamente envolvido por felicidade, quente e gelado ao mesmo tempo, calmo e ansioso.

Vou contar o que aconteceu.

Assim que Larissa abriu a porta, pude ver o caos atrás dela. Malas, caixas, papéis, roupas, utensílios de cozinha, era como se um furacão tivesse passado por seu apartamento.

— Que festa eu perdi? — perguntei, entrando depois que ela deu passagem.

— A festa de tentar colocar a minha vida inteira em duas malas e algumas caixas —respondeu, fechando a porta atrás de si.

Ver o apartamento daquele jeito, onde passei tantas tardes preguiçosas e tantas noites bêbado me deixou angustiado.

Seria o fim de uma era?

— Acho que temos um espacinho aqui no sofá. — Larissa se sentou e bateu com as mãos ao seu lado. Ela parecia outra pessoa, mais calma, feliz, decidida. — Vem.

E eu fui. Ao sentar-me ao seu lado, senti seu cheiro de creme corporal. Tinha o cheiro de alguma fruta cítrica que eu não saberia dizer qual.

— Você sabe por que eu estou aqui? — perguntei.

— Para me ajudar a empacotar? — Ela sorriu.

— Exatamente. Empacotar e ignorar completamente o fato de que te enviei o meu diário. — Foi a minha vez de sorrir.

— Pensei que ele não fosse "a porra de um diário" — provocou ela.

— É, bom... Podemos ver a beleza que é mudar de ideia, não é?

— Podemos — concordou ela.

Nós nos olhamos. A cada segundo que passava, Larissa ficava mais bonita aos meus olhos.

— Você não sabe quanto tempo esperei para ler aquelas palavras, Diego. — Ela apontou com a cabeça para uma pilha de folhas encadernadas em cima da mesa de centro; claro que ela havia encadernado.

— Talvez pelo mesmo tempo que eu demorei para perceber — tentei.

— Talvez.

Larissa se aproximou de mim e segurou as minhas mãos.

— Eu queria pedir desculpas, Diego.

— Desculpas pelo o quê? — perguntei, estranhando, porque se tinha alguém naquela história que tinha que se desculpar, esse alguém era eu.

E Andrei, mas acho que ele havia feito um bom trabalho pedindo Isadora em casamento e tudo mais.

— Por não ter respeitado os seus sentimentos e os seus limites quando disse aquelas coisas sobre não entender o porquê de você não se interessar por mim. — Ela negou com a cabeça, parecendo constrangida. — Ninguém precisa se sentir obrigado a gostar de ninguém. Na minha cabeça pareceu um desabafo, sabe? Eu só queria tirar aquilo do meu peito... Mas, quando li nas suas palavras, percebi como havia soado como uma pressão desnecessária, além de colocar você contra uma parede imaginária.

— Tudo bem, Lari. Acho que serviu como um gatilho para que eu começasse a repensar a minha vida. Na hora me pareceu realmente intenso demais, mas todo mundo precisa de alguma pressão para sair do estado em que se encontra, né? Isso é física. Ou química, sei lá.

— Tão inteligente...

Nós dois rimos. E ficamos sérios em seguida, uma névoa de tristeza entre nós. Por que estávamos rindo, quando sabíamos que o desfecho daquela história seria a iminente partida da Larissa?

— Você sabe que não posso desistir da bolsa, não sabe, Dieguito?

— E eu nem iria querer isso, Lari — respondi, aproximando-me mais ainda. — Eu só quero que você seja feliz. Só isso.

— Então por que me mandou as cartas?

— Eu só queria que você soubesse.

— Soubesse o que?

— Que eu te amo.

Ela sorriu.

— Eu também te amo, Diego.

— Como amigo ou como...?

— Como amigo. Como paixão. Como conselheiro. Como inspiração. Por que precisamos separar? — questionou ela.

— Não precisamos. Porque eu também te amo como amiga. Como paixão. Como uma profissional incrível seguindo os próprios sonhos. Te amo de todos os jeitos possíveis. — Agora que as portas dos meus sentimentos haviam sido abertas, era como se eu não conseguisse parar de falar sobre eles.

— Você quer saber algo engraçado que a Isadora me contou? — perguntou Larissa, dissipando a tristeza com um sorriso lindo.

— O quê?

— Aquarianos sempre se apaixonam pelos melhores amigos.

— Então eu deveria estar apaixonado pelo João?

— Idiota — riu Larissa.

E então eu a beijei.

Foi um beijo urgente. Um beijo que sabia que precisava guardar na memória todos os detalhes, cheiros e sons. Um beijo que tirou as nossas roupas e nos levou até o quarto de Larissa. Um beijo que começou na boca, desceu para o corpo, culminou em orgasmo e terminou nos ombros dela, respirando fundo, exausto.

Um beijo que significava amor.

— Por que demoramos tanto para fazer isso? — murmurei, exausto e completamente realizado.

— Porque você estava ocupado demais achando que estava apaixonado pela nossa melhor amiga — respondeu Larissa. — E transando com ela.

— Eu sabia que deveria ter editado essa parte...

Agora estou na varanda, e ouço o chuveiro de Larissa enquanto observo o pôr do sol. E foi isso o que aconteceu. Por isso estou tão feliz. Sei que deveria estar angustiado porque daqui uma semana ela vai embora passar um ano fora, mas a verdade é que daremos um jeito. Eu sei que daremos.

O chuveiro parou. Ouço barulhos de passos. Larissa aparece na sala, sorrindo.

— Ei, Dieguito. — Ela me chama, deslizando a toalha pelo corpo. — Que tal mais uma de despedida?

Olho para ela. Sorrio. E descubro que o que dizem é verdade:

Amor é deixar ir, Lari. E eu te deixo ir.

QUADRAGÉSIMA CARTA, OU O MISTÉRIO DA VIDA

Querido diário...

Não, zoeira.

Como você deve saber, faz mais ou menos sete meses que não escrevo nada por aqui. Peço perdão pelo vacilo, mas a verdade é que pensei que não tinha mais nada para contar depois que Larissa foi embora; sem drama, eu só realmente fui pego por um turbilhão de novidades e acabei aposentando essa terapia escrita. E, para a felicidade geral da nação, comecei uma terapia de verdade. Com uma psicóloga. Expondo os meus sentimentos e pensamentos para uma profissional capacitada.

Mas, como você também deve saber, e como eu disse na primeira carta, sou um cara de padrões. E ter escrito apenas trinta e nove cartas estava me tirando o sono. Sou o tipo de cara que só permite que o volume das coisas esteja dentro da tabuada do cinco, e o que o número 39 representa na minha vida?

Horror.

Então passei meses pensando no que escrever aqui, mas nada me vinha à mente, porque eu não queria compartilhar o que estava acontecendo, uma confusão da preparação para a chegada do filho ou filha de Isadora e Andrei com a minha carreira como compositor apenas engatinhando e a lentidão com que a minha amizade com João, Pietra e Larissa se restabelecia.

Além da saudade que eu estava sentindo da minha melhor amiga, que agora mora nos Estados Unidos e estuda para se tornar a incrível médica que sempre soube que ela seria.

No começo, ainda trocamos mensagens calorosas, empolgados com todo o sexo que fizemos na semana que antecedeu a sua partida, porém, depois de algum tempo, percebemos que aquele contato constante e íntimo fazia mais mal do que bem, e decidimos nos focar apenas na amizade, deixando o futuro para o futuro.

E hoje é o dia que o futuro enfim chega, porque Larissa vem passar o Natal e o Ano-Novo no Brasil e me avisou que quer conhecer

Enzo, o meu sobrinho.

Mentira, ele não chama Enzo, eu só quis fazer essa piada.

Na verdade, ela se chama Valentina.

Há! Mentira de novo.

Mas é mesmo uma menina, e ela se chama Amora, uma mistura de Andrei com Isadora.

Pois é. Vai entender...

Então aqui estou, no apartamento de Isadora e Andrei, observando Amora dormir no berço. Ela tem pouco tempo de vida e não dá para saber com quem se parece, mas, pelo tanto que dorme, diria que a personalidade puxou mais para o Andrei.

Nunca vi um bebê dormir tanto, apenas demonstrando que o meu irmão e a minha cunhada ganharam na loteria da vida.

Os meus pais também estão aqui, tentando me convencer a voltar para casa, listando a quantidade de horrores que eu poderei vivenciar morando em um muquifo no centro de São Paulo, mas a verdade é que estou feliz no meu muquifo e, desde que saí de casa, nunca me senti tão livre e realizado.

Sim, preciso lavar a louça agora, além de pagar todas as minhas contas e estar 100% falido todo final de mês, mas, pelo menos, sinto que estou avançando uma casa no jogo da vida, a casa da ansiedade profissional, deixando para trás uma fase importante, a fase de quando os problemas amorosos são o pior tipo de problema que podemos ter.

Bons tempos... Trocaria mil corações partidos por todas as minhas contas pagas.

— Diego? — Isadora entra no quarto aos sussurros, olhando por cima dos meus ombros. — O que você está fazendo?

Mostro o meu celular para ela.

— Escrevendo a última carta.

Isadora sorri.

— Daquele projeto ainda? — Eu concordo com a cabeça. — Ah! Eu lembro como se fosse hoje quando escrevi o último post da Valentina. Foi libertador e emocionante ao mesmo tempo.

— Acho que poderia resumir assim também — comento. — E

também um pouco assustador. O que eu vou fazer agora?

— Viver a vida? — diz ela, dando de ombros. — Pagar um psicólogo de verdade?

— Já estou pagando — comento, suspirando. — Cedi aos pedidos dos meus pais.

— Isso é ótimo, Diego! E por falar neles, os seus pais mandaram avisar que o jantar está quase pronto. — Ela se aproxima e pega Amora delicadamente nos braços, sorrindo para a filha, que resmunga, mas não acorda. — Acho que demos à luz a um bicho-preguiça.

— Você deu à luz, Isa, o Andrei só ficou olhando e, eventualmente, passou mal — comento.

— Mas fizemos juntos essa bolinha de amor — sussurra ela, encostando a ponta do dedo no nariz do bebê, sorrindo como se estivesse em uma outra dimensão, uma na qual homens solteiros sem filhos não eram convidados. Depois, sobe o rosto para mim. — Nervoso?

— Nervoso — respondo, concordando com a cabeça.

— Não fica. Vai dar tudo certo. A minha mãe sempre diz que "o que é seu tá guardado", e talvez a Lari seja o seu grande presente do destino — comenta Isadora.

— Você sabe que eu não acredito em destino, Isa.

— E eu também sei que você não acredita em signos, mas escreveu 12 cartas para eles mesmo assim. — Ela sorri.

E ela tem razão.

Isa sempre tem razão.

Espero que também tenha sobre o presente do destino.

— ...mas o Brasil é uma piada também... — resmunga meu cunhado.

— Sempre foi, amor — responde minha irmã.

— Só é porque a gente deixou ser — rebate Isadora, dando de ombros enquanto dá de mamar a Amora. — Olha o histórico das últimas eleições. Depois Daquele-Que-Não-Deve-Ser-Nomeado, foi só ladeira abaixo.

— E quem você acha que poderia salvar o Brasil, Isadora, o PT? — rebate meu cunhado, gerando uma comoção na mesa.

— Meu Deus do céu, ainda nisso? Vocês ainda não superaram? — exclama ela. — Não percebem o fundo do poço que vocês levaram o país por causa desse ódio desmedido e midiático?

— Ei, ei, vamos lá, não vamos nos exaltar — pede meu pai.

— Não tem como não se exaltar — resmunga Isadora.

— Não tem mesmo, com esquerdista na mesa — rebate meu cunhado.

— Gente! Por favor! — exclama minha mãe.

— O quê? Só estou utilizando o meu livre arbítrio, coisa que não teríamos sem as ideologias de direita. — Ele dá de ombros.

— Sabe o que também não teríamos? Desigualdade social. Seria legal andar por aí com o seu iPhone novo que você comprou com dinheiro sonegado do consultório sem medo de ser assaltado, né? — Isadora sorri.

Tatiana fica vermelha do pescoço para cima e o meu cunhado parece prestes a explodir em merda.

Ao longe, escutamos os filhos dos dois berrando uns com os outros na sala, quebrando tudo o que tocam; a cada barulho alto, Isadora estremece.

De repente, Amora também se estressa com a conversa política e abre um berreiro. Acho que Amora será uma "isentona".

— Diego, você vai ficar nesse celular o tempo todo? — questiona minha mãe, tentando mudar o foco da discussão para o segundo tópico favorito da família depois de política: me criticar.

— Isso vai cozinhar o seu cérebro, Diego — concorda meu pai.

— Se já não cozinhou — graceja meu cunhado.

— Diego, me ajuda aqui na cozinha! — berra Andrei.

Eu me levanto e saio sem dizer nada.

Mais um dia na família Neves.

Andrei precisou de ajuda para cortar as carnes, o que fiz com prazer — qualquer coisa para me livrar da discussão política que ainda acontece na mesa de jantar; não tem porque me aventurar naquele mar instável, eu já comprei brigas demais com a minha família e não tenho mais paciência e vontade de prosseguir.

Depois que terminamos, Andrei me despachou, mas eu me sentei em uma cadeira de canto e permaneci na cozinha. Depois de cinco minutos, Andrei percebe a minha presença insistente e incômoda e adiciona:

— É só isso, Diego, pode ir.

— Vou ficar aqui. Está mais silencioso.

Andrei ri, de costas para mim, lavando algo na pia.

— A Tati e a Isadora já estão brigando?

— Já.

Ele balança a cabeça.

Fico me perguntando se Andrei se incomoda com o jeito esquentadinho e a mania de sempre embarcar nas polêmicas de Isadora, já que ele sempre foi do tipo apaziguador. Me pergunto também se foram por aquelas características que o meu irmão se apaixonou por ela. Ainda, me questiono se ele sempre soube, desde o início, que Isadora era a garota certa.

Não pergunto nada do que penso. Em vez disso, questiono:

— Como estão as coisas agora que a Amora nasceu? Tem dormido pouco?

— Ah, a Amora é um pequeno bicho-preguiça, né? — ri Andrei. — Não tinha como ser um bebê melhor.

E ali estava. Aquela conexão, aquelas piadas que eles tinham entre eles, a maneira como viam o lado positivo das coisas sempre. Os dois chamavam Amora de bicho-preguiça juntos ou haviam pensado na mesma piada em momentos diferentes justamente porque eram tão parecidos e estavam tão em sincronia?

Andrei e Isadora. Isadora e Andrei.

Eu sorrio.

A minha família é muito barulhenta.

Já estamos comendo — bom, eles comem, eu estou nervoso demais para tocar na comida — e parece que o assunto não tem fim. Mas estou ansioso demais para falar, então apenas sorrio e aceno e digito ao celular.

— ...e aí, às oito da manhã, ela acordou no susto e saiu correndo e gritando "meu Deus, Andrei, nós matamos a menina!" — diz Andrei, e faz todos na mesa gargalharem.

— Eu tinha como saber? Uma semana de vida e ela dorme a noite inteira? Pensei no pior. — Isadora negou com a cabeça, uma mistura de terror e alívio.

— No começo é assim mesmo, Isa, depois piora — gracejou a mãe de Isadora, que havia se juntado a nós naquela pré-ceia de Natal.

— Espera só até ela começar a querer escalar as coisas — acrescenta o pai dela.

— Não quero pular as etapas. — Isadora sorri amarelo. — Nem pensar nisso..

— Mas precisa se preparar, querida, porque quando... — minha mãe começa a dizer, mas, de repente, a campainha toca.

Todos da mesa olham para mim.

A porta de entrada se abre sem esperar por resposta. Na frente, estão João e Pietra, não mais um casal, ela linda como sempre, ele com aquela cara de idiota de todos os dias.

E, atrás deles, entra Larissa.

E é como se ela nunca tivesse partido.

Estou fumando na sacada, pensando no que acabou de acontecer. A minha pele está pulsando, formigando, e eu não sei no que pensar.

Logo que os meus amigos entraram, levantei-me atrapalhado da mesa e fui até eles. Primeiro, cumprimentei João e Pietra rapidamente, já que os via quase todos os dias, mas senti vontade de me esconder entre eles até que aquele estranho reencontro com Larissa terminasse.

Porque, afinal, era mesmo estranho. Sete meses atrás nós estávamos transando adoidado, fazendo juras de amor, e agora estávamos ali, frente a frente, sem saber o que dizer um para o outro depois que decidimos dar um tempo nas mensagens apaixonadas.

— Oi, Dieguito. — Larissa foi a primeira a quebrar aquele silêncio constrangedor. — Deixou o cabelo crescer, é?

— Faz parte do pacote "músico fodido que divide apartamento no centro de São Paulo com outros músicos fodidos e de precedência duvidosa" — comentei.

— Fez bem a você. — Ela sorriu.

E nós nos abraçamos.

Eu gostaria que tivesse durado mais, mas logo Larissa avistou Amora no colo de Isadora e saiu correndo, como se eu não fosse nada comparado a um bebê.

Mas, sinceramente, Amora era tão fofa que era compreensível.

Depois que todos se cumprimentaram, meus amigos se acomodaram na mesa e continuamos a comer. Os minutos seguintes foram uma troca estranha de olhares entre Larissa e eu e o resto da mesa e eu, já que todos queriam saber o que estava acontecendo entre nós dois.

Ok, talvez, influenciado pela minha psicóloga, eu tivesse contado a todos os presentes a minha história com ela, e como aquele dia seria difícil para mim, e o quanto estava nervoso e ansioso, mas eles podiam ao menos ser discretos, não é mesmo?

Acho que aquele era um pedido impossível para a família Neves: discrição.

Depois que terminamos de comer, cada um ficou encarregado de uma tarefa, e todos deram um jeito de me deixar sozinho com Larissa na cozinha, lavando a louça.

— Difícil voltar? — perguntei, depois que trocamos meia dúzia de palavras amigáveis e nada íntimas.

— Difícil não... Estranho, talvez. — Ela sorriu, ensaboando um garfo. — Parece que está tudo igual, mas, ao mesmo tempo, diferente. Sabe?

— Que bonito, Lari, quem sabe você não possa ser compositora? — brinquei, recebendo espuma no ombro como resposta.

— Por falar nisso, como anda a sua carreira? — continuou ela.

— Ah, sabe como é? Pinta alguma coisa aqui e ali, mas geralmente são uns *freelas* meio ingratos, então estou complementando a renda dando aulas de violão para garotos pentelhos — falei, dando de ombros. — Estou em contato com alguns estúdios e já esbocei algumas músicas que agradaram, vamos ver no que vai dar... Não é o sonho, mas um dia eu chego lá.

— Claro que chega, você é incrivelmente capaz. — Larissa concordou com a cabeça. — É só viver um dia de cada vez.

Ficamos em silêncio por algum tempo, apenas ensaboando, lavando e enxugando. Mas não era um silêncio constrangedor. Era... Reconfortante. Foi bom saber que não havíamos perdido a capacidade de ficarmos confortáveis em nossa própria companhia.

Até que, de repente, nossas mãos se embaralharam na troca de um copo e ele caiu na pia, quicando sem quebrar.

Não tivemos a reação de recuperar o copo, deixando nossos dedos entrelaçados. E então, com uma urgência que eu não havia reconhecido até aquele momento, puxei Larissa para mais perto e nós nos beijamos.

Nos beijamos por muito tempo, mãos passeando por todo o corpo, sabão no cabelo e respirações ofegantes. Só paramos quando a adrenalina diminuiu e nós nos vimos de testas encostadas e corações batendo rápido.

— E como é que a gente fica agora, Lari? — perguntei, a pergunta que queria ter feito desde o instante em que ela pisou os pés naquele apartamento.

— A gente fica junto, Diego. Pode ser que não seja agora, pode ser que seja quando eu voltar, ou daqui a dez anos, depois de divórcios mal resolvidos de ambos os lados, mas a gente fica junto — sussurrou ela.

E nós nos beijamos novamente.

— Diego, larga essa merda desse celular! — pede João.

Estamos nós quatro na varanda, porque precisei fumar outro cigarro depois que os meus pais começaram a discutir sobre reforma fiscal com os pais de Isadora.

Aquela seria uma longa noite...

— Deixa ele em paz, João. — Larissa vem em minha defesa, sorrindo; depois da cozinha, estamos fingindo que nada aconteceu, porque não queremos ninguém enchendo o nosso saco, mas já marcamos de nos encontrar mais tarde para "matar a saudade". É isso mesmo, pessoal, hoje à noite eu vou transar. — A gente ficou amigo dele mesmo sabendo que ele era esquisito.

— Por dois segundos a sua frase tinha tomado um bom rumo, Lari, mas depois desencadeou em ofensas à minha honra — rebato, fingindo estar ofendido.

Difícil fazer isso enquanto digito no celular.

— O que tanto você escreve, hein? — pergunta Pietra, curiosa.

— Contos eróticos baseados na vida real. Nesse exato momento, estamos nós quatro nus em uma grande suruba. Aqui nessa sacada — respondo.

— Ah, que nojo. — Larissa ofega.

— Bom, de todo mundo aqui, só faltou eu e você transarmos, Lari, porque de resto... — João deixa a frase morrer no ar.

Eu levanto os olhos. Por um momento, há uma tensão. Uma tensão de saber que eu já transei com Pietra, que namorou João brevemente, até se apaixonar por uma colega de sala e dar um pé na sua bunda. E eu também transei com Larissa, que foi o amor de João por algumas semanas, até ele perceber que não nasceu para a monogamia.

Mas, em seguida, começamos a rir.

— Aos 20 e poucos anos, então. — Pietra estende a cerveja que bebe no ar.

Nós repetimos o seu gesto.

— Aos 20 e poucos anos e transar com os nossos melhores amigos — completa Larissa.

— Aos 20 e poucos anos, transar com os nossos melhores amigos e quase, por um instante, estragar tudo — acrescento.

— Ah, foda-se, a transar, hoje e sempre! — João finaliza a rodada de brindes.

Nós encostamos as nossas latas.

Apesar de tudo, apesar de muitos meses de segredos e mágoas, apesar do que o futuro nos reserva, nós estamos bem. E, aos 20 e poucos anos, ter amigos é fundamental.

Todos já foram embora, menos Larissa, que conversa com Isadora e Andrei na sala. Eu disse que iria ao banheiro, mas estou olhando para Amora no berço.

Ela é tão linda. Nunca pensei que fosse ser um tio tão babão, mesmo porque, Tatiana já colocou no mundo três pestinhas, mas com Amora é diferente.

Não conte isso aos meus outros sobrinhos no futuro, mas sinto que eu e ela já temos uma conexão.

Assim como eu tinha uma conexão forte com o meu tio.

Hoje eu percebo as cicatrizes que a morte dele deixou, não só as físicas, mas as emocionais. Percebo tudo o que eu fiz para não me apegar novamente, todo o malabarismo sentimental que quase estragou tudo entre a garota que eu gosto e eu.

Ele deve estar rindo muito, onde quer que esteja. O bom e velho Anthony, com nome de gringo e alma brasileira, rindo da cara da desgraça. Talvez ele tenha orquestrado tudo isso para que eu enfim percebesse os meus privilégios e entendesse que preciso tomar as rédeas da minha vida se quiser realmente ser feliz. Talvez, o que chamam de destino, na verdade seja o tio morto coordenando a vida dos entes queridos de outra dimensão.

Ou talvez a saudade que sinto dele é tanta que, quando olho para Amora, torço para que ela seja parecida comigo, e que eu seja parecido com ele, para que possamos continuar de onde paramos.

É isso, Amora. A minha quadragésima e última carta vai para você, e para tudo o que faremos juntos nessa vida.

O mistério da vida.

Um brinde aos recomeços.

Um brinde a novos ciclos.

E isso continua não sendo a porra de um diário.

FIM

AGRADECIMENTOS

Queria começar esses agradecimentos reforçando a minha dedicatória: esse livro foi feito por e para vocês, apoiadores. Estamos vivendo momentos muito difíceis das nossas vidas, e nunca se precisou tanto de arte, mas a arte também nunca foi tão desvalorizada. Por isso, reforço meus agradecimentos aos apoiadores, porque são vocês que fazem com que a arte resista no Brasil.

Como de praxe, queria agradecer minha família, meus pais, irmãos e parentes, que estão sempre ao meu lado, me incentivando a continuar trabalhando e lutando pelos meus sonhos e objetivos.

Quero também agradecer ao Renato, meu noivo. Sem a compreensão e a paciência dele, esse livro não teria nascido. Sem os conselhos dele, eu ainda estaria deitada na cama em posição fetal falando que sou uma farsa e que vou desistir de tudo. É difícil se relacionar com escritores, nós somos voláteis e muito emotivos, mas o Renato tira tudo isso de letra e me faz enxergar razão quando tudo o que eu quero é desaparecer.

Um agradecimento mais do que especial para a Ana Lima e as meninas da mapa lab, Ana Paula, Camila e Martha, que acreditaram no potencial desse livro e me ajudaram a segurar a ansiedade durante toda a campanha. Não é que deu certo, meninas!? Obrigada por todo trabalho e dedicação, e por viabilizarem esse projeto, que eu sei que é querido por muitas pessoas.

Finalmente, quero não agradecer, mas deixar uma mensagem de incentivo para quem possa estar passando pelo mesmo dilema de Diego Neves: a vida não é aquilo que os outros idealizam para você, a vida não está eternamente presa ao curso da faculdade que você fez, a vida não acaba quando você aceita seu primeiro emprego, nunca é tarde demais para mudar, nem cedo demais para se decidir. A vida é aquilo que acontece enquanto a gente tá vivendo, tomando decisões, mudando e evoluindo. Não tenham medo de mudar só porque parece assustador; ninguém conquistou nada sem arriscar um pouco, e eu tenho certeza que os melhores dias da sua vida ainda estão por vir.

Adaiane | Adriano Schmidt | Adriele Rossetti | Adrielle Victória Saraiva | Adriely Gogora dos Santos| Agatha de Mello Silva | Aione Simões | Alcione Maria de Moura | Alessandra Abreu | Alessandra Salvia | Alessandra Santana Santos | Alessandra Yuan Ai Zhong | Alice Ferreira Prata | Alice Machado | Alice Magnus Pacheco | Alichel Mortoni | Aline Aparecida da Costa Carvalho Pereira | Aline Ayumi Fukai | Aline Tavares Corrêa | Amanda dos Santos Lira | Amanda Fernandes Florencio | Amanda Romero Soares | Amanda Yuki Noronha de Oliveira | Ana Beatriz de Castro Dias | Ana Beatriz Souza Nogueira | Ana Carolina | Ana Carolina Augusto Rosa de Almeida | Ana Carolina Cunha da Silva | Ana Carolina de Morais da Silveira | Ana Carolina Lourenço Fernandes Pinto | Ana Carolina Perdigão Ruas | Ana Caroline Pinto | Ana Clara Cantarin Domingues | Ana Elizabete | Ana Claudia L L Munhoz | Ana Karina Pereira | Ana Laura Morais | Ana Luísa Silva Santana | Ana Luiza Andrade | Ana Maria Cardoso do Nascimento | Ana Paula Aparecida de Toledo | Ana Paula Lima Ferreira | Ana Paula Marques | Ana Vitoria Cardoso Silva | Anderson Santos Silva | André Suhre | Andrea Cristina Silva Prado | Andresa Rios | Andresa Vidal Vilchenski | Andressa Camille | Andressa Patzlaff | Andreza Ramos | Andrezza Campos | Anna Beatriz Glanzmann de Lima Mageste | Anna Beatriz Pacheco | Anna Beatriz Sousa dos Santos | Anna Laitano | Annanda Araujo | Anne Arlize Capra | Annelise Ribeiro Sampaio e Silva | Annie Brissow | Anny Karoline Viana Dória | Ariane Balbino | Aridna Braga Siqueira Doudment | Aurora | Bárbara Gusmão | Bárbara Ohana Rezende | Bárbara Rodrigues | Bárbara Santos Alves | Beathriz Vilegas Dellacolletta | Beatriz Diniz | Beatriz Fonseca | Beatriz Freittas | Beatriz Marinho de Carvalho Benassuly | Beatriz Oliveira de Holanda | Beatriz Prado | Belisa Simões Maciel | Bia Crespo | Bia França | Bia Tomaz | Bianca Felipim Barci | Bianca Figueiredo de Oliveira | Bianca Gabriel | Bianca Hoss Silva Tristao | Bianca Silva Correa | Binha Cibelle | Bruany Camargo da Silva Marques | Bruna Chiarett | Bruna Carneiro Rodrigues | Bruna Carvalho da Rocha Nicolino | Bruna de Oliveira Alves Bernardino | Bruna Dias Panhan | Bruna Eloísa de França | Bruna Kelly de Freitas Baptista | Bruna Oliveira | Bruna Possoli | Bruna Ribeiro dos Reis | Bruna Sobral Nogueira | Bruna Torres | Bruno Crispim | Bruno Jacobucci | Camila Gigliotti | Camila Neves Costa | Camila Sodré | Camilla Hyppolito Safadi | Carla Guedes | Carlos Alexandre

Colombo | Carol Caputo | Carol Dias | Carol Martins | Carol Mendes | Carolina Herscovici | Carolina Marrey Nauhardt | Carolina Moraes | Caroline Alves | Caroline Ana Dias Jorge | Caroline Fronza | Caroline Pastor Corrêa | Caroline Pinheiro | Catiele de Borba Agostinho | Cesar Lopes Aguiar | Charlene Garcia | Cintia Dias | Clara Alves | Clara Pamponet | Clara Rodrigues Sampaio | Clara Savelli | Clarice Rabello | Clarissa Araujo Freitas | Clarissa Progin Pasquini | Cláudio Cabral Barros | Cristina Maria Busarello | Dai Angelina | Dandara Souza | Daniela Braga | Daniela Rodrigues | Daniele Cristina Fernandes | Dani Smith | Danmela Ribeiro de Sousa | Danuza Gomes | Dario Pato | Dayse Paula Leite da Silva | Debora Cristina Baldissera | Débora Martins de Lima | Deborah de Almeida Sequeira | Deborah Strougo | Déborah Tesser Janotti | Deisi Lopes | Deivid Olivato | Deko Lipe | Dennis | Denys Schmitt | Diana Medeiros | Diana Vanderlei | Dryele Silva | Duda Kagan | Ediane Cristine | Eduarda Domina Venceslau Silva | Eduarda Paseto | Eduarda Syndre Lopes de Oliveira | Eduardo Carvalho | Eduardo Maciel Ribeiro | Elaine Silva | Elaine Souza | Elida Elienai Malheiros da Silva | Ellen | Ellen D'Alessandro Junho da Cunha | Ellen Veras | Emanueli Costa | Estéfane Silva | Estéfani de Oliveira Ribeiro | Eva Aline | Fabiana Magalhães | Fabiana Ribeiro Pires | Fabiana Roberta da Silva | Felipe Jacobucci | Fernanda Cavalcanti | Fernanda de Castro Lima | Fernanda Mendes | Fernanda Paczkoski Bandeira | Fernanda Toppan Doreto | Fernanda Vieira | Fernando Perosa | Flavia Cerruti | Flávia dos Reis | Flávia Simões | Gabi Barbosa | Gabriel Ruy Giacomin | Gabriela Candida de Sousa | Gabriela Chiva de Sá e Santos | Gabriela Graciosa Guedes | Gabriela Morena Kurauchi Costa | Gabriela Nascimento Souza | Gabriela Pedroza | Gabriela Santos de Carvalho | Gabriele Nicole Cavalcante Sena | Gabriella Carlucci Tavares Colombo | Gabriella de Jesus Moreira | Gabriella Ribeiro | Gabryelle Hensel | Geisiane Abreu Januário | Geovania dos Santos de Castro | Giovana Toledo | Giovanna Do Vale De Souza | Giovanna Ferreira Caputo | Giovanna Pires Bernardinelli Gitti | Giovanna Sabino Dória | Gisele Zwicker | Giulia Cavalcanti de Almeida | Giulia Ferrari Custodio | Giulia Leite Cosentino | Giuliana Silva Torres | Glaucia Kaori Aono | Glenda Machado da Silva | Grayce Melo | Graziele da Silva | Graziella Silvestre | Gui Liaga | Guilherme Cunha | Hailla Damazio da Silva | Hanna Karollyna Souza De Moraes | Helena Filpo Ribeiro de Oliveira | Hellem Lima | Hellen Akemi Hayashida | Hellen Marriel Ladeira | Heloísa

Afonso Rodrigues da Costa | Heloisa da Silva Peixoto | Heloisa Galindo Garbino | Heloisa Guimarães Pereira | Hikary Cristina Bueno Alves | Ingrid Carvalho | Ingrid Gomes | Ingrid Lopes de Morais | Ingrid Sousa Rios dos Reis | Íris Brito de Souza | Iris Figueiredo | Isabela Deville | Isabeli do Nascimento Pereira | Isabella Aparecida da Silva Xavier | Isabelle Pacheco | Isadora Sant'Anna | Isadora Taguchi | Isadora Theodoro Rodrigues | Itala Biondo | Izabeli Costa de Paula | Izabella Marques Rocha | Izadora Melo | Janaína Bianco Lell | Jakellynne Deodato | Janaína Bianco Lell | Je Gandard | Jéssica Anitelli | Jessica Costa Ribeiro Da Silva | Jéssica Gubert Tartaro | Jéssica Maciel de Carvalho | Jéssica Marques Coimbra | Jéssica Medeiros | Jhenyffer Lopez | Jhessyka Aída | Joana Caglioni | João Gabriel | João Santos | Jordanna Carolina | Josylanda Maria Araújo Lima | Joyce Caroline Sá de Lima | Joyce Maria Barros da Silva | Josi Melo | Juan Jullian | Julia Braga | Julia Braga Tourinho | Júlia Costa Marques | Júlia da Mata Gonçalves Dias | Julia Danoski Gil | Júlia de Macedo Quadro | Julia Guedes | Julia Krause Ruas | Julia Lorrane de Souza Araujo | Julia Miranda Humphreys | Júlia Neves | Julia Pazin | Julia Ribordim de Oliveira | Julia Sasse | Júlia Valle Gonçalves Rodrigues | Juliana Cristina dos Santos | Juliana Gandard | Juliana Gomes Machado | Juliana Meira | Juliana Nascente Schmitt | Juliana Oliveira | Juliana Sandis Cavalcante | Juliane Correia dos Santos | Karen Anne de Carvalho Mascarenhas | Karen de Assis Costa | Karina Santos do Nascimento | Karoline Coimbra Ferreira | Karoline de Souza Pinheiro | Katherine Oliveira Da Silva | Kauana | Kecia Rayane Chaves Santos | Kellen Karoline Da Silva Aguilar | Kethellen Lorraine da Silva Cruz | Kevin Rodrigues | Kimberly Miguel Vargas | Kitéria Angéllica André Belarmino da Silva Severo | Laís Oliveira do Valle | Lana Mateus de Sousa Carneiro | Lara Teles Nascimento | Larissa Brüggemann Mota | Larissa Couto | Larissa Cruz Santos | Larissa Ferreira da Silva | Larissa Ferri Euzébio | Larissa Marquy | Larissa Martins | Larissa Massi de Almeida | Larissa Nicolau | Larissa Rinelly | Laudilene de Amorim Engels | Laura Bencke | Laura Dias Sousa | Laura Macedo Caldas | Laura Vieira Machado | Lavínia Machado de Souza Oliveira | Laysa Ismálya Fernandes de Oliveira | Le Arsenal | Leandra Áurea Pitsch Lino | Leiciana de Souza da Silva | Leiliane de Jesus dos Santos | Letícia Fernanda | Letícia Guimarães | Letícia Reis dos Santos | Lidy Rose | Lina Braga | Livia Delgado | Lívia Karen Figueredo de Jesus | Lívia Martins | Lívia

Taynah Vieira de Oliveira | Lorena de Azevedo Silva | Lorenna Alves Mancebo Azanhas | Lourival Jacobucci | Luana Baldivia Gomes | Luana dos santos Marcelino | Luana Karoline Santos do Nascimento | Luana Muzy | Luanna Azevedo | Lucí Castor de Abreu | Luciana Harada | Luciana Liscano Rech | Luciany Galvão | Ludyanne Carvalho | Luiza Helena Gomes Laier | Luiza Morfim | Luiza Helena Agostinha da Silva | Maiara Helena Lourenço Costa | Manuella Garcez | Marcelli Powzum Amorim | Marcelo Akira Ando | Marcia Danielle Morais dos Reis | Marcia Jacobucci | Márcio Oliveira | Marcos Paulo Silva Morais | Mari Barros | Maria Carolina Ferreira | Maria Eduarda Fernandes | Maria Eduarda Torres Nunes | Maria Eduarda Pereira da Silva | Maria Eduarda Silva Pereira | Maria Eduarda Souza | Maria Elisa de Abreu | Maria Fernanda Statkevicius Gimenes | Maria Giovanna Vieira de Araújo | Maria Julia Godoy | Maria Liziane Maciel Oliveira | Maria Lúcia Jacobucci | Maria Luíza Lelis Silva | Maria Madalena de Freitas Souza | Maria Mariana Andrade Lima Leda | Maria Regina Gomes | Maria Simony Pereira Peres | Mariana Bandeira | Mariana Campos Marcarini | Mariana Gonçalves Guimarães | Mariana Nunes Vieira | Mariana R. Mortani | Mariana Thuller de Aguiar | Mariane Rossi Frederico | Mariani Maria de Freitas | Marília Lermen Colombo | Marina Aimee Rosa Cabral | Marina Carla | Marina Mafra | Marina Monaco | Marina Nascimento de Souza | Marina Novellino Ferezin | Martha Coelho | Maryna Mota | Mayara Dias | Mayara Moura | Mayara Souza | Mel Geve | Melissa Helen Jerônimo da Costa | Michelle Harumi Nakamine | Michelly Almeida Antunes | Milena Aragão | Milene Yone da Silva | Mirella Nunes | Mirela Paes | Monikeller da Silva | Myreia Liduario de Queiroz | Myriã Oliveira | Naiala Torquato de Araújo Bezerra | Nalí Fernanda da Conceição | Nany Vianna | Naomy Hilario | Natalia Fukuda Rocha | Natália da Silva Gomes | Natália Gomes | Natalia Morgan | Natalia Paula | Natália Peraro | Natália Ponciano Carvalho Pinheiro | Natalia Walesiuk | Nathália Leandro | Nathane Beatrys | Paloma Rodrigues da Silva | Pam Oliveira | Pamela Boing dos Santos | Pâmela Gonçalves | Paola Mariane Ribeiro | Pati Govel | PaTy LiKA Paiva | Paula Camargo | Paula Helena Viana de Sousa | Paula Prata Peralta de Castro | Paulo Souza | Poliana Cruz | Poliana Lourenço Braga | Priscielli Rozo | Priscila Carvalho | Rafaela Perez | Rafaella Viegas | Rafaelle Tavares | Raiane Figueiredo | Rayne Karla de Lima | Rebecca N. Maeda | Regiane Leite de Arruda | Renata

Cristiane Rodrigues Ferreira | Renata Homrich | Renata Varela | Renata Yumi Idie | Rhayssa Rada Oliveira | Ricardo Carvalho | Rina De Ávila Pereira | Rita Dias | Roberta Nandi Baggio | Rodolpho Carvalho | Rodrigo Rocco | Rodrigo Eduardo da Silva | Rosália Figueiró Borges | Rossane Tercilia de Moura Alcântara da Silva | Rute Rávilla | Sabrina da Silva Pires | Samara Vasconcelos Souza | Samuel Henrique Nascimento Faria | Sarah Beatriz | Sarah de Castro Barboza | Sarah Medeiros Oliveira | Sarah Sales Menezes Aragão | Stefânia Cedro | Stephanie Damião Guzmán | Stephanie Ramos Cardena de Souza | Stephany Silva Tonin de Barros | Susiane Lopes Machuca | Tah Rodrigues | Tainá Amaral Santana | Taina Gomes | Tainara Schneider | Taís Sayuri Tomita | Tamires Célia Corrêa Carraro | Tássia Gomes Amorim | Tamires Romano | Tamires Rosario Soares | Tati Trovo | Tatiana Leite de Souza | Tatiana Marenda | Tatiana Saruhashi | Thaiany Christiny Jesus das Neves | Thainá Menezes | Thaís Alves Moraes | Thais Cristina Lima Torres | Thais Karolinne Loiola Fabiciack | Thaís Menegotto | Thais Paula Rodrigues | Thais Queiroz Costa | Thais Rocha | Thaís Tavares A. Pinto | Thaisa Ruysam | Thaíze Santos | Thalita Karoline Nascimento Pereira | Thamires Lopes | Thamires Teles da Rocha | Thati Teixeira | Thatiana Rolim | Thayna Freires | Thayna Nunes Santos Pereira | Ticiani Gabrieli Bessegatto Bozelli | Valentina de Ávila Dutra Camara | Valéria Carvalho Gobetti | Valeria Villa Verde Reveles Pereira | Vanessa Moresco | Verônica Cano Bernardino | Verônica Michetti | Victoria Albuquerque Celestino | Victoria Cabral da Silva | Victoria Jordana Soares da Silva | Victoria Knust | Victoria Martins Pereira | Victoria Rodrigues Takahashi | Vikah Fernandes | Virgínia P. da Silveira | Vitória Rollim M. Gomes | Vitória Santos Conceição | Vitória Verzinasse dos Santos | Vitória Wottrich Nunes | Vittoria D'Amato Borges | Vivian C F Paixão | Vivian Ferreira da Silva | Vivian Figueira | Viviane Nicole Lopes Nunes | Whellen Karoline Moura Watanabe

2ª edição 2023

A segunda edição desta obra foi produzida pela mapa lab no inverno de 2023.
O miolo foi impresso em papel Pólen Bold 70g/m² usando as
fontes TheSerif e TheSans